AF186896

Über den Autor

René Falk wurde 1955 geboren. Er ist ein echter Rheinländer und lebt in Troisdorf, einem Nachbarort von Köln. Schon sehr früh zeigte sich seine Neigung zum Schreiben von Kurzgeschichten, vor allem im Bereich SF und Fantasy. In späteren Jahren richtete sich sein Interesse mehr auf das Genre Krimis & Thriller und bald begann er selbst damit, Kriminalromane zu schreiben. Er legt großen Wert darauf, seine Leser zu unterhalten, und wenn ihm dies mit seinen Geschichten gelingt, hat er sein Ziel erreicht.

DIE KOMMISSARE UND DER SCHNÜFFLER

René Falk

Bibliografische Information der Deutschen Nationalbibliothek: Die Deutsche Nationalbibliothek verzeichnet diese Publikation in der Deutschen Nationalbibliografie; detaillierte bibliografische Daten sind im Internet über http://dnb.dnb.de abrufbar.

René Falk
DIE KOMMISSARE UND DER SCHNÜFFLER

Umschlaggestaltung: *Bryan Gehrke, Buchcovers.de*
Text und Innenillustrationen: *René Falk*

© *2020 Alle Rechte vorbehalten.*

Herstellung und Verlag:
BoD - Books on Demand, Norderstedt

ISBN: 978-3-7519-5638-3

Inhaltsverzeichnis

ÜBER DIESES BUCH

Von der Leitung eines Troisdorfer Hotels werden zwei Tote gemeldet, die Kommissare finden am Tatort jedoch nur die Leiche der Zimmerinsassin. Offenbar war die andere Person, ein Mann, nur bewusstlos und flüchte unmittelbar vorher durch ein Fenster. Handelt es sich dabei um den Mörder oder um ein zweites Opfer? Hinweise auf den Täter gibt es kaum, aber eine vage Spur führt die Kommissare zu einem alten Bekannten.

Die Siegburger Ermittler Denise Malowski und Tobias Heller bekommen erneut einen äußerst kniffligen Mordfall auf den Tisch, in dem nichts so ist, wie es auf den ersten Blick scheint.

DER EINBRECHER

Von meinem Versteck hinter einem der Büsche sah ich die Frau das Hotel verlassen und zu ihrem Mietwagen gehen. Kurz darauf lenkte sie das Auto vom Parkplatz und bog in die nahezu leere Straße ein, um in südlicher Richtung davonzufahren. Sie würde eine ganze Weile beschäftigt sein. Genügend Zeit also für mich und mein Vorhaben!

Ich spähte vorsichtig durch das gläserne Portal in das hell erleuchtete Foyer des Hotels. Hinter dem Tresen der Rezeption sah ich die Empfangsdame der Nachtschicht stehen, sie blätterte in irgendwelchen Unterlagen. Hin und wieder wechselte ihr Blick zu einem Monitor außerhalb meines Gesichtsfeldes, der, wie ich wusste, den rückwärtigen Bereich der Herberge zeigte, wo sich der Lieferanteneingang befand.

Die junge Frau wirkte nicht gerade schläfrig oder unkonzentriert auf mich, weshalb der vorsorglich mitgenommene schwarze Sprühlack für das dortige Kameraobjektiv unbenutzt bleiben würde. Die Überwachungskamera mit dieser klassischen Methode auszuschalten, würde ihre sofortige Aufmerksamkeit erregen, darüber war ich mir völlig im Klaren. Es musste einen anderen Weg geben, unbemerkt in die zweite Etage zu gelangen.

Wenn es doch nur eine Möglichkeit gäbe, sie lange genug abzulenken, damit ich unerkannt die Rampe hinunterlaufen und durch die Hintertür schlüpfen könnte! Die dort angebrachte Kamera sendete nach meinem Kenntnisstand nur Livebilder, die nirgends aufgezeichnet wurden. Eine Horde Japaner, die schwatzend und fotografierend das Foyer stürmen und für genügend Ablenkung sorgen würden, wäre jetzt hilfreich. Wo sollten die aber in diesem Kaff und vor allem zu dieser nächtlichen Stunde herkommen?

Einfach hineingehen und darauf zu bauen, als mutmaßlicher Hotelgast oder später Besucher eines solchen unbeachtet zu bleiben, konnte ich nicht riskieren, da mein derzeitiger Aufzug alles andere als vertrauenerweckend war. Es handelte sich zwar nicht um dieselbe Angestellte, die ihren Dienst versah, als ich mich tagsüber zur Vorbereitung der heutigen Exkursion schon einmal hier herumtrieb, aber ich wollte kein unnötiges Risiko eingehen.

Ich zog es aus diesem Grund vor, zunächst dem Lichtkreis des Eingangsbereiches fernzubleiben und, hinter meinem Busch verborgen, das weitere Vorgehen zu überdenken. Als einzige Option fiel mir nur ein, zu warten, bis die Dame gezwungen war, ein gewisses Örtchen aufzusuchen. Das aber konnte die halbe Nacht dauern und so viel Zeit stand mir vermutlich nicht zur Verfügung.

In diesem Augenblick hielt überraschend ein Reisebus vor dem Hotel. Ich konnte mein Glück nicht fassen: Ein rundes Dutzend kleiner, quirliger, schwatzender Asiaten stieg aus! Ob es Japaner waren, konnte ich nicht erkennen, es war mir aber im Grunde auch egal. Die Gruppe quoll geradezu durch die Drehtür des Hotels und belagerte im Nu die zu dieser späten Stunde einzige Rezeptionistin, die den mutmaßlichen neuen Gästen nun garantiert ihre ganze Aufmerksamkeit widmen würde. Ich ging davon aus, dass sie erwartet wurden.

Das war *die* Gelegenheit für mich! Auf leisen Sohlen und sorgfältig darauf bedacht, die hell erleuchteten Stellen zu meiden, schlich ich vorsichtig hinter das Gebäude. Durch meine schwarze Kleidung und die dazu passende Pudelmütze verschmolz ich beinahe mit der Dunkelheit. Niemand würde mich sehen.

* * *

Die feuerfeste Stahltür am Hintereingang widersetzte sich meinen Bemühungen nur Sekunden, dann war das hochwertige Zylinderschloss unter Verwendung eines absolut professionellen Satzes Dietriche geknackt und ich stand aufatmend im Untergeschoss des Hotels. Das unermüdliche Training der letzten Monate hatte sich definitiv gelohnt: Noch vor weniger als einem Jahr wäre ich an dieser Hürde gnadenlos gescheitert.

Hier unten hielt sich wie erwartet niemand auf. Ich gelangte ungesehen ins Treppenhaus und innerhalb von kaum einer Minute in das oberste der beiden Geschosse, über die dieses Hotel verfügte. Nach links und rechts spähend, begab ich mich schnurstracks zum Objekt meiner Begierde, dem Zimmer mit der Nummer 208, und horchte angestrengt an der Tür, wozu ich ein Stethoskop benutzte.

Es war kein Laut zu hören, aber ich ging ohnehin nicht davon aus, dass die Inhaberin jetzt anzutreffen sein würde, da ich sie vorhin mit eigenen Augen das Hotel verlassen sah. Dennoch gab ich mir Mühe, die weiteren Handlungen leise und mit Bedacht auszuführen. Ich tastete behutsam nach der Pistole im rückwärtigen Hosenbund. Die Walther PPK Kaliber .22 verlieh mir zusätzlich ein gewisses Gefühl der Sicherheit, falls ich bezüglich des Zimmerstatus einem Irrtum unterlag. Eine Lizenz besaß ich zwar nicht für das Schätzchen, aber wenn man mich bei dem erwischen sollte, was ich in den nächsten Minuten zu unternehmen gedachte, wäre das ganz sicher nicht mein größtes Problem!

In dieser Situation war ohnehin allergrößte Eile angebracht, da jederzeit ein Hotelgast aus einem der angrenzenden Zimmer kommen konnte. Es herrschte zwar tiefste Nacht, aber das hielt manche Zeitgenossen nicht davon ab, in der Gegend herumzuschleichen. Ich selbst war ja ein leuchtendes Beispiel für diese These! Die Dietriche würden mir an dieser Stelle dank hier verbauter modernster Technik nicht weiterhelfen, ich war jedoch selbstverständlich auch in dieser Hinsicht bestens vorbereitet!

* * *

Zwei Minuten später verstaute ich aufatmend mein wertvolles Equipment in der Gürteltasche, nachdem das elektronische Türschloss mit einem leisen Klicken signalisiert hatte, es sei jetzt offen. Bis zuletzt hatte ich dem Braten nicht getraut und mich auf das Wort des zwielichtigen Kerls verlassen müssen, der mich für teures Geld mit den Geräten ausgestattet und gewissenhaft in deren Gebrauch unterwiesen hatte. Die Zimmertür hätte ich vermutlich sogar auf die altmodische Weise mittels einer Kreditkarte öffnen können, da es sich um ein einfaches Schnappschloss handelte, aber ich hatte ja noch etwas anderes vor.

Nachdem ich das Zimmer betreten hatte, wollte ich zunächst das Licht einschalten und tastete im Dämmerschein der Flurbeleuchtung nach dem Schalter. Erst, als ein mehrmaliges Betätigen desselben erfolglos blieb, kam mir die Erleuchtung: Man muss heutzutage in Hotels seine Schlüsselkarte in ein kleines Kästchen neben der Tür stecken, um den Stromkreis zu schließen.

Die Zugangskarte brauchte ich noch für den Safe, aber da es sich bei solchen Vorrichtungen normalerweise um simple Lichtschranken ohne eigene Intelligenz handelt, kann man auch etwas anderes nehmen, sofern es nur die richtige Größe hat. Ich kramte in meinen unergründlichen Hosentaschen und fand schließlich ein rechteckiges Stück Pappe in den Maßen einer Kreditkarte. Keine Ahnung, was das war, aber es erwies sich als geeignet. Ich würde es nach getaner Arbeit ohnehin wieder mitnehmen.

Jetzt konnte ich mich endlich in Ruhe umschauen: Das Zimmer war penibel aufgeräumt, die bis zum Fußboden reichenden Vorhänge vor den Fenstern waren zugezogen, und auf dem unberührten Bett lag ein aufgeklappter Koffer, den ich aber vorerst unbeachtet ließ. Niemand, der seine Sinne beisammen hatte, würde das von mir

Gesuchte derart offen herumliegen lassen und ihre Sachen konnte ich immer noch durchwühlen, falls meine Suche nicht von Erfolg gekrönt sein sollte. Mir fiel lediglich der Umstand auf, dass der nur teilweise ausgepackte Koffer den Eindruck vermittelte, die Frau sei erst vor einer Stunde angekommen. Ich hatte sie jedoch am Freitag persönlich beim Einchecken beobachtet, wodurch mir auch die Zimmernummer bekannt war.

Die Suche nach dem Zimmersafe währte nur kurz, er war erwartungsgemäß in einem Schränkchen unterhalb des Fernsehers untergebracht. Ich kniete davor auf den Boden und öffnete ihn auf dieselbe Weise wie zuvor die Zimmertür. Den mörderischen Schlag auf den Hinterkopf, der mich im nächsten Augenblick niederstreckte, nahm ich nicht einmal ansatzweise rechtzeitig wahr und obwohl die Wollmütze auf meinem Kopf das meiste davon abbekommen hatte, blieb genug übrig, um mir auf der Stelle das Licht auszuknipsen.

Mein letzter Gedanke war, dass sich entgegen meiner Einschätzung doch eine weitere Person im Zimmer aufhalten musste und ich dieser in meiner grenzenlosen Einfalt auch noch den Safe geöffnet hatte! Wer immer es war, hatte sich höchstwahrscheinlich bis jetzt hinter den Vorhängen verborgen, denn ein anderes Versteck gab es hier nicht. Eine Gelegenheit, meinen bodenlosen Leichtsinn zu bereuen und dort nicht nachgeschaut zu haben, bekam ich nicht. Es wurde schlagartig dunkel.

Kapitel 1

Montag, 3. August, 10:43 Uhr

»Zwei Leichen an einem Tag!«, brummt Tobias Heller missmutig und lenkt den Audi auf den hoteleigenen Parkplatz. »Und es ist nicht einmal Mittag, diese Woche fängt ja schon gut an!« Suchend schaut er sich um und stellt den Wagen schließlich in Ermangelung einer günstigeren Gelegenheit auf dem einzigen noch freien Stellplatz ab, den er in der Nähe des Hoteleingangs ausmachen kann.

»Forensik und Rechtsmedizin sind wohl ebenfalls gerade erst angekommen«, stellt Denise Malowski fest. Sowohl die hochgewachsene, an ihrer schwarzen Haarpracht schon von weitem zu erkennende Pathologin, als auch die in den weißen Schutzmonturen unverwechselbaren Mitarbeiter der KTU sind offensichtlich noch mit dem Ausladen von Gerätschaften beschäftigt. Doktor de Luca ist heute in Anbetracht der Umstände gemeinsam mit Assistentin Krystina Nowak erschienen, die sich abwartend etwas abseits des Geschehens postiert hat.

Beide Parteien haben ihre Fahrzeuge im Gegensatz zu den Neuankömmlingen unter Missachtung sämtlicher Parkregeln einträchtig nebeneinander direkt vor dem Haupteingang des Airport-Hotels abgestellt. Die gut sichtbar hinter den Windschutzscheiben platzierten Schilder mit dem Hinweis auf einen polizeilichen Einsatz geben ihnen das Recht dazu.

»Was ist das eigentlich für eine irreführende Namensgebung?«, schüttelt Denise den Kopf. »Airport-Hotel! Dabei ist der Flughafen meilenweit entfernt und man kann ihn nur über die Autobahn erreichen. Und besonders groß ist diese Herberge auch nicht, gerade mal zwei Stockwerke!«

»Das Haus hatte im Laufe der Zeit schon einige Namen«, weiß ihr Partner zu berichten. »Es liegt verkehrsgünstig in unmittelbarer Nähe der Autobahnauffahrt und man ist in nicht einmal zehn Minuten am Flughafen. Zudem wird das Hotel hauptsächlich von Geschäftsleuten genutzt.«

»Na, immerhin sind die anderen ja schon hier«, übergeht Denise die wenig hilfreiche Information und zeigt erneut auf die Fahrzeuge vor dem Hoteleingang. Ein Streifenwagen steht abseits davon ordnungsgemäß in einer Parkbucht. »Dann sind wir sicher bald wieder im Kommissariat«, gibt sie ihrer Hoffnung Ausdruck.

»Bei deinem geliebten Kaffee, wolltest du sagen!«, grinst Tobias anzüglich. Denise streckt ihm nur kess die Zunge heraus und löst den Sicherheitsgurt. Die kleine Kabbelei ist ohnehin vergessen, sobald die Ermittler den Wagen verlassen haben. Jetzt ist Professionalität gefragt! Sie betreten das Hotel durch die gewaltige Drehtür und nähern sich mit schnellen Schritten der Rezeption. Rechtsmedizin und Forensik folgen ihnen wenige Augenblicke später wie auf ein geheimes Kommando im Gänsemarsch ins Innere des Gebäudes.

Die Dame an der Rezeption schickt die Kommissare ohne Aufhebens in das oberste Stockwerk, wo man vor der Tür zu Zimmer 208 auf sie warten würde, wie sie ihnen kurz angebunden mitteilt. Die unübersehbaren Schusswaffen in den Gürtelholstern weisen sie wohl genügend aus, zumal der Tross in ihrem Gefolge schon allein durch die beiden uniformierten Polizisten auf eine polizeiliche Aktion schließen lässt.

Trotz der geringen Bauhöhe von zwei Stockwerken plus Erd- und Dachgeschoss verfügt das Hotel selbstverständlich über einen Lift, da man den Gästen nicht zumuten kann, das mitgebrachte Gepäck zu Fuß hinaufzutragen. Dennoch bevorzugen Denise, Tobias und die beiden Streifenpolizisten die Treppe, wobei sie sich angeregt über den Einsatz unterhalten.

Oben angekommen, werden sie bereits, wie von der Rezeptionistin angekündigt, von einer elegant gekleideten Dame vor der Tür des genannten Hotelzimmers erwartet. Der Rest der Mannschaft verlässt in diesem Moment in geordneter Formation die Aufzugskabine. Die junge Frau stellt sich ihnen förmlich als Hotelmanagerin Eveline Freytag vor und schiebt ohne weitere Umstände eine spezielle Zugangskarte in den Leseschlitz der Zimmertür. »Da drin ist aber allenfalls Platz für drei oder vier Personen!«, merkt sie mit einem kritischen Blick auf die recht umfangreiche Menschenansammlung an, bevor sie höflich beiseitetritt, um den polizeilichen Ermittlern das Betreten des Zimmers zu ermöglichen.

»Sorry, *Forensics first!*«, hört der mit Denise Malowski unmittelbar vor der Tür stehende Tobias Heller hinter sich die stets gelangweilt klingende Stimme Jürgen Vogels. Im nächsten Augenblick wird er sanft aber bestimmt vom Leiter der Spurensicherung beiseitegeschoben, der mit zwei seiner Leute im Gefolge zügig den Raum betritt.

Der Hauptkommissar stellt sich mit seiner Partnerin schulterzuckend zu den anderen, zu denen sich mittlerweile einige neugierige Hotelgäste gesellt haben, die aber von den uniformierten Polizisten sogleich wieder höflich des Platzes verwiesen werden. Die Rechtsmedizinerin hingegen fühlt sich an die Order Vogels nicht gebunden und folgt ihm in Begleitung ihrer Assistentin hocherhobenen Hauptes ins Innere des Hotelzimmers. Bei der Bestimmung des Todeszeitpunktes kommt es auf jede Minute an und hier gibt es gleich zwei Leichen!

Wenige Sekunden später steht Martina de Luca mit einem ungewohnt verwirrten Gesichtsausdruck wieder vor der Tür. »War nicht die Rede von *zwei* Toten?«, wendet sie sich an die Kommissare. »Also, *ich* jedenfalls sehe nur *eine* Leiche!«

* * *

»Ich … ich verstehe das nicht«, stottert die Hotelmanagerin nach einem Blick in den Raum ratlos. »Ich habe die beiden Toten mit eigenen Augen gesehen, nachdem das Zimmermädchen mir den Vorfall gemeldet hatte! Die Frau auf dem Bett ist ja noch da, aber dort vorne vor dem offenen Zimmersafe lag ebenfalls einer! Der Mann war wie ein Einbrecher gekleidet und er hielt eine Pistole in der Hand, daran erinnere ich mich genau!«

Denise Malowski schaltet schnell: »Haben Sie sich persönlich vom Tod des Mannes überzeugt?«, erkundigt sie sich bei Eveline Freytag nach dem Naheliegenden. »Wie es scheint, war er nämlich gar nicht tot, sondern nur bewusstlos! Ist es möglich, das Hotel unbemerkt zu verlassen? Über einen Notausgang vielleicht?«

»Also, den Puls haben wir ihm jetzt nicht gefühlt! Ich dachte, weil die Frau ... sie war eindeutig erschossen worden! Es gibt einen Lieferanteneingang im Untergeschoss. Aber der ist videoüberwacht, da gelangt niemand ungesehen hinaus oder herein. Und der Rezeptionistin wäre es sicher aufgefallen, wenn eine verdächtige Person versucht hätte, an ihr vorbei aus dem Hotel zu schleichen!«

Denise bedenkt ihren Partner mit einem wissenden Seitenblick und wendet sich wortlos dem Lift zu. *Ich schaue mir das mal genauer an*, will sie ihm damit sagen. Tobias hingegen pfeift unter dem Druck der Ereignisse auf das unausgesprochene Verbot und schickt sich an, den Tatort jetzt schon zu betreten. »Sie kommen bitte mit!«, fordert er die Hotelmanagerin auf, ihn zu begleiten.

»Könnte es sein, dass es sich bei dem offenbar doch nicht so ganz toten Mann um einen Hotelgast handelte?«, stellt er drinnen seine erste Frage. Viel Platz, den herumwuselnden Forensikern aus dem Weg zu gehen, ist nicht vorhanden, sodass der Ermittler sich mit seiner Begleiterin im Eingangsbereich aufhalten muss. Den bitterbösen Blick, mit dem Jürgen Vogel ihn beim Eintreten bedachte, ignorierte er geflissentlich.

»Ich kenne selbstverständlich nicht jeden Gast persönlich«, entgegnet Eveline Freytag nach kurzem Nachdenken. »Aufgefallen ist er mir aber zuvor definitiv nicht!«

»Erinnern Sie sich daran, ob das Fenster schon offen war, als Sie das Zimmer vorhin erstmals betraten?« Heller zeigt auf die sich im Durchzug träge hin und herbewegenden schweren Vorhänge ihnen direkt gegenüber.

»Nein, ich glaube, es war zu«, antwortet sie nach kurzem Nachdenken. »Völlig sicher bin ich mir da aber nicht. Meinen Sie, der Kerl ist da raus? Das sind locker sechs oder sieben Meter. Zum Runterspringen ist das viel zu hoch!« Plötzlich hellen sich ihre Gesichtszüge merklich auf und sie greift in ihren Blazer. »Bei der Gelegenheit fällt mir gerade ein … Ich hatte doch ein Foto davon angefertigt!«, ruft sie aus und hält dem Ermittler ihr Handy hin. »Sehen Sie?«

Das Bild ist etwas verwackelt und leicht unscharf, der lang auf dem Fußboden ausgestreckte Mann ist jedoch ausreichend gut zu erkennen. Leider ist sein Gesicht von der Kamera abgewandt, aber hinter ihm ist deutlich ein *geschlossenes* Fenster zu sehen!

»Hm!« Tobias reibt sich nachdenklich das Kinn, nachdem er das Foto über Bluetooth auf sein eigenes Handy kopiert hat. »Begleiten Sie mich nach draußen? Ich würde mir das gerne genauer ansehen und hier sind wir irgendwie im Wege, fürchte ich!«

* * *

»Sie stehen also seit Ihrem Dienstbeginn um 06:00 Uhr heute Morgen hinter diesem Tresen?«, vergewissert sich Denise Malowski bei der Rezeptionistin. »War das ununterbrochen der Fall oder haben Sie Ihren Platz zwischendurch auch einmal verlassen?«

Bettina Heinemann ist etwa Ende zwanzig, rothaarig und in die Livree des Hotels gekleidet: Schwarze Hose, weiße Bluse und rotes Jackett. Sie hinterlässt einen gelassenen und kompetenten Eindruck bei der Ermittlerin. Wer täglich mit Menschen umgeht, die den einzigen Wunsch haben, für die Dauer ihres Aufenthaltes umfassend umsorgt zu werden, muss diese Einstellung wohl auch mitbringen, vermutet Denise.

»Ich habe meinen Posten keinen Augenblick verlassen«, entgegnet die Hotelbedienstete selbstbewusst. »Und den Monitor habe ich ebenfalls ständig im Blick gehabt, falls Sie das als Nächstes fragen wollten!«

»Wo wir schon dabei sind: Was zeigt dieser Bildschirm?«

»In einem der Bildfenster ist die Laderampe hinter dem Hotel zu sehen. Die beiden anderen zeigen den Parkplatz sowie den Eingangsbereich von außen. Einen wie von Ihnen beschriebenen schwarz gekleideten Mann habe ich auf keinem der Videostreams bemerkt. An mir vorbeigekommen ist er in der Zeit ebenfalls nicht!«

»Auch nicht der Gast von Zimmer 208? Die Frau müssten Sie doch auf jeden Fall gesehen haben, immerhin wurde sie von einer Ihrer Angestellten erst vor einer Stunde in ihrem Hotelzimmer tot aufgefunden!«

»Frau Durand wird das Hotel am Abend vorher oder in der Nacht betreten haben«, vermutet die Rezeptionistin. »Dazu müssten Sie schon die Kollegin befragen, die zu der Zeit Dienst hatte, aber die werden Sie heute erst um 22:00 Uhr wieder hier antreffen!«

* * *

Denise und Tobias stehen vor der extra breiten und massiv aussehenden Stahltür, die am Fuße der Laderampe in das Untergeschoss des Hotels führt. Hier wird, so die Hotelmanagerin, zweimal die Woche Wäsche von der Vertragswäscherei angeliefert beziehungsweise abgeholt und alle vierzehn Tage kommt eine umfangreiche Warenlieferung. Der Zulieferbereich ist, wie Denise bereits von Bettina Heinemann an der Rezeption erfahren hatte, mit einer Überwachungskamera ausgestattet.

Tobias hatte seine Partnerin auf dem Weg nach draußen im Foyer aufgegabelt und sich mit ihr gemeinsam die Hotelfassade auf der Rückseite angeschaut. Dabei waren ihnen zwei Dinge aufgefallen: Unterhalb des Fensters von Zimmer 208 zieht sich ein nicht sehr breiter Mauervorsprung quer über die Fassade und nicht weit davon ist eine senkrechte Regenrinne angebracht. Beides ist seiner Meinung nach durchaus für eine Flucht aus luftiger Höhe geeignet. In dem schmalen Grünstreifen, der das Hotel umgibt, könnten sich womöglich Spuren finden lassen.

»Die Kamera erfasst mit ihrem Weitwinkelobjektiv den gesamten Bereich der Rampe bis zur Tür. Dank einer hochwertigen Infrarotoptik auch nachts«, erklärt Eveline Freytag. »Da entgeht uns nichts, zumal es eine Beleuchtung gibt, wie Sie sehen.« Sie zeigt auf die Lampen links und rechts der Zufahrt.

»Hier könnte der vermeintliche Dieb in der Nacht hineingelangt sein«, überlegt Denise Malowski. »Eventuell verließ er das Hotel auch irgendwann innerhalb der letzten Stunde auf diesem Wege unerkannt. Ist es sehr schwer, in das Treppenhaus zu gelangen, nachdem man diese Tür überwunden hat?«

»Nein, das ist ein Kinderspiel. Ist man erst einmal im Gebäude, kommt man ohne Probleme überall hin!«

»Wir benötigen die Überwachungsbänder!«, informiert Tobias Heller die Managerin. »Am besten geben Sie uns die Aufnahmen der letzten vierundzwanzig Stunden, von gestern Mittag an.«

Die Frau schaut den Ermittler zunächst nur überrascht an und schüttelt dann entschieden den Kopf. »Falls Sie einen richterlichen Beschluss benötigen, werden wir den in kürzester Zeit erwirken«, fügt seine Partnerin hinzu, weil sie diese Geste als Weigerung versteht. »Ich bin mir aber sicher, dass wir uns auch so einigen können. Ich sehe nämlich nicht, dass durch die Sichtung der Aufnahmen irgendwelche Persönlichkeitsrechte verletzt werden, zumal das Schild dort an der Wand unmissverständlich auf eine Videoüberwachung hinweist.«

»Darum geht es nicht, Frau Kommissarin«, gibt Freytag zurück. »Es ist nur so … Unsere Kameras liefern lediglich Livebilder, die an der Rezeption auf einen Monitor eingespielt werden. Aufzeichnungen existieren daher nicht!«

»Verdammt!«, entfährt es Tobias Heller unbeherrscht. Mit dieser Variante hatte er nicht gerechnet! »Und die Kollegin, die gestern Nacht den Empfang bediente, ist jetzt nicht im Haus, nehme ich an?«

»Frau Haupt erscheint erst heute Abend um 22:00 Uhr wieder zum Dienst, Sie werden sich also gedulden müssen. Ich kann Ihnen jedoch ihre Adresse heraussuchen, falls Sie sie zu Hause aufsuchen möchten.«

»Das wäre hilfreich«, nickt Denise Malowski dankbar und reicht ihr eine ihrer Visitenkarten. »Wenn Ihnen noch etwas Wichtiges einfallen sollte, rufen Sie bitte eine dieser Nummern an. Mobil bin ich jederzeit zu erreichen. Es wäre eventuell auch eine gute Idee, das Foto, das Sie mit Ihrem Handy angefertigt haben, Ihrem gesamten Personal zu zeigen. Nur für den Fall, dass dieser Mann sich schon früher hier herumgetrieben hat und sich jemand an ihn erinnern kann!«

DER SCHNÜFFLER

Eine Stunde zuvor

Ich erwachte mit einem tierischen Brummschädel. Womit immer der oder die Unbekannte zugeschlagen hatte, es hatte mich nachhaltig außer Gefecht gesetzt. Und das trotz meiner Mütze, auf die ich im wahrsten Sinne des Wortes wieder einmal eins bekommen hatte!

Weswegen ich die blöde Wollkappe dauernd erwähne? Nun ja, sie ist zugegebenermaßen aus reiner Schurwolle und handgestrickt. Natürlich nicht von mir selbst! Aber das Wichtigste an dieser Kopfbedeckung ist sozusagen ihr geheimes Innenleben. Ich ließ mir nämlich schon vor Jahren von einem guten Bekannten, der den altehrwürdigen Beruf des Hufschmieds erlernt hatte, eine Stahlkappe einarbeiten, die perfekt an die Form meines Charakterschädels angepasst war!

Feinster millimeterdicker Stahl, der mir jetzt höchstwahrscheinlich das Leben gerettet hatte. Oder zumindest den Verstand, obwohl nicht wenige meiner Mitmenschen das Vorhandensein eines solchen ernsthaft anzweifeln. Allerdings, wenn ich jetzt so darüber nachdachte, musste ich ihnen dieses Mal recht geben, denn wie es aussah, war ich sehenden Auges in eine wohlvorbereitete Falle getappt. Schon wieder!

Stöhnend fasste ich mir an den Kopf. Durch die geschlossenen Lider drang gleißende Helligkeit, die mir sagte, es sei sicher besser, die Augen vorerst nicht zu öffnen. Lag ich immer noch im Hotelzimmer? Wenn ja, war es jetzt heller Tag und somit wurde es für mich höchste Zeit, zu verschwinden, bevor das hoteleigene Putzgeschwader auftauchte. Der Versuch, meinen Brummschädel zu betasten, endete völlig unvorbereitet mit einem dumpfen, metallischen Geräusch, das da überhaupt nichts zu suchen hatte. Ich riss die Augen auf und sah bestürzt auf die Walther, die ich schussbereit in der rechten Hand hielt!

Wie war die Pistole dorthin gelangt? Aber so sehr ich mir auch das Hirn zermarterte, die letzte Erinnerung, die ich darin finden konnte, beinhaltete den von mir geöffneten Safe und den Schlag auf den Kopf, den ich direkt im Anschluss daran erhielt. Die Schusswaffe steckte dabei aber definitiv im hinteren Hosenbund meiner Jeans! Die Antwort auf eine andere Frage erschien mir jedoch momentan wesentlich dringender: War ich alleine hier?

Ächzend nahm ich zunächst eine sitzende Haltung ein, was gleich wieder einen heftigen Schwindelanfall auslöste. Eine unangenehme, längst vergessen geglaubte Erinnerung drang in mein Bewusstsein. Als ich das letzte Mal in einem solch desolaten Zustand aufgewacht war, hatte mir jemand am Abend zuvor K.-o-Tropfen verabreicht! Jetzt wurde mir plötzlich einiges klar, denn mit einem Schlag auf den Kopf allein war die lange Bewusstlosigkeit nicht zu erklären. Nachdem die Welt endlich aufgehört hatte, sich wie rasend zu drehen, erkannte ich mit aller bestürzenden Deutlichkeit zweierlei: Ja, dies hier *war* das Zimmer 208 im Airport-Hotel und nein, ich war *nicht* allein. Quer über dem Bett lag nämlich eine mir wohlbekannte Frau und die sah verdammt tot aus!

* * *

Die Frau, die vor zwei Tagen unter dem französisch klingenden Namen Isabelle Durand im Hotel eingecheckt hatte, lag rücklings quer über dem Bettgestell und schien mich aus weit aufgerissenen Augen vorwurfsvoll anzuschauen. Mitten auf der Stirn prangte ein nicht sehr großes Einschussloch, aus dem ein dünner Blutfaden über das Gesicht bis zum Kinn gelaufen war. Da sie auf dem Rücken lag, sah das aus meiner Position so aus, als sei dies allen physikalischen Gesetzen zum Trotz gegen den Zug der Schwerkraft geschehen.

Auch ohne Pathologe oder Forensiker zu sein, war für mich daraus unzweifelhaft zu entnehmen, dass die schöne Unbekannte nicht in dieser Position gestorben sein konnte. Da ihr Kopf an der Bettkante herunterhing, wäre das Blut in Richtung ihrer Haare gelaufen. Sie musste demnach aufrecht gestanden oder zumindest gesessen haben, als der tödliche Schuss sie traf und ins Jenseits beförderte. Weiterhin ließ die geringe Blutmenge auf einen sofortigen Tod schließen. Wenn das Herz aufhört zu schlagen, versiegt auch jegliche Blutung nahezu auf der Stelle.

Ein weiterer schrecklicher Verdacht kam mir beim Anblick des Einschussloches. Eine Vermutung, die spätestens zur Gewissheit wurde, nachdem ich an der Mündung der Walther gerochen hatte. Diese Frau war mit großer Wahrscheinlichkeit mit *dieser* Waffe getötet worden und ich hielt jede Wette, dass ein forensischer Paraffintest Schmauchspuren an meiner rechten Hand nachweisen würde!

Falls man mir tatsächlich K.-o-Tropfen verabreicht hatte, könnte ich theoretisch sogar selbst geschossen haben, da Benzodiazepine die unangenehme Nebenwirkung haben, den eigenen Willen komplett auszuschalten und die Erinnerung an unter ihrem Einfluss begangene Taten unwiderruflich aus dem Gedächtnis zu tilgen. Mit anderen Worten: Ich war wieder einmal gründlich im Arsch!

Wie gründlich, sollte ich schon in der nächsten Sekunde erfahren. Denn kaum war der erste Schock einigermaßen verdaut, hörte ich laute Stimmen von jenseits der Tür! Wie es schien, kam eine ganze Reihe von Leuten die Treppe herauf, und ich will bis in alle Ewigkeit in der tiefsten Hölle schmoren, wenn mir zwei der sich unterhaltenden Personen nicht hinreichend bekannt waren!

Die markante Stimme der Frau und den kräftigen Bariton des Mannes waren mir nämlich beileibe nicht unbekannt, es handelte sich um Malowski und Heller oder das dynamische Duo, wie ich die zwei bei unserer ersten Begegnung scherzhaft genannt hatte! Jetzt war ich endgültig geliefert, denn bezüglich des Ziels der beiden Polizisten, die offenbar mit einem großen Bahnhof unterwegs waren, konnte nicht der Hauch eines Zweifels bestehen! Nun erwies es sich als vorteilhaft, mein nicht gerade unauffälliges Gefährt ein paar Straßen weiter abgestellt zu haben, da der zitronengelbe

Elektroflitzer den beiden bestens bekannt war. Doch da musste ich erst einmal hingelangen. Warum verfügen Hotelzimmer eigentlich nie über einen zweiten Ausgang?

Panisch ließ ich meine Augen durch das Zimmer wandern, aber da gab es außer dem Fernseher und dem Schreibtisch nur noch das Bett und einen Kleiderschrank. Beides waren ebenso wenig sichere Verstecke wie das angrenzende kleine Bad, wenn eine Horde Forensiker und zwei Mordermittler hier alles auf den Kopf stellten! Ein verzweifelter Blick aus dem Fenster hob meine Stimmung jedoch sofort erheblich. Der direkt darunter verlaufende kaum fünf Zentimeter breite Mauervorsprung und die etwa zwei Meter entfernte Regenrinne versprachen eine zumindest theoretische Fluchtmöglichkeit.

Allerdings litt ich seit meiner Kindheit an Höhenangst, woran auch die Tatsache, dass der Erdboden nur ungefähr sechs Meter unter mir lag, wenig änderte. Aber es half ja nichts! Ich warf einen letzten kritischen Blick in den Raum, um mich zu vergewissern, keine Hinweise auf meine Identität zurückgelassen zu haben, und kletterte entschlossen durch das Fenster nach draußen.

Man könnte versuchen, es schönzureden, aber unterm Strich wäre dennoch immer bloß eines dabei herausgekommen: Ich wurde wegen Mordes gesucht und war ab sofort auf der Flucht vor dem Gesetz! Ich wusste jedoch in meinem tiefsten Inneren, dass ich niemals einen Menschen töten würde, ob mit K.-o-Tropfen oder ohne! Das Gebot der Stunde ergab sich daraus von selbst. Um mich zu rehabilitieren, musste ich denjenigen finden, der für diesen Schlamassel verantwortlich war, und ich schwor mir, dass es demjenigen noch leidtun würde, mich in eine solche Situation gebracht zu haben.

Habe ich meinen Werbeslogan schon erwähnt? Er lautet: *Decker deckt auf!* Genau das hatte ich nun als Nächstes vor. Niemand legt sich ungestraft mit Privatermittler Phil Decker an!

KAPITEL 2

Montag, 3. August, 14:02 Uhr

»Das Zimmer wurde am vergangenen Freitag von einer Isabelle Durand gebucht«, erläutert Tobias Heller den Anwesenden im Besprechungsraum, wobei er den Namen mit französischer Betonung ausspricht. »Die Frau tauchte nach Angaben der Hotelleitung gegen Mittag ohne Vorankündigung dort auf und zahlte im Voraus für eine Woche Aufenthalt. Sie sprach gebrochen deutsch mit einem ausgeprägten Akzent und legte zur Identifikation einen gültigen französischen Reisepass vor.«

»War bei dem Anruf heute Morgen nicht die Rede von *zwei* Toten in dem Hotelzimmer?«, unterbricht Donner ihn mit fragend hochgezogenen Augenbrauen.

»Warte es ab, Chef. Zunächst ist es wichtig, zu erwähnen, dass es sich bei der Toten zweifelsfrei um die Zimmerinsassin handelt. Diese wurde vom Hotelpersonal als brünett, mittelgroß, schlank und auffallend elegant gekleidet beschrieben, was haargenau auf diese Frau zutrifft. Außerdem wurde sie von der Hotelleitung zuverlässig identifiziert. Das ist aber auch schon alles, was an dieser Angelegenheit eindeutig ist. Die uns gemeldete zweite Leiche war nämlich nicht mehr da, als wir dort ankamen!«

»Wie jetzt? Ein ausgewachsener Mensch kann doch nicht einfach so verschwinden! Schon gleich gar nicht, wenn er tot ist!«

»Hätte ihn jemand hinausgetragen, wäre das sicher aufgefallen, da sämtliche Ausgänge überwacht werden. Daraus ergibt sich zweierlei: Der Mann war gar nicht tot, sondern nur bewusstlos und es ist nahezu ausgeschlossen, dass er einfach so aus dem Hotel spaziert ist, ohne dabei gesehen zu werden. Bleibt im Grunde nur eine Flucht aus dem Fenster übrig, der Zeitrahmen hierfür liegt bei etwa einer Stunde von der Meldung des Verbrechens bis zu unserem Eintreffen vor Ort. Genügend Gelegenheit also, unerkannt zu verschwinden!«

»Möglich wäre ihm dies auf jeden Fall gewesen, Chef!«, wirft Denise Malowski ein. »Als wir das Zimmer betraten, war das Fenster offen, laut Aussage des Hotelpersonals war es aber zuvor geschlossen. Wir haben uns das von draußen angeschaut, mit etwas Akrobatik und der notwendigen Todesverachtung hätte er über einen schmalen Sims eine zwei Meter entfernte Regenrinne erreichen können. Daran herunterzurutschen, ist dann eigentlich fast schon ein Kinderspiel!«

Tobias Heller greift wortlos zu einer Mappe vor sich auf dem Tisch, holt den vergrößerten Ausdruck des Handyfotos hervor, das er von der Hotelmanagerin erhalten hatte, und heftet ihn mittels zweier Magnete an die Tafel. Ein weiteres Foto, von ihm selbst aufgenommen, kommt gleich daneben.

»Hier sehen wir den Kerl vor dem offenen Zimmersafe liegen«, erläutert er die erste Aufnahme.

»Frau Freytag vom Hotelmanagement war so geistesgegenwärtig, die Szene mit ihrem Handy festzuhalten, bevor sie die Polizei rief. Leider erkennt man von ihm nicht allzu viel: mittelgroß, schätzungsweise etwa 1,70 Meter, kräftige Statur und ganz in Schwarz gekleidet mit einer ebensolchen Mütze. Darunter scheint er kahlgeschoren zu sein. Auffällig daran ist allerhöchstens die Tatsache, dass der Kerl mitten im Sommer eine Kopfbedeckung trägt. Deutlich ist aber das geschlossene Zimmerfenster zu erkennen. Auf dem zweiten Bild seht ihr die von Denise erwähnte Regenrinne und das nunmehr offene Fenster mit dem Sims darunter.«

»Wenn ich das richtig sehe, endet das Regenrohr in einem Grünstreifen. Falls der Kerl auf diesem Weg das Hotel verließ, muss es dort Spuren geben! Was sagt die Forensik dazu?« Donner heftet seinen Blick auf den ebenfalls anwesenden Leiter der Spurensicherung.

»Das ist korrekt«, fühlt Jürgen Vogel sich angesprochen. Er ist heute in Begleitung seiner IT-Spezialistin Amara Jones erschienen, was bei den Kommissaren leichte Verwunderung auslöste, weil kein Bezug zu einer entsprechenden Technik erkennbar ist und sie an der Tatortuntersuchung heute Morgen nicht teilgenommen hatte.

»Wir konnten tatsächlich einige frische und daher gut erhaltene Schuhabdrücke der Größe 41 an besagter Stelle nachweisen«, fährt der Forensiker fort. »Falls der Mann auf dem beschriebenen Weg das Hotelzimmer verließ, sind sie mit ziemlicher Sicherheit von ihm hinterlassen worden. Bilder vom Sohlenprofil sowie eine biologische Analyse der Erde im Umkreis der Abdrücke findet ihr wie immer in meinem Bericht.«

Für die weiteren Ausführungen nimmt der Wissenschaftler die von ihm selbst angefertigten Notizen zu Hilfe. »Wesentlich interessanter ging es am Tatort zu. Wobei es anhand der Spuren zwar als gesichert gilt, dass die Frau in dem Zimmer getötet wurde, jedoch definitiv nicht an der Stelle, wo man sie fand. Dies ist vor allem an der Art und Weise zu erkennen, wie sie dort gelegen hat.«

Er entnimmt einer Mappe drei großformatige Fotografien und heftet sie an die Magnettafel. Auf einer Aufnahme ist das Bett in einer Totalen mit der rücklings quer darüber liegenden Leiche zu sehen. Der Kopf hängt an einer Längsseite der Liegestatt herunter, sodass das blutige Einschussloch auf der Stirn gut zu erkennen ist. Die beiden anderen Fotos zeigen das Gesicht aus unterschiedlichen Perspektiven.

»Schaut euch das Blut an!«, fordert Vogel die Kommissare auf. »Wäre sie aufrecht gestanden und nach hinten gekippt, als die Kugel sie traf, müsste das meiste davon dem Zug der Schwerkraft gemäß in Richtung ihres Haaransatzes gelaufen sein. Es ist aber genau andersherum, was beweist, dass sie im Stehen oder im Sitzen erschossen wurde und man sie erst später auf das Bett gelegt hat. Einige Blutspritzer nahe der Stelle, wo der Unbekannte gelegen haben soll, belegen diese These!«

»Wurde das Geschoss gefunden?«, stellt Wolfgang Müller die naheliegendste aller Fragen.

»Ja und nein!«, lächelt der Forensiker hintergründig. »Frau Doktor de Luca hat bei der Untersuchung des Leichnams keine Austrittswunde entdecken können, was einerseits auf ein kleines Kaliber hindeutet und andererseits darauf, dass die Kugel noch im Schädel des Opfers steckt. Da meinen Experten aber selten etwas entgeht, haben wir das hier im Holz des Bettgestells gefunden!«

Er greift erneut in seine Mappe und holt einen Spurensicherungsbeutel hervor, in dem deutlich ein Geschoss zu erkennen ist. »Kaliber .22«, erläutert er knapp. »Und das bedeutet mit anderen Worten, dass es *zwei* Schüsse gab!«

»Eventuell auch eine dritte Person?«, wird Tobias Heller aufmerksam. »Die vorgefundenen Indizien würden dann einen Sinn ergeben!«

»Er meint den Tatzeitpunkt«, kommt Denise Malowski ihrem Partner zu Hilfe, weil alle ihn nur verständnislos anschauen. »Dieser war laut Rechtsmedizin gegen Mitternacht, mit den üblichen Unsicherheitsfaktoren. Wenn aber der mutmaßliche Hoteldieb die Frau erschoss und anschließend auf das Bett legte, warum fand man ihn dann fast zehn Stunden später bewusstlos und mit einer Pistole in der Hand vor dem geöffneten und offenbar auch ausgeräumten Zimmersafe? Die Sache wird ihn ja wohl kaum dermaßen angestrengt haben, dass er danach ins Koma fiel! Und zu guter Letzt: Warum wurde ein zweiter Schuss abgegeben?«

»Eine dritte Partei stellt uns aber vor genau dasselbe Problem!«, verkündet Kommissarin Christina ›Chrissie‹ Ohlsen. »Du sagtest vorhin, das Fenster sei geschlossen gewesen, als das Zimmermädchen den Raum nach der Tat erstmals betrat. Es befanden sich jedoch ihrer Aussage gemäß nur die Tote und der Bewusstlose darin. Eine dritte Person hätte das Hotel demnach in der Nacht verlassen haben müssen, was aber durch die Videoüberwachung unwahrscheinlich ist! Zudem ist es reichlich merkwürdig, dass jemand volle zehn Stunden besinnungslos neben einer Leiche verbringt! Habt ihr dort, wo er gelegen hat, irgendwelche Hinweise auf eine erhebliche Kopfverletzung gefunden?« Die letzte Frage geht an den Forensiker.

»Du willst wissen, ob den ebenfalls einer ›ausgeknipst‹ hat?«, wiederholt Jürgen Vogel. »Negativ. Wir haben nicht die kleinste Blutspur entdecken können. Wenn überhaupt, wird ein starkes Betäubungsmittel im Spiel gewesen sein! Bei der Leiche waren übrigens keinerlei persönliche Gegenstände, will heißen, sie hatte weder Handy noch Portemonnaie in der Tasche, sondern nur einen Autoschlüssel. Der gehört zu einem Mietwagen auf dem hoteleigenen Parkplatz, den wir uns ebenfalls kurz von innen angeschaut haben. Ein Parkticket im Handschuhfach war aber alles, was wir fanden. Die *Key-Card* für die Zimmertür lag im Hotelzimmer auf dem Fußboden. Sie war wohl unter das Bett gerutscht, als sie erschossen wurde. Ansonsten bestand das Gepäck nur aus Kleidungsstücken, selbst von ihrem Reisepass fehlt jede Spur!«

»Diese Sachen werden in dem ausgeräumten Zimmersafe gewesen sein«, vermutet Horst

Weiland. »In diesem Fall sind sie jetzt in den Händen ihres Mörders. Was ist mit den Überwachungskameras?«

»Es gibt insgesamt drei davon auf dem Hotelgelände«, nickt Tobias Heller. »Das Problem dabei ist, dass sie nur Livestreams übertragen. Diese werden über einen Monitor an der Rezeption überwacht, eine Aufzeichnung findet also nicht statt. Wir haben aber den Namen und die Adresse der Hotelangestellten, die in der Nacht Dienst hatte, und werden sie heute noch aufsuchen!«

»In Ordnung«, beendet der Kommissariatsleiter die Diskussion. »Ich erwähne es nur der Vollständigkeit halber: Oberste Priorität hat für uns derzeit, die Identität des Kerls zu ermitteln, der euch heute Morgen durch die Lappen ging. Entweder handelt es sich um den Täter oder um einen Zeugen, wir müssen seiner daher unter allen Umständen habhaft werden! Außerdem ist das Geschoss im Schädel des Opfers von immenser Wichtigkeit, weil uns erst eine ballistische Untersuchung beider Kugeln Klarheit darüber verschaffen wird, ob hier *eine* oder *zwei* Tatwaffen im Spiel waren!«

»Ich frage mich allen Ernstes, wie jemand mitten in der Nacht mindestens zwei Schüsse aus einer Pistole abfeuern konnte, ohne gleich das halbe Hotel aufzuwecken«, meldet sich Horst Weiland erneut zu Wort. »Außerdem wäre es von Interesse, ob Opfer und Täter sich eventuell kannten. Sie muss ihrem Mörder ja die Tür geöffnet haben, da es sich um Schlösser handelt, für die man eine *Key-Card* benötigt.«

»So sehr laut sind diese kleinkalibrigen Pistolen meist nicht«, äußert sich Jürgen Vogel dazu. »Oftmals stellen die Besitzer die Patronen sogar selber her, entweder aus Kostengründen oder weil die Waffe illegal erworben wurde und Munition daher auf legalem Weg nicht leicht zu beschaffen ist.«

Er schaut erneut in seine Notizen. »Ach ja, es wurden keine Geschosshülsen am Tatort gefunden, das hatte ich vorhin vergessen zu erwähnen. Der Täter hat sie entweder sofort eingesammelt oder er benutzte einen Revolver. Was deine Frage betrifft: Bei entsprechend geringer Treibladung waren die Schüsse womöglich schon im übernächsten Zimmer gar nicht mehr zu hören. Dazu würde auch passen, dass das Geschoss im Bettpfosten nicht sehr tief in das Holz eingedrungen war. Für das Schlüsselproblem gibt es übrigens ebenfalls eine plausible Erklärung, die euch nun meine bezaubernde Mitarbeiterin näher erläutern wird. Die Auswertung der im Zimmer sichergestellten Fingerabdrücke erhaltet ihr spätestens morgen.«

»Für das, was ich jetzt sage, gibt es keinerlei konkrete Beweise«, schränkt Amara Jones zu Beginn ihrer Rede vorsorglich ein. »Es existieren jedoch nur zwei Möglichkeiten, in ein verschlossenes Zimmer zu gelangen: Jemand, der schon drinnen ist, lässt einen herein oder man verschafft sich Zutritt mit einem geeigneten Werkzeug beziehungsweise einem Schlüssel. Die Tatsache, dass es keinerlei Spuren eines gewaltsamen Eindringens gab, deutet entweder auf die erste Variante hin, wobei Hotelgast und Besucher sich aufgrund fehlender Kampfspuren gekannt haben müssten, oder aber der Mann befand sich bereits im Raum, als die rechtmäßige Besitzerin diesen betrat.«

»Gehen wir der Einfachheit halber von der letztgenannten Möglichkeit aus«, nickt Tobias Heller. »Frau Durand kam aus Frankreich, was die Wahrscheinlichkeit, hier auf Bekannte zu treffen, erheblich reduziert. Außerdem war der Kerl laut Aussage der Hotelmanagerin, und wie auf dem Foto ja auch zu sehen ist, wie ein Einbrecher gekleidet und zudem bewaffnet. In einer solchen Aufmachung geht man normalerweise nicht zu einem Date! Auf welche Weise wäre er in diesem Fall deiner Meinung nach hineingekommen?«

»Man sollte eigentlich meinen, dass es nichts Sichereres als eine *Key-Card* gibt, wie sie in vielen Hotels mittlerweile Standard sind. Eine bekannte Hackergruppe hat jedoch erst kürzlich offengelegt, wie leicht es im Grunde ist, zutrittsgesicherte Zimmertüren zu überlisten. Bei Systemen mit *RFID*-Chip, wie sie überwiegend zum Einsatz kommen, genügt es, sich mit einem speziellen Lesegerät in die Nähe einer gültigen Codekarte zu begeben, um diese auszulesen. Das könnte beispielsweise in einem Aufzug sein, wo die Abstände naturgemäß meist gering sind. Ein solcher Chip kann noch auf eine gewisse Distanz gelesen werden, selbst wenn er sich in einer Tasche befindet. Ihr kennt das vielleicht von den neuen berührungslosen Kreditkarten eurer Bank, die man nur in die Nähe eines Lesegeräts halten muss.«

»Es ist also möglich, eine *Key-Card* auf diese Weise kopieren. Aber damit erhält man doch lediglich Zugang zu dieser einen Tür, oder irre ich mich?«, wirft Chrissie Ohlsen ein.

»Ja und nein. Der Hacker benötigt jetzt eine beliebige Tür, an deren Codeschloss er das Lesegerät hält, welches er mit einem Computer koppelt, in den der zuvor gestohlenen Key eingespeist wurde. Ein sogenannter *Raspberry Pi*, wie man ihn für ein paar Euro im Versandhandel bekommt, reicht dafür vollkommen. Diese Teile sind nicht größer als eine Zigarettenschachtel, völlig unauffällig und lassen sich mit einem Akku-Pack betreiben, wie man sie für Handys benutzt. Damit wird der Speicherinhalt des Schlosses ausgelesen und mit einem ausgeklügelten Algorithmus unter Verwendung des erwähnten Keys der Mastercode ermittelt, also den Generalschlüssel, wenn man so will. Das dauert meist nicht einmal eine Minute. Mit diesem Code programmiert der Einbrecher dann eine leere Karte und hat Zugriff auf sämtliche Türen des Hotels! Es kommen bei der beschriebenen Vorgehensweise ähnliche Geräte zum Einsatz, wie sie auch vom Hotelpersonal verwendet werden und der Besitz ist nicht einmal verboten.«

»Käme alternativ die altmodische Variante mit einer Kreditkarte infrage?«, erkundigt sich Denise Malowski. »Soweit ich gesehen habe, ist die Tür mit einem simplen Schnappschloss ausgestattet und hätte somit auf diese Weise leicht geknackt werden können.«

»Das wäre eine Möglichkeit«, räumt die IT-Spezialistin ein. »Es erklärt aber nicht den Safe. Der wurde ja geöffnet, und dafür war definitiv eine *Key-Card* erforderlich!«

»Also ein Profi, zumindest in dieser Hinsicht«, konstatiert Donner. »Danke, Amara. Falls es sich tatsächlich so abgespielt hat wie von dir dargelegt, könnte das bedeuten, dass der Dieb sich gut auf den Coup vorbereitet hat. Er wird demnach bereits einen oder zwei Tage vorher in diesem Hotel gewesen sein, um an einen gültigen Code zu gelangen. Wir werden das Personal dazu befragen, eventuell ist er dabei ja doch jemandem aufgefallen.«

Er zögert einen Augenblick, bevor er hinzufügt: »Wir sollten vorsorglich aber die Personalien dieser Isabelle Durand überprüfen, da nicht gänzlich auszuschließen ist, dass sie in der Sache irgendwie mit drin hängt. Dazu müsste ihre Heimatbehörde kontaktiert werden, wer übernimmt das?« Er blickt aufmerksam in die Runde und sieht lauter betretene Gesichter.

»Das kann ich erledigen!«, meldet sich schließlich ausgerechnet Chrissie Ohlsen zur Überraschung der Kollegen zu Wort.

»*Du* sprichst Französisch?«, wundert sich Wolfgang Müller. Offenbar kennt er selbst nach Jahren längst nicht alle Geheimnisse seiner Freundin.

»*Naturellement, Monsieur!*«, grinst sie ihn an. »Ich hatte es auf dem Gymnasium, das ist wesentlich praktischer als euer langweiliges Latein!«

»Jedenfalls bin ich damit so schnell nicht am Ende!«, kontert Müller kalauernd.

»Dann wäre das ja geklärt!«, beendet Donner das Geplänkel resolut und wendet sich direkt an Horst Weiland. »Für dich habe ich auch eine Aufgabe. Du gehst zur Sicherheit den kompletten Kofferinhalt durch, eventuell findest du ja irgendwas. Jede noch so winzige Kleinigkeit könnte eine Spur sein, selbst die Etiketten in den Kleidungsstücken stellen manchmal wertvolle Hinweise dar.«

* * *

»Ihre Vorgesetzte informierte uns darüber, dass Ihr Dienst am Empfang von gestern Abend 22:00 Uhr bis 06:00 Uhr heute Morgen ging. Ist das so korrekt?«, vergewissert sich Denise Malowski bei der Rezeptionistin der Nachtschicht. Julia Haupt ist, wie ihre Kollegin von der Tagschicht, Ende zwanzig und derzeit in einen bequemen Hausanzug gekleidet.

Ihre Wohnung liegt in einem anderen Ortsteil etwa drei Kilometer von ihrem Arbeitsplatz entfernt und sie war sofort bereit, die Kommissare zu empfangen und deren Fragen zu beantworten. Von den Ereignissen am heutigen Tag hatte sie naturgemäß nichts mitbekommen und zeigte sich äußerst schockiert, als Tobias Heller sie damit konfrontierte.

»Ja, das ist richtig. Selbstverständlich gibt es Überschneidungen, der Arbeitsplatz muss ja von der Spätschicht übernommen und am nächsten Tag an die Frühschicht übergeben werden, aber das sind immer nur ein paar Minuten. Ich weiß jetzt nur irgendwie nicht, was Sie ausgerechnet von mir wollen … Das war doch außerhalb meiner Schicht, wenn ich das richtig verstanden habe, oder nicht?«

»Frau Heinemann sagte uns bereits, dass sie den Arbeitsplatz ohne besondere nächtliche Vorkommnisse von Ihnen übernommen hat«, übergeht Denise Malowski den Einwand zunächst. »Wir gehen jedoch derzeit davon aus, dass die Ereignisse in Zimmer 208 in der Nacht geschahen oder zumindest ihren Anfang nahmen und möchten daher den Ablauf Ihrer Schicht gerne aus Ihrem Mund noch einmal hören.«

»Vornehmlich geht es uns darum, ob in dieser Nacht irgendwelche Personen das Hotel betreten oder verlassen haben, die Ihnen unbekannt waren«, präzisiert Tobias Heller.

»Mal überlegen … Die Japaner kamen kurz nach 23:00 Uhr. Eine Delegation aus Tokio, die im Laufe der Woche einige der umliegenden Industriebetriebe besichtigen wollte. Ihr Flieger hatte Verspätung, weshalb sie über eine Stunde später als geplant eincheckten.«

Sie denkt kurz nach. »Ja, richtig … Ein Mann rief an und ließ sich mit Zimmer 208 verbinden. Wenige Minuten danach verließ Frau Durand das Hotel. Sie schien es eilig zu haben, grüßte aber freundlich im Vorbeigehen.«

»Sagte der Mann am Telefon seinen Namen?«

»Nein, und den von Frau Durand ebenfalls nicht. Ich hatte im Gegenteil den Eindruck, dass er diesen gar nicht kannte, sondern lediglich die Zimmernummer. Ich habe ihn aber trotzdem durchgestellt. Gleich darauf kamen wie gesagt die Japaner. Ein quirliger Haufen! Die haben mich ganz schön auf Trab gehalten, bis endlich alle ihre Schlüsselkarten hatten. Der Rest der Nacht verlief dann wieder ruhig und ich habe niemanden mehr im Foyer gesehen. Wir sind ja auch kein Ferienhotel und in diesen Zeiten ist halt nicht viel los. Nein, warten Sie … Frau Durand kam ja noch von ihrem Ausflug zurück, das muss so gegen 00:30 Uhr gewesen sein!«

»Es ist möglich, dass der Unbekannte, der heute früh besinnungslos in Zimmer 208 vorgefunden wurde, innerhalb Ihrer Dienstzeit dort eingedrungen ist. Höchstwahrscheinlich sogar während der Abwesenheit der rechtmäßigen Insassin. Er trug eine schwarze Hose, einen gleichfarbigen Pullover und eine ebensolche Kappe, wahrscheinlich aus Wolle. Er hat ungefähr die Größe meiner Kollegin, also etwa 1,70 Meter, und ist recht bullig gebaut. Eine solche Person ist Ihnen demnach nicht aufgefallen?« Heller zeigt ihr das von der Hotelmanagerin geschossene Foto auf seinem Handy. »Es wäre immerhin möglich, dass er sich vor dem Gebäude aufhielt, als Frau Durand es verließ.«

»Schwarze Kleidung, sagen Sie? Ich glaube, so einer lungerte vor der Eingangstür herum und spähte andauernd durch die Glastür. Das erschien mir gleich verdächtig, weil der Kerl irgendwie den Eindruck erweckte, nicht gesehen werden zu wollen. Außerdem: Wer läuft in dieser Jahreszeit schon mit solchen Klamotten herum? Ich wollte nachschauen, aber er war nach ein paar Minuten wieder verschwunden und dann kam diese japanische Delegation.«

»Wäre es möglich, dass der Mann sich hinter der Reisegruppe hereingeschlichen hat? Und erinnern Sie sich daran, ob sie den Monitor für die Überwachungskameras die ganze Zeit über im Blick hatten?«

»Ersteres kann ich definitiv ausschließen, Herr Kommissar. Niemand schleicht sich in das Hotel, wenn ich hinter dem Tresen stehe! Allerdings ist es durchaus möglich, dass ich den Bildschirm einige Minuten unbeachtet ließ. Sie können sich sicher vorstellen, dass zwölf lebhafte und schwatzende Asiaten einen ordentlich beschäftigen können!«

»Haben Sie vorher oder nachher noch jemand anderes auf dem Monitor beziehungsweise hier im Foyer gesehen?«, bringt Denise Malowski einen weiteren Gedanken ins Spiel. »Es kann sein, dass der Einbrecher für eine unbekannte Zeitspanne Gesellschaft auf dem Zimmer hatte. Leider haben wir von dieser Person keine Beschreibung. Es kann sich daher sowohl um einen Mann als auch um eine Frau gehandelt haben.«

»Negativ. Den Monitor habe ich mit Ausnahme dieser paar Minuten die ganze Nacht nicht aus den Augen gelassen und hier im Foyer war es wie gesagt recht ruhig.«

Denise wirft ihrem Partner einen bezeichnenden Blick zu. »Haben Sie die vorhin erwähnte verdächtige Person noch einmal gesehen, nachdem die Japaner abgefertigt waren?«

»Nein, da muss ich ebenfalls passen. Vielleicht war das ja auch nur ein Spanner, der sich wieder getrollt hat, als es nichts zu sehen gab.«

»Haben Sie vielen Dank, Frau Haupt«, beendet Tobias Heller übergangslos die Befragung, da weitere Auskünfte hier momentan nicht zu erwarten sind. Er reicht ihr eine seiner Visitenkarten. »Hier, nehmen Sie. Falls Ihnen noch etwas einfällt, rufen Sie bitte diese Nummer an.«

KAPITEL 3

Dienstag, 4. August, 10:00 Uhr

Tobias Heller nimmt einen schwarzen Marker zur Hand und stellt sich an das Whiteboard, um die Ergebnisse der gestrigen Zeugenbefragungen dort niederzuschreiben. »Nach allem, was wir vom Hotelpersonal erfahren haben, gehen Denise und ich nunmehr von folgendem Szenario aus:

→ der Hoteldieb gelangte vermutlich am Sonntagabend gegen 23:00 Uhr über die videoüberwachte Hintertür in das Gebäude, als die Reisegruppe aus Japan eintraf und die Dame am Empfang genügend abgelenkt war. Da die Kamera lediglich Livebilder überträgt, die nicht aufgezeichnet werden, ist diese Variante die wahrscheinlichste. Es bedeutet aber, dass der Dieb sich mit den Gegebenheiten ausgekannt haben muss.

→ ein zumindest ähnlich gekleideter Mann fiel der Rezeptionistin zuvor auf, weil er sich in verdächtiger Weise vor dem Eingang herumtrieb und das Foyer auszuspähen schien. Nachdem sie die Reisegruppe abgefertigt hatte, war auch er fort. Wir gehen daher davon aus, dass es sich um den Mann aus Zimmer 208 handelte.

→ Frau Durand entfernte sich wenige Minuten vor Eintreffen der japanischen Delegation aus dem Gebäude und kehrte gegen 00:30 Uhr zurück. Über ihren Aufenthalt während dieser Zeit ist uns nichts bekannt. Weitere Personen haben das Hotel danach weder betreten noch verlassen.

→ Unmittelbar, bevor sie ging, erhielt sie über die Rezeption einen Anruf, der zu ihr durchgestellt wurde. Es besteht die Möglichkeit, dass dieser dazu diente, sie aus dem Hotel zu locken. Laut der Rezeptionistin schien sie es eilig zu haben.

→ der Hoteldieb hatte sich inzwischen – vermutlich mit einer gehackten Schlüsselkarte – Zutritt zu ihrem Zimmer verschafft und den Safe ausgeräumt. Da dieser mit derselben Karte geöffnet wird wie die Zimmertür, stellte dies mit der von ihm gefälschten Universalschlüsselkarte kein Problem dar, was wiederum für die Verwendung einer solchen spricht.

→ die im Hotelzimmer untersuchten Fingerabdrücke wurden ausschließlich von der Zimmerinsassin hinterlassen, wie aus dem mittlerweile eingegangenen Bericht der Forensik hervorgeht.«

Er legt den Stift auf die Ablage zurück und nimmt seinen Platz neben Denise Malowski am Besprechungstisch ein. »Spätestens ab hier wird es in höchstem Maße spekulativ«, fährt er fort. »Wurde er von Frau Durand überrascht? Zumindest muss er bei ihrer Rückkehr noch anwesend gewesen sein, da er Stunden später bewusstlos vor dem Safe liegend vom Zimmermädchen gefunden wurde. Aber warum *war* er überhaupt ohne Bewusstsein, und wie lange? Erschoss *er* Frau Durand, oder war das dieselbe mutmaßliche dritte Person, die ihn ins Land der Träume beförderte?

Sicher ist nur, dass er die ganze Nacht dort gelegen hat und maximal eine Stunde vor unserem Eintreffen durch das Fenster flüchtete.«

»Sollte es diesen ominösen ›dritten Mann‹ tatsächlich geben, müsste er demnach das Gebäude entweder *vor* Dienstantritt der Nachtschicht betreten haben, oder es handelt sich um einen Hotelgast!«, wirft Chrissie Ohlsen ein. »Dazu würde auch passen, dass nach der Tat niemand es auf dem üblichen Weg verlassen hat.«

»Wenn man es geschickt anstellt, ist es möglich, sich auf den Etagenfluren den ganzen Tag herumzutreiben, ohne dass es jemandem auffällt«, gibt Horst Weiland seinen Senf dazu. »Es dürfte schwierig werden, diese Person zu ermitteln, sofern sie überhaupt existiert! Er oder sie wird im Laufe des Sonntags das Hotel betreten haben und am nächsten Morgen fröhlich wieder hinausspaziert sein.«

»Wir haben uns noch einmal das Hotelpersonal vorgenommen«, informiert Tobias Heller die Kollegen. »Vornehmlich das Service-Personal und die Rezeptionistinnen, es ist jedoch keinem etwas aufgefallen und an einen Kerl wie den aus Zimmer 208 konnte sich auch niemand erinnern. Lediglich die Kollegin, die tagsüber am Empfangstresen steht, wusste zu berichten, dass reichlich Leute im Foyer anwesend waren, als Frau Durand am Freitagmittag eincheckte. Ob sie einen davon später noch einmal gesehen hat, konnte sie jedoch nicht mit Sicherheit sagen.«

»Das alles bringt uns jetzt nicht weiter!«, geht Donner dazwischen. »Wir brauchen einfach mehr Informationen! Dass der mutmaßliche Hoteldieb bewaffnet war, ist auf dem von der Hotelleitung angefertigten Foto immerhin eindeutig zu sehen«, zeigt er auf die Magnettafel. »Eine *Walther PPK*, würde ich sagen. Zum verwendeten Kaliber der gefundenen Kugel passt die auf jeden Fall! Wir benötigen deshalb jetzt dringend das zweite Geschoss für einen ballistischen Vergleich. Sagte die Rechtsmedizinerin, wann sie die Obduktion vornehmen wird, Tobias?«

»Die ist für heute Nachmittag geplant, Frau de Luca rief vorhin an. Erstaunlich ist, dass sie uns dieses Mal sogar mehrere Stunden Zeit gegeben hat!«

»Okay, ihr beide fahrt dann dorthin und bringt das Geschoss mit. Das hat jetzt oberste Priorität! Habt ihr eigentlich den heutigen Bericht im *Rhein-Sieg-Echo* gelesen? Offenbar weiß die Presse schon erheblich mehr darüber als wir!« Er kramt in seinen Unterlagen und holt einen ausgeschnittenen Zeitungsartikel hervor, den er für alle sichtbar an die Tafel heftet.

Mord im Airport-Hotel

Troisdorf. Während die meisten Gäste in der Nacht zum Montag friedlich schlummerten, ging offenbar der Tod in der Herberge an der Autobahn umher. Das Hotelpersonal fand jedenfalls am Morgen beim Reinigen eines Zimmers die Leiche der Zimmerinsassin sowie einen bewusstlosen Fremden, der jedoch angeblich bis zum Eintreffen der Polizei verschwunden sein soll. Ist der Mörder ihnen buchstäblich vor der Nase entwischt? Der unheimliche Eindringling habe ausgesehen wie ein Einbrecher und er sei bewaffnet gewesen, beschrieb das Zimmermädchen das für sie höchst traumatische Erlebnis. Mysteriös bleibt diese Begebenheit allemal. Wir halten Sie selbstverständlich auf dem Laufenden! (*lei*)

»Das ist bloß der übliche Müll, den die Leitner über uns auskippt«, winkt Chrissie Ohlsen ab. »*Ich* aber bin mit der Überprüfung dieser Französin einen kleinen Schritt weiter. War gar nicht so leicht, an die Daten zu kommen, da die im Hotel nur den Namen und den Heimatort auf der Anmeldung vermerkt hatten. Unglücklicherweise scheint in Lyon der Familienname Durand nicht eben selten zu sein und Isabelle heißt dort offenbar auch jede Zweite, habe ich den Eindruck.«

»Wie ich dich kenne, hast du trotzdem was für uns?«, grinst Tobias Heller sie offen an. Chrissie würde sich nicht dermaßen vorlaut zu Wort melden, wenn es anders wäre.

»Die Identifizierung gelang schließlich über die Seriennummer des Reisepasses, der beim Check-in vorgelegt wurde. Hat mich einen Anruf im Hotel gekostet, das herauszufinden. Demnach handelt es sich bei unserem Opfer um Isabelle Marie Durand, unverheiratet, geboren am 12.05.1981 und somit neununddreißig Jahre alt. Soll ich noch weiter recherchieren?«

»Ich denke, das wird nicht nötig sein«, meint ihr Vorgesetzter dazu. »Vielleicht informierst du aber die Lyoner Kollegen über ihren Tod, damit sie die Angehörigen der Frau benachrichtigen können, sofern welche existieren.«

»Mit dem Gepäck bin ich auch durch, Chef«, meldet sich Horst Weiland abschließend zu Wort. »Es war aber wenig von Bedeutung dabei. Außer, dass es sich um qualitativ hochwertige Kleidung zu handeln scheint, ist mir nichts weiter aufgefallen.«

»Was meinst du damit?«, wundert sich Donner über sie schwammige Ausdrucksweise seines Ermittlers. »Sollen dir die Kolleginnen etwa wegen der Markenzuordnung unter die Arme greifen? Du musst doch nur die Etiketten in den Klamotten überprüfen!«

»Ja, wenn welche vorhanden wären! Offenbar wurden sämtliche Labels sorgfältig herausgetrennt!«

»Was? Das ist ungewöhnlich! Das Heraustrennen von Etiketten war zu Zeiten des kalten Krieges im letzten Jahrhundert eine beliebte Vorgehensweise bei Spionen feindlicher Mächte, die auf diese Weise ihre Herkunft zu verschleiern suchten«, weiß Donner zu berichten. »Heutzutage ist das wohl eher nicht mehr üblich. Ein Mensch hinterlässt mittlerweile ganz andere Spuren, die meist digitaler Natur sind. Das Leben am Rande der Legalität war gewiss vor fünfzig Jahren wesentlich leichter. Zum Glück für uns hat sich das geändert und außerdem wissen wir ja, um wen es sich bei unserem Opfer handelt!«

Horst Weiland antwortet nicht gleich, aber seine nachdenkliche Miene zeigt deutlich, dass er sich damit nicht zufriedengeben wird. »Ich bleibe dran, Chef!«, gibt er schließlich kund und jeder im Raum weiß, dass er nicht ruhen wird, bis er dieses Rätsel gelöst hat.

»Ich kann mir ja bei Gelegenheit ein paar der Kleidungsstücke anschauen«, bietet Denise an, die sich in der Modewelt ganz gut auskennt. »Vielleicht erkenne ich ja das eine oder andere Teil wieder. Nicht, dass ich mir von meinem kargen Gehalt die französische Haute Couture leisten könnte, aber es gibt ja für unsereins die Modekataloge zum Träumen!«, fügt sie lachend hinzu.

***

Mitten auf der Kennedybrücke klingelt ihr Diensthandy. Da sowohl die Rechtsmedizin in Bonn als auch das Kripogebäude in Siegburg nur einen Steinwurf von der B56 entfernt angesiedelt sind, stellt die Bundesstraße die kürzeste und schnellste Verbindung dar. »Gehst du mal dran?«, bittet sie ihren Partner und drückt ihm das Telefon in die Hand.

Es sind nur noch ein paar hundert Meter bis zum Universitätsklinikum und Denise muss sich auf den Verkehr konzentrieren, der, wie üblich um diese Tageszeit, beachtlich ist. Ganz davon abgesehen, dass das Handyverbot am Steuer selbstverständlich auch für Kriminalbeamte gilt.

Während Tobias das Gespräch entgegennimmt, fädelt sie sich an der ›Berliner Freiheit‹ in die Rechtsabbiegespur ein. »*Sie erreichen Ihr Ziel nach zweihundert Metern*«, sagt das Navi. Denise achtet nicht darauf, viel zu oft schon ist sie in den letzten Jahren diese Strecke gefahren und immer ging es um den Tod.

»Hier!« Tobias gibt ihr das Handy zurück. Sie war dermaßen in Gedanken versunken, dass sie überhaupt nichts von dem kurzen Gespräch mitbekommen hatte.

»Wer war das denn?«, erkundigt sie sich abwesend. Seit der Begebenheit im Frühjahr, als ein Mörder auf der Flucht vor der Polizei nachts in ihr Haus eingedrungen war und ihre Familie bedrohte, ist sie bezüglich ihrer Arbeit etwas nachdenklicher geworden. Eine Zeitlang hatte sie sogar erwogen, alles hinzuschmeißen, weil sie befürchtete, sie habe den Vorfall durch ihre Ermittlungen provoziert.

»Das war die Hotelleitung. Frau Freytag wollte wissen, wann sie das Zimmer wieder belegen darf. Die sind wohl momentan ausgebucht.«

»Was hast du ihr gesagt?«

»Kann es sein, dass du heute nicht ganz bei der Sache bist?«, wundert sich Tobias. Dass seine Kollegin so sehr in Gedanken versunken ist und gar nichts mehr um sich herum wahrnimmt, ist absolut ungewöhnlich. »Ich habe ihr grünes Licht gegeben. Die Forensik war ja durch und ich glaube nicht, dass die etwas übersehen haben. Ich hoffe, das geht in Ordnung.«

»Andernfalls wird Jürgen dir gehörig die Leviten lesen!«, grinst Denise und schaltet den Motor aus. Sie haben ihr Ziel erreicht.

***

Chrissie Ohlsen ist mit ihrem täglichen Ermittlungsbericht beschäftigt, als ihr Telefon klingelt. Die Unterbrechung kommt ihr dieses Mal gar nicht einmal ungelegen. Es gibt ohnehin nicht viel zu schreiben und sie müht sich mit der Formulierung der wenigen Zeilen zu Isabelle Durand ab, über deren Ableben sie die französische Polizei gleich nach der Dienstbesprechung informierte. Es schriftlich festzuhalten, hält sie eigentlich eher für überflüssig, aber der Chef besteht nun mal darauf, dass *alle* Aktionen zu einem Mordfall dokumentiert werden. Man weiß nie, wofür es einmal zu gebrauchen ist, pflegt er stets zu sagen.

Die im Display angezeigte Telefonnummer lässt sie erstaunt die Augenbrauen heben: *00334* ist die Vorwahl von Lyon in Frankreich, wie sie weiß, immerhin rief sie ja erst heute Vormittag persönlich dort an! »*Bonjour!*«, meldet sie sich daher gleich auf Französisch. »*Commissaire Christina Ohlsen, Police Criminelle Siegburg!*«

Wolfgang Müller am Tisch gegenüber wird sofort aufmerksam und stellt seinerseits die Arbeit ein, um dem Gespräch zu lauschen. Verstehen wird er in den nächsten Minuten aber nicht ein einziges Wort davon, wobei die Konversation von Chrissies Seite ohnehin fast ausschließlich aus einem hin und wieder eingeworfenen bestätigenden »*Oui*« beziehungsweise »*D'accord*« besteht, sowie einem mehrfachen erstaunten »*Oh*«, das wohl international sein dürfte.

»*Merci beaucoup*«, beendet die Kommissarin nach schier endlosen fünf Minuten das Gespräch, Müller platzt beinahe vor Neugierde. »*C'était très intéressant, à bientôt, Monsieur!*«

»Nun sag schon endlich, was die Franzosen von dir wollten!«, überfällt er seine Partnerin, kaum, dass diese den Hörer aufgelegt hat. Bevor sie antwortet, ordnet sie jedoch zunächst sorgfältig die Notizen, die sie während des Telefonats in Ermangelung einer anderen Gelegenheit auf gelben Post-it Zetteln angefertigt hat.

»Die Polizei war vorhin bei Claudette Durand zu Hause, um sie über den Tod ihrer Tochter in Kenntnis zu setzten«, berichtet Chrissie ihm anschließend mit ernster Miene. Offensichtlich ist ihr gerade nicht nach Späßen zumute. »Und was glaubst du wohl, wen die Gendarmen dort zu ihrer grenzenlosen Überraschung quicklebendig vorgefunden haben?«

Wolfgang hebt ratlos die Schultern. »Es ist zwar völliger Unsinn, aber wenn du mich schon *so* fragst: Isabelle Durand?«, schießt er ins Blaue.

»Der Kandidat hat hundert Punkte! Ich fürchte, unser Opfer aus dem Airport-Hotel ist entweder von den Toten auferstanden oder eine Hochstaplerin!«

* * *

Im Sektionssaal ist lediglich Krystina Nowak anwesend, die langjährige Assistentin Martina de Lucas und ihres Vorgängers Heinz Balensiefen. Was kaum jemand so richtig mitbekommen hat, ist der frisch verliehene Doktortitel der Medizinerin, die vor zwei Jahren ihr Studium erfolgreich beendet und seither an ihrer Dissertation über forensische Entomologie gearbeitet hatte. Tobias Heller erfuhr es vor einigen Tagen eher beiläufig.

Die gebürtige Kölnerin mit polnischen Wurzeln ist dreißig Jahre alt, 1,80 Meter groß und bringt gut und gerne hundert Kilogramm auf die Waage. Sie hat eine wohltuend erfrischende Art im Umgang mit ihren Mitmenschen, verfügt über einen trockenen Humor und ihre Angewohnheit, das ›R‹ beim Sprechen zu rollen, klingt gemeinsam mit ihrer für eine Frau ungewöhnlich tiefen Stimme und dem unüberhörbar rheinischen Zungenschlag mitunter recht spaßig. Kurzum: Krystina Nowak stellt das genaue Gegenteil zu ihrer oft miesepetrigen Chefin dar.

»Frau Doktor de Luca musste zu einem wichtigen Termin und hat mir daher die Durchführung der für jetzt anberaumten Leichenschau übertragen«, werden Denise Malowski und Tobias Heller von der sympathischen Pathologin begrüßt, die wie immer schon in ihrer OP-Kleidung mit Mundschutz steckt. Auf dem Sektionstisch liegt der Leichnam bereit. »Ich rechne nicht mit allzu großen Überraschungen, wir können also sofort mit der Autopsie beginnen.«

»Ich hörte von Ihrer Promotion«, beeilt sich Tobias Heller, zu sagen. »Meinen Glückwunsch!«

»Danke! Aber unterstehen Sie sich, mich jetzt mit ›Frau Doktor‹ anzureden!«, lacht sie glucksend. »Ich käme mir unendlich alt dabei vor! Sagen Sie das bloß nicht meiner Chefin!«, fügt sie in verschwörerischem Tonfall augenzwinkernd hinzu und wendet sich ihrem ›Arbeitsplatz‹ zu.

Denise Malowski und Tobias Heller beobachten die erfahrungsgemäß etwa zwei Stunden dauernde Prozedur aus gebührender Entfernung. Zwar ist die Anwesenheit von polizeilichen Ermittlern bei Obduktionen weder vorgesehen noch erforderlich, aber dies ist die einzige Möglichkeit, etwaige Ergebnisse unmittelbar aus erster Hand zu erhalten, statt tagelang auf den offiziellen Bericht zu warten. An den blutigen Einzelheiten sind sie jedoch deutlich weniger interessiert.

* * *

Ganz so lange mussten sich die Ermittler dann doch nicht gedulden. Obwohl dieses Mal auf sich allein gestellt, arbeitete Krystina Nowak konzentriert und gewissenhaft und ohne zwischendurch eine Pause einzulegen. Schon nach weniger als anderthalb Stunden legt sie ihre Instrumente beiseite und wendet sich den abseits wartenden Polizisten zu. Aus Erfahrung wissen diese, dass das Ergebnis meist umso eindeutiger ausfällt, je kürzer die Leichenschau andauert. Dementsprechend hoch hängt jetzt die Messlatte ihrer Erwartungshaltung.

»Ich will Sie nicht länger als nötig aufhalten und werde die Öffnung später verschließen«, eröffnet die Pathologin den Kommissaren mit Blick auf den noch geöffneten Leichnam. Die blutigen Handschuhe und den Mundschutz entsorgt sie auf dem Weg zu ihnen treffsicher in einen bereitstehenden Behälter. Als die Kopfhaube folgt, springen sofort ihre widerspenstigen blonden Locken hervor, die sie aus genau diesem Grund meist auf Handbreite kürzen lässt.

»Den Zeitpunkt ihres Todes konnte meine Chefin ja bereits gestern am Tatort anhand der Körpertemperatur auf Sonntagnacht zwischen 23:00 Uhr und 01:00 Uhr morgens eingrenzen«, fährt sie geschäftsmäßig fort. »Das hat sich im Verlauf der Autopsie in vollem Umfang bestätigt, die Wahrheit dürfte demnach irgendwo in der Mitte liegen.«

»Laut Auskunft der Rezeptionistin verließ die Frau gegen 23:00 Uhr das Hotel und kehrte etwa um 00:30 Uhr zurück«, nickt Denise Malowski.

»In diesem Falle dürfen Sie durchaus davon ausgehen, dass sie kurz nach ihrer Rückkehr getötet wurde!«, antwortet Nowak selbstbewusst. »Die Todesursache ist ebenfalls kein Geheimnis: ein Schuss aus allernächster Nähe, jedoch nicht aufgesetzt. Es handelt sich um ein kleinkalibriges Geschoss, das ich im *Lobus frontalis*, dem Frontallappen ihres Gehirns fand. Ohne Ihren gewiss äußerst tüchtigen Forensikern vorgreifen zu wollen, gehe ich von einer eher geringen Treibladung aus, wodurch der Schuss wahrscheinlich im Nebenzimmer schon nicht mehr als solcher zu erkennen war.«

»Die Zimmer links und rechts daneben waren gar nicht belegt«, weiß Tobias zu berichten und nimmt dankbar das Geschoss entgegen, welches sie ihm in einem kleinen Beutel überreicht. »Wir werden Herrn Vogel aber besser nichts von Ihrer ›Expertise‹ sagen«, grinst er. Er stellt sich in Gedanken die Reaktion des Forensikers vor, wenn dieser erführe, dass eine Pathologin sich in sein ureigenstes Metier einmischt.

»Gab es Fremdspuren oder Abwehrverletzungen an der Leiche?«, will Denise wissen.

»Keines von beidem. Sie wurde meiner Meinung nach völlig unvorbereitet mit ihrem Mörder konfrontiert, eventuell fing dieser sie sogar gleich beim Betreten des Hotelzimmers an der Tür ab oder Täter und Opfer kannten sich.« Offenbar hat die junge Frau ein Faible für kriminalistische Schlussfolgerungen, eine Wesensart, die an ihrer Vorgesetzten ebenfalls schon beobachtet wurde.

»Ich danke Ihnen für Ihre detaillierten und aufschlussreichen Informationen, Frau Nowak!«, gibt Heller diplomatisch zurück und verlässt gemeinsam mit seiner Partnerin den Raum. Wesentliche Erkenntnisse, die zur Klärung des Falles beitragen könnten, haben sie dieses Mal nicht mit auf den Weg bekommen.

So ist es beispielsweise nach wie vor ein Mysterium, wie der Bewusstlose und zunächst für tot gehaltene mutmaßliche Hoteldieb in die Geschichte hineinpasst. Es ist nicht einmal bekannt, wann genau er auf der Bildfläche erschien. Er könnte den Mörder nach getaner Tat überrascht haben und von ihm überwältigt worden sein, aber ebenso gut auch selbst für den Tod der Frau verantwortlich zeichnen. In diesem Fall stellt sich allerdings die berechtigte Frage, welchem Umstand er die ungewöhnlich lange Bewusstlosigkeit verdankte.

Auf dem Weg zum Wagen signalisiert Denises Diensthandy eine eingehende SMS. Mit gerunzelter Stirn nimmt sie im Gehen die umfangreiche Textnachricht zur Kenntnis und reicht Tobias beiläufig den Autoschlüssel. »Kannst du bitte fahren? Wir müssen aber noch zum Airport-Hotel. Das Zimmermädchen hat beim Herrichten des Mordzimmers für den nächsten Gast etwas gefunden, das wir uns unbedingt anschauen sollten, meint die Hotelmanagerin!«

* * *

Die Räume der Hotelleitung im Dachgeschoss des Hotels sind mit dem normalen Aufzug für die Hotelgäste nicht direkt erreichbar, sondern man muss dazu einen hinter der Rezeption ›versteckten‹ Personallift benutzen. Denise Malowski und Tobias Heller wurden bei ihrer Ankunft bereits von einer Bediensteten erwartet und per Lift nach oben gebracht. Sie stehen nun erwartungsfroh Eveline Freytag gegenüber, die heute einen eher gehetzten Eindruck hinterlässt.

»Hier geht es drunter und drüber«, empfängt sie die Kommissare atemlos. »Seit dieser Artikel heute Morgen erschienen ist, stehen die Telefone nicht mehr still und einige Gäste haben sogar ihre Zimmer vorzeitig gekündigt, als sie aus der Zeitung von dem Mord erfuhren. Ich habe daher auch nicht viel Zeit!«

»Von uns hat die Presse keine Informationen erhalten«, wehrt Denise den unterschwelligen Vorwurf ab. »Sie sollten sich ihr Personal vornehmen, was das betrifft!«

»Ich werde es wohl auf sich beruhen lassen«, seufzt die sichtlich gestresste Managerin. »Ich vermute zwar stark, dass eins unserer Zimmermädchen geplaudert hat, aber das ist ja im Grunde kein Verbrechen und ich möchte niemanden deswegen ins Unglück stürzen. Ich hatte Sie jedoch wegen etwas anderem kommen lassen!«

Sie greift nach einem Briefumschlag auf ihrem Schreibtisch und reicht ihn an die Hauptkommissarin weiter. »Zum Glück trug das Zimmermädchen wie gewohnt Handschuhe, als sie es angefasst hat«, bemerkt sie dazu. »Und ich habe es nur an den Kanten berührt, man weiß ja spätestens seit den Krimis im Fernsehen, wie man sich bei sowas verhalten muss.«

Die Ermittlerin streift einen Einmalhandschuh über ihre rechte Hand, bevor sie in den Umschlag schaut. »Wo hat Ihre Angestellte das denn genau gefunden?«, erkundigt sie sich, nachdem sie einen Blick hineingeworfen hat.

»In dem Schaltkästchen neben der Tür, in das man normalerweise die *Key-Card* steckt, um den Strom einzuschalten. Ich verstehe allerdings nicht, warum Ihre Forensiker das nicht entdeckt haben, schließlich haben die gestern das ganze Zimmer auf den Kopf gestellt! Denken Sie, der Täter hat es zurückgelassen?«

Denise greift anstelle einer Antwort mit der behandschuhten Hand in den Umschlag und holt das darin befindliche Kärtchen heraus. Mit unbewegter Miene hält sie das Beweisstück ihrem Partner vors Gesicht, der es mit großen Augen sprachlos anstarrt. Selten hat man Tobias Heller dermaßen fassungslos erlebt!

Phil Decker
Private Ermittlungen

☎ **555-DECKER**

Decker deckt auf!

»Darauf warte ich jetzt schon seit zehn Jahren, dass einmal ein Täter seine Visitenkarte am Tatort hinterlegt!«, knurrt er angriffslustig. »Der Kerl kam mir auf dem Foto mit seiner albernen Wollmütze gleich so bekannt vor, aber ich wollte es wohl nicht wahrhaben!«

»Unser whiskytrinkender Privatschnüffler wird einiges zu erklären haben, fürchte ich«, nickt Denise. »Wir werden diesem Menschen daher auf der Stelle einen kleinen Besuch abstatten und ich bin jetzt schon gespannt, was er uns für die Anwesenheit einer seiner Visitenkarten an einem Tatort für eine Ausrede auftischt!«

PHIL DECKER

Freitag, 31. Juli, 09:00 Uhr

Drei Tage vor der Flucht aus dem Hotel

Seit dem frühen Morgen lungerte ich in der Halle der Gepäckausgabe herum, auf meinem Handy eine Liste aller heute ankommenden Flüge von Berlin-Tegel. Es ist zwar ständig die Rede davon, wie sehr der Flugverkehr durch die Corona-Krise im Frühjahr eingebrochen ist und wie arg die Fluggesellschaften seither zu knapsen haben, aber hier rollt der Rubel offenbar immer noch. Trotzdem Köln-Bonn eher ein Provinz-Flughafen ist, kommen über den Tag hinweg immerhin vier Maschinen aus der Bundeshauptstadt hier an. Und damit sind nur die Direktflüge abgedeckt, die mit einem oder gar zwei Zwischenstopps sind in dieser Rechnung gar nicht enthalten!

In der Tasche hatte ich eine Fotografie von meinem Zielobjekt. Sie sollte mir dabei helfen, unter den unzähligen Mdenschen, die nach jeder Landung durch die Gepäckhalle strömen, die eine Person auszumachen, auf die ich es abgesehen hatte. Den Anfängerfehler, mich draußen im Bereich für ankommende Fluggäste zu postieren, beging ich selbstverständlich nicht, da man von der Gepäckausgabe über diverse Rolltreppen und Aufzüge überall hingelangen kann, ohne das Gebäude zu verlassen. Die Wahrscheinlichkeit, dass mir mein Opfer auf diese Weise durch die Lappen ging, wäre hoch, aber durch diese Halle müssen *alle* Passagiere nach dem Aussteigen, ob sie einen Koffer aufgegeben haben oder nicht.

Ein Blick zur Uhr belehrte mich darüber, dass in wenigen Minuten die nächste Maschine landen würde. In der vor einer Stunde angekommenen war eine Frau, auf die das Konterfei in meiner Tasche auch nur andeutungsweise gepasst hätte, definitiv nicht gewesen. Da man bei Flügen innerhalb der Republik oft nur Bordgepäck mitführt, leert sich die Halle nach dem Aussteigen meist schnell, sodass hier Konzentration angesagt war.

Mein Posten gleich neben der Treppe erlaubte es mir jedoch, die Passagiere einzeln vorbeiziehen zu lassen, bevor sie sich zu den Gepäckbändern oder zum Ausgang begaben. Ein Erfolg war mir leider bislang versagt geblieben. Wer weiß, ob die Dame überhaupt heute ankommen würde! Wenn es wenigstens einen Namen zu der Frau gegeben hätte, aber alles, was ich an Informationen besaß, war die Fotografie, die mein geheimnisvoller Auftraggeber mir nebst einem großzügigen Vorschuss überlassen hatte, und die wenig hilfreiche Auskunft, dass sie vermutlich entweder heute oder in den folgenden Tagen erscheinen würde.

In der Neun-Uhr-Maschine war sie ebenfalls nicht. Der Flieger war dieses Mal nur spärlich besetzt gewesen, und zwei Drittel der Passagiere waren Kerle. Da mir bis zur nächsten Ankunft aus Berlin mindestens drei Stunden Zeit blieben, setzte ich mich in Terminal 2 in einen Coffee-Shop, um mir da unten nicht die Beine in den Bauch stehen zu müssen. Was tat ich eigentlich hier? In Gedanken ließ ich bei einem großen Becher Kaffee den gestrigen Tag Revue passieren.

* * *

Ich saß in der üblichen lässigen Pose in meinem Büro und wartete auf Kundschaft. Im Klartext heißt das, ich hatte die Beine auf dem Tisch und hielt ein Nickerchen, weil sich ohnehin nie jemand hierher verirrte. Von den paar Kröten, die ich mit Observierungen untreuer Ehemänner verdiente, konnte ich diese Bruchbude so gerade eben bezahlen.

Ich wurde unsanft aus meinen Träumen gerissen, als ein Mann durch die Tür trat, diese lautstark schloss und ungefragt auf dem einzigen freien Stuhl Platz nahm, der sich sofort über die ungewohnte Behandlung mit einem Ächzen beschwerte. Ich musterte den unverhofften Besucher verstohlen: normale Erscheinung, Kleidung von der Stange und vom Typ her eher guter Kumpel als Geschäftsmann.

Nachdem vor Jahren einmal eine gutaussehende Dame der feinen Gesellschaft auf genau diesem Stuhl mit einem dicken Geldbündel gewedelt hatte, mich anschließend durch den halben Rhein-Sieg-Kreis gejagt und mehrfach versucht hatte, mich ins Jenseits zu befördern, war ich *dieser* Sorte gegenüber äußerst vorsichtig geworden. Ich war daher zunächst nicht sonderlich beunruhigt, als der Kerl ebenfalls einen Batzen Scheine auspackte und vor mir auf den Tisch knallte. Lediglich die Lederhandschuhe, die er trug, irritierten mich etwas.

»Das alles gehört Ihnen, wenn Sie innerhalb der nächsten Tage jemanden für mich finden«, sagte er und legte ein Foto neben das Geldbündel.

»Hat die Frau auf dem Bild auch einen Namen?« Ich ergriff rasch das Geld und beförderte es mit Schwung in die Schreibtischschublade zu der stets geladenen Knarre, bevor er es sich anders überlegte. Die Lade ließ ich vorsorglich ein Stück offen, falls er entgegen meiner ersten Einschätzung doch finstere Absichten hegen sollte.

»Der braucht Sie nicht zu interessieren«, behauptete der Mann, der sich mir immer noch nicht vorgestellt hatte. »Alles, was Sie wissen müssen, ist, dass diese Person vermutlich in den nächsten Tagen auf dem Flughafen Köln-Bonn ankommen wird. Ich erwarte sie bis spätestens Mittwoch und sie wird in einem Flugzeug aus Berlin sitzen. Ihre Aufgabe wird es sein, sie bis zu ihrem endgültigen Aufenthaltsort nicht aus den Augen zu lassen und mir diesen mitzuteilen! Es ist möglich, dass dann weitere Anweisungen folgen. Gegen Bezahlung, versteht sich!«

Er schob erneut einige Scheine zusammen mit der Fotografie einer attraktiven jungen Frau über den Tisch. »Für Ihre Auslagen. Den Rest erhalten Sie nach Erledigung. Auf der Rückseite des Fotos ist eine Handynummer notiert, unter der Sie mich umgehend kontaktieren werden, sobald Sie wissen, wo diese Person untergekommen ist.«

* * *

Im Nachhinein kam mir die Geschichte zwar reichlich dubios vor, aber was war im Grunde dabei, einer mir unbekannten Frau bis zu ihrem Hotel zu folgen und meinem Auftraggeber die Zimmernummer durchzugeben? Das redete ich mir zumindest ein, ich sollte ja fürstlich entlohnt werden und konnte die Kohle wirklich gut gebrauchen.

»*Pardon, Monsieur!*«, hörte ich plötzlich eine melodische Stimme neben mir und hob den Kopf. Fast hätte ich mich an meinem Kaffee verschluckt, weil vor mir exakt die Frau stand, die ich eigentlich beschatten sollte! Sie trug zwar einen großen Sommerhut und eine riesige Sonnenbrille, aber es handelte sich eindeutig um die Person auf dem Foto. Das kleine, herzförmige Muttermal auf ihrer rechten Wange ließ keinerlei Zweifel bezüglich ihrer Identität aufkommen!

Wo zum Teufel kam die jetzt her? Als einzige Antwort fiel mir nur ein, dass die Dame entgegen meiner ursprünglichen Annahme doch mit dem Neun-Uhr-Flieger angekommen sein musste. Wahrscheinlich zählte sie zu den nervigen Zeitgenossen, die immer Stunden zum Aussteigen brauchen, weil sie die zehntausend Utensilien, die sie auf einem knapp einstündigen Flug *dringend* benötigen, nach der Landung erst umständlich in ihrem Gepäck verstauen müssen und damit den ganzen Betrieb aufhalten.

In gebrochenem Deutsch und mit einem unüberhörbaren französischen Akzent fragte sie mich nach dem Standort der Mietwagenverleihe auf dem Flughafengelände. Dass es sich bei der Dame um eine Französin handelte, hatte mir der Kerl nicht gesagt, wiewohl er ohnehin nicht sonderlich mitteilsam mir gegenüber gewesen war.

Blitzschnell entwickelte ich einen ›Plan B‹ und bot freundlich an, ihr einen Kaffee zu spendieren und anschließend den Weg zum Autoverleih persönlich zu zeigen. Zufällig hatte ich das Motorrad – der Elektroflitzer wäre mit 60 km/h Höchstgeschwindigkeit für eine Verfolgungsjagd viel zu langsam – dort in der Nähe geparkt, sodass es ein Kinderspiel sein dürfte, an ihrem Hintern zu kleben, sobald sie in ihren Wagen eingestiegen wäre!

Die Frau nahm das Angebot dankbar an und ich rieb mir in Gedanken die Hände. Die fünfhundert Mücken, die der Kerl mir zusätzlich zu dem gezahlten Vorschuss in Aussicht gestellt hatte, befanden sich schon so gut wie in meiner Tasche, und ich musste ihm dafür nur die Zimmernummer der Herberge nennen, in der Madame absteigen würde!

* * *

Eine Stunde später stand ich unerkannt am Empfangstresen des Airport-Hotels, das direkt an der Autobahnzufahrt in Troisdorf liegt, und gab vor, mit Hingabe die Ansichtskarten zu studieren, die in einem Drehständer zum Verkauf angeboten wurden. Die schöne Französin legte keine zwei Meter links neben mir soeben der Rezeptionistin ihren Reisepass für den Check-in vor.

Sie hatte am Flughafen den geliehenen Ford Focus ohne Umschweife auf die Autobahn Richtung Bonn gelenkt, nachdem sie die Formalitäten für die Übergabe des Mietwagens erledigt hatte. Mein geheimnisvoller Auftraggeber hatte sich zwar über das Ziel der von mir zu observierenden Person ausgeschwiegen, aber ich nahm an, dass sie entweder in die ehemalige Bundeshauptstadt wollte oder nach Troisdorf. Dazwischen gab es auch eigentlich nicht viel. Ich sollte recht behalten.

Dem Tempo gemäß, mit dem sie über die Autobahn zuckelte, war sie entweder eine unsichere Autofahrerin oder hatte es nicht eilig. Bei diesem Schneckentempo hätte ich ihr auch mit dem *CityEL* problemlos folgen können, der aber viel zu auffällig wäre. Andernfalls verschaffte es mir genügend Zeit, das weitere Vorgehen zu überdenken.

Die Dame hatte mich nicht nur gesehen, sondern sogar einen Kaffee mit mir getrunken, was gar nicht vorgesehen gewesen war. Den ursprünglichen Plan, hinter ihr in das mir zu diesem Zeitpunkt noch unbekannte Hotel zu spazieren, während ihres Check-in am Empfangstresen herumzulungern und auf diese Weise herauszubekommen, welches Zimmer ihr zugeteilt wurde, konnte ich jetzt genaugenommen in die Tonne stopfen. Es musste ein Alternativplan her, und zwar schnell!

Nach reiflicher Überlegung war es mir noch am praktikabelsten erschienen, mein Äußeres zu verändern, wobei ich glücklicherweise auf das spärliche Equipment zurückzugreifen konnte, das ich für alle Fälle ohnehin stets mit mir führte: Anstelle der auffälligen Wollkappe, die ich zu diesem Zweck schweren Herzens ablegen musste, kam ein buntes Basecap zum Einsatz und eine Nerd-Brille ohne Schärfe verunstaltete mit ihrem besonders dicken Rahmen mein Gesicht.

Bei Verkleidungen gilt die Regel, dass weniger oft mehr ist. Allzu auffällige Accessoires stellen nämlich einen Blickfang dar und sind daher eher kontraproduktiv. Die schwere Motorradlederjacke hatte ich vor dem Betreten der Lobby ausgezogen und zusätzlich eine Maske aufgesetzt, die Mund und Nase bedeckte. Da wir immer noch in Corona-Zeiten lebten, fiel eine solche nicht weiter auf, obwohl die Vorschriften diesbezüglich mittlerweile weitgehend gelockert worden waren.

»*Bitte schön, Frau Durand!*«, hörte ich soeben die Rezeptionistin sagen. »*Das ist die Zugangskarte für Ihr Zimmer. Es hat die Nummer 208 und befindet sich im zweiten Obergeschoss. Der Aufzug ist gleich hier vorne, ich wünsche Ihnen einen angenehmen Aufenthalt!*«

Gleichzeitig überreichte sie ihr eines jener Plastikkärtchen, die in Hotels heutzutage die Zimmerschlüssel ersetzen. Ich hatte im Grunde meine gesamte Planung auf diesen Umstand ausgerichtet, da auf diesen *Key-Cards* meist nichts über ihren Verwendungszweck vermerkt ist. Zum einen wegen ihrer universellen Verwendbarkeit, aber auch aus Sicherheitsgründen. Falls man das Teil verliert, erfährt der Finder auf diese Weise weder den Namen des Hotels noch die Zimmernummer. Angenehmer Nebeneffekt: Weil diese nicht draufsteht, muss sie bei der Übergabe der Karte genannt werden!

Durch meinen Logenplatz gleich nebenan hatte ich daher alles Notwendige mitbekommen, und noch einiges mehr: So wusste ich nun, dass die Dame Isabelle Durand hieß und aus Lyon in Frankreich kam. Vielleicht konnte mir diese Information irgendwann einmal nützlich sein. Zunächst zog ich mich aber unauffällig zurück, zückte draußen vor dem Hotel das Handy und rief die auf der Rückseite des Fotos notierte Telefonnummer an, um meinem Auftraggeber die geforderten Daten durchzugeben.

Schon nach dem dritten Klingelton nahm er ab. Da er mir gegenüber den Namen der Frau verschwiegen hatte, nannte ich ihm diesen jetzt ebenfalls nicht. Er war ihm entweder ohnehin bekannt oder eben nicht. In diesem Fall sollte er sehen, wie er an diese Information gelangte. Mein Auftrag war erledigt!

KAPITEL 4

Mittwoch, 5. August, 09:58 Uhr

»Es ist mir endlich gelungen, die echte Isabelle Durand ans Telefon zu bekommen und mich ausgiebig mit ihr zu unterhalten«, beginnt Christina Ohlsen ausnahmsweise ihren Bericht als Erste. Normalerweise gebührt diese ›Ehre‹ den leitenden Ermittlern, die sich heute mangels positiver Nachrichten vornehm zurückhalten.

Der mögliche Identitätsdiebstahl durch das Mordopfer war zwar kurz vor Feierabend zunächst wie eine Bombe bei den im Kommissariat verbliebenen Kollegen eingeschlagen, jedoch musste diese unglaubliche Wendung später hinter einer weiteren Sensation zurückstehen, die Denise Malowski und Tobias Heller von ihrem Ausflug in die Rechtsmedizin mitbrachten.

Der in höchstem Maße brisante Hinweis auf die Identität des getürmten Hoteldiebes, den sie gestern unverhofft bekommen hatten, wurde allerdings durch einen bitteren Wermutstropfen getrübt. Die Kommissare hatten den allen hinreichend bekannten Privatdetektiv ›Phil‹ Decker, der eigentlich mit Vornamen Josef hieß und dessen Visitenkarte im Mordzimmer gefunden wurde, weder gestern Nachmittag noch heute Vormittag zu Hause angetroffen. Den ›Künstlernamen‹ hatte dieser, wie er ihnen einmal erklärt hatte, dem Helden aus einem Groschenroman entlehnt.

Sein Mobiltelefon ist offenbar abgeschaltet, wie mehrere erfolglose Kontaktversuche durch die Ermittler vermuten lassen. Dadurch wird auch eine Ortung unmöglich sein, wozu aber ohnehin ein richterlicher Beschluss vonnöten ist. Der Verdacht, dass der Tatverdächtige sich seit Montag auf der Flucht befindet, liegt aufgrund der Ereignisse zumindest nahe.

»Ich habe den Namen bei den infrage kommenden Airlines gecheckt«, fährt Chrissie Ohlsen fort. »Isabelle Marie Durand – beziehungsweise eine Person, die bei der Buchung einen entsprechenden Pass vorlegte – saß am Freitag in einem Flieger von Eurowings, der unter der Flugnummer EW13 von Berlin-Tegel startete. Die Landung auf dem Flughafen Köln-Bonn war pünktlich um 09:10 Uhr. Etwa zur selben Zeit war die echte Isabelle Durand auf dem französischen Konsulat in Berlin und beantragte dort ein Ersatzdokument für ihren vermutlich am Vortag im Gedränge des *KaDeWe* gestohlenen Reisepass. Ihr eigener Flug nach Lyon fand dann zwei Tage später statt.«

»Hier liegt offenbar ein Identitätsdiebstahl vor«, konstatiert Donner. »Das bedeutet mit anderen Worten, dass wir ab sofort eine *unbekannte* Leiche haben, was die Ermittlungen erheblich erschweren dürfte. Ist die Frau, die sich als die echte Isabelle Durand ausgibt, in deinen Augen glaubwürdig?«

»Unbedingt! Die Gendarmen, die ihrer Mutter die Nachricht von ihrem Tod überbringen sollten, fanden sie ja quicklebendig in deren Wohnung vor. Das wäre schon ein merkwürdiger Zufall, Chef! Außerdem habe ich das hier!« Sie hängt ein stark vergrößertes Foto an die Tafel. »Das Passbild wurde mir von der Einwohnerbehörde in Lyon gemailt. Wir ihr seht, besteht eine verblüffende Ähnlichkeit mit unserem Opfer. Nur das Muttermal fehlt, das die falsche Isabelle Durand auf der rechten Wange trägt.«

Die Augen der Kollegen wandern zwischen dem neu hinzugekommenen Foto und dem daneben hängenden des Mordopfers hin und her. »Die sehen sich wirklich sehr ähnlich«, stellt Denise Malowski schließlich fest.

»Das kann kein Zufall sein!«, stimmt Tobias Heller ihr zu. »Ich denke, diese Frau wurde gezielt für den Diebstahl des Reisepasses ausgesucht, was wiederum für eine vorausschauende Planung spricht. Wir müssen dringend die wahre Identität der Toten aus Zimmer 208 aufdecken, weil wir ihre Ermordung jetzt nämlich in einem gänzlich anderen Licht zu betrachten haben.«

»Das sehe ich auch so. Es handelt sich bei ihr nun nicht mehr um das zufällige Opfer eines Hoteldiebes, sondern ihr Tod hängt höchstwahrscheinlich ursächlich damit zusammen, wer diese Frau *wirklich* ist!«

»Irgendeine Idee, wie das zu bewerkstelligen ist?«, erkundigt sich der Kommissariatsleiter, wobei er niemanden besonders anschaut.

»Sobald wir Decker in die Finger bekommen, werden wir ihn danach fragen«, knurrt Heller. »Jede Wette, dass dieser schmierige Privatschnüffler etwas darüber weiß!«

»Wie kommt es eigentlich, dass ihr die Visitenkarte bei der Tatortuntersuchung nicht selbst gefunden habt?«, übergeht Donner den Ausbruch seines Hauptkommissars, indem er sich an Jürgen Vogel wendet, der jetzt eine zerknirschte Miene aufsetzt.

»Frag mich was Leichteres!«, brummt der Leiter der Forensik unzufrieden. »Offenbar war jeder von uns davon ausgegangen, ein anderer habe sich bereits um dieses zugegebenermaßen unscheinbare Kästchen neben der Tür gekümmert. Ich will mich da gar nicht von ausnehmen! Kommt bestimmt nicht wieder vor, Peter! Dafür kann ich dir schon das Ergebnis der forensischen Untersuchung mitteilen: Es befanden sich ein paar gut erkennbare Fingerabdrücke darauf, die ohne Vergleichsmaterial jedoch nicht zuzuordnen waren. In der Datenbank sind sie jedenfalls nicht.«

»Ihr könnt euch sicher heute noch in der Wohnung des Herrn, dem diese Karte gehört, umschauen und die dort garantiert massenhaft vorhandenen Abdrücke zum Vergleich nehmen. Ich habe vorhin die dazu notwendigen Gerichtsbeschlüsse beantragt. Sobald wir diese in Händen haben, fahrt ihr mit Denise und Tobias dorthin und nehmt die Bude auseinander. Sofern wir dafür ebenfalls einen Beschluss erhalten, soll Amara eine stille SMS an die auf der Karte genannte Handy-nummer abschicken. Sobald der Kerl sein Telefon einschaltet, haben wir ihn!«

Er schaut seine Mitarbeiter der Reihe nach ernst an. »Josef Decker ist seit heute bundesweit zur Fahndung ausgeschrieben. Soweit ich mich erinnere, fährt er ein sehr auffälliges Elektromobil. Bringt mir den Kerl!«

* * *

Horst Weiland packt die Kleidungsstücke sorg-fältig gefaltet wieder in den Koffer, aus dem er sie zuvor entnommen hatte. Außer diesen, zwei Paar Schuhen, einigen Garnituren Leibwäsche, einem Nagelpflegeset und einem ›Malkasten‹, wie er es gerne bei sich nennt – also eine Box mit Schmink-utensilien – enthielt das Gepäckstück nichts weiter. Nur dieses Parkticket vom Flughafen, das die Forensiker im Handschuhfach ihres Mietwagens fanden und der Einfachheit halber mit in den Trol-ley gelegt hatten.

Eine akribische Suche in den Taschen der Hosen und Blazer war schon am Tag zuvor erfolglos geblieben und eine vorsorgliche Untersuchung des Koffers selbst nach etwaigen Geheimverstecken oder versteckten Fächern brachte dem Ermittler lediglich die frustrierende Erkenntnis, wertvolle Lebenszeit damit vergeudet zu haben.

Denise hatte immerhin nach der Besprechung bis zur Ausstellung des Durchsuchungsbeschlusses für Deckers Wohnung endlich ein paar Minuten Zeit gefunden und wie versprochen einen Blick auf den Kofferinhalt geworfen. Sie hatte ihm bestätigt, dass dies zwar unbestritten hochwertige und teure Ware sei, die jedoch ihrer Ansicht nach nicht in französischen Boutiquen gekauft wurde. Auch wenn die Etiketten entfernt wurden, handele es sich hierbei eher um Mode aus Deutschland. Ein weiteres Mysterium!

Die ganze Zeit stört ihn am Inhalt dieses Koffers etwas, aber außer der Tatsache, dass ihm zwei Paar Schuhe für eine Frau mit solchen Kleidern ungewöhnlich wenig erscheinen, fällt ihm zunächst nichts weiter auf. Er nimmt das vermeintliche Parkticket erneut zur Hand und schaut es sich von beiden Seiten genauer an, aber außer dem Aufdruck des Flughafens sowie der Angabe von Datum und Uhrzeit gibt es nur den obligatorischen Magnetstreifen. Plötzlich stutzt er und fasst sich in jäher Erkenntnis an die Stirn. Im nächsten Augenblick zeugt nur noch ein sich drehender Schreibtischstuhl von seiner vorherigen Anwesenheit. Der Ermittler ist längst zur Tür hinausgestürmt.

***

Donner steckt den Kopf zur Tür herein. »Wisst ihr, was mit Horst los ist?«, erkundigt er sich mit gefurchter Stirn bei Ohlsen und Müller. »Er rannte mich vorhin auf dem Flur beinahe um, rief im Vorbeilaufen etwas wie ›keine Zeit, Chef‹ und war verschwunden!«

»Uns hat er nichts gesagt«, antwortet Müller und schaut zu seiner Partnerin, die ebenfalls ratlos die Schultern hebt. »Du kennst ihn doch, wenn er sich so benimmt, hat er mindestens eine mittlere

Sensation aufgetan. Wir warten am besten einfach, bis er wieder da ist und uns mit seiner Weisheit erleuchtet.«

»Ihr zwei nicht!«, gibt der Kommissariatsleiter kryptisch zurück und drückt Christina Ohlsen einen Zettel in die Hand. »Ihr habt nämlich etwas anderes vor, und zwar fahrt ihr umgehend zu dieser Adresse in Troisdorf. Dort in der Nähe wurde vorhin ein Toter am Ufer der Agger gefunden, KTU und Rechtsmedizin sind bereits informiert.«

»Und ich hatte schon ernsthaft befürchtet, für uns beide würde das heute ausnahmsweise mal ein ruhiger Tag werden!«, kommentiert die Kommissarin den unverhofft erteilten Ermittlungsauftrag trocken, nachdem sie wieder unter sich sind, und legt ebenso wie ihr Partner eilig die Koppel mit der Dienstwaffe an.

Drei Minuten später ist auch ihr Büro verwaist. Denise Malowski und Tobias Heller sind vor einer halben Stunde mit zwei Forensikern zu Deckers Wohnung gefahren und Horst Weiland ist, wie sie soeben erfuhren, ebenfalls aushäusig, sodass der Chef jetzt alleine das Kommissariat hütet.

∗ ∗ ∗

»Was ist denn das für eine Bruchbude?«, entfährt es dem Fachmann für Spurenanalyse in Jürgen Vogels Team entgeistert. August Weise, eine Koryphäe auf seinem Fachgebiet, wird von allen aufgrund seiner ständigen Zerstreutheit in Anlehnung an die Anfangsbuchstaben des Namens meist ›AuWei‹ gerufen. Er und sein Kollege Kurt Holzem als Spezialist für Fingerabdrücke und DNA-Spuren sind heute die forensischen Begleiter der beiden Hauptkommissare bei der Durchsuchung von Deckers Wohnung, die von diesem auch als Büro genutzt wird.

Jedenfalls betritt man durch eine teilverglaste Holztür, die bis auf den Namen des Inhabers eine exakte Kopie aus den Kinofilmen mit Humphrey Bogart in der Rolle des Privatermittlers Sam Spade darstellt, ein ähnlich wie in besagten Filmen aufgemachtes Zimmer. Es wird von einem wuchtigen, uralten Holzschreibtisch mit zwei wackligen Stühlen dominiert, einer davor und einer dahinter. Unmengen von Papieren, eine halbvolle Flasche Jack Daniels, ein leeres Glas und ein überfüllter Aschenbecher vervollständigen das chaotische Bild. Zwei altersschwache Regale an den Wänden biegen sich unter haufenweise undefinierbarem Kram.

Malowski und Heller waren vor ein paar Jahren im Zuge einer Ermittlung schon einmal hier und kennen die Begeisterung des Detektivs für diese Filmfigur, wobei er deren Vorliebe für eine gewisse Whiskymarke teilt. Deckers Refugium besteht, wie sich die Kommissare erinnern, nur aus diesem einen Raum, einem winzigen Bad und einer kleinen Kammer, die er zum Schlafen benutzt.

»Seit unserem letzten Besuch vor vier Jahren wurde hier nichts verändert, August«, kommentiert Tobias Heller den Ausbruch des Kollegen trocken. »Nur die Flasche war damals etwas voller.« Da er über ein eidetisches Gedächtnis verfügt, könnte man diese Bemerkung beinahe wörtlich nehmen, obwohl sie als Scherz gedacht ist. »Die Bude besteht zwar im wesentlichen nur aus diesem einen Raum, dennoch fürchte ich, dass es Abend wird, bis wir uns durch das Chaos gewühlt haben!«

»Die Schnapsflasche und das Glas nehme ich mir als Erstes vor«, nickt Weise, der nicht einen Funken Humor besitzt. »Die Wahrscheinlichkeit, darauf die Fingerabdrücke des Verdächtigen zu finden, liegt bei nahezu hundert Prozent. Außerdem tüten wir ein paar von den Kippen aus dem Aschenbecher für eine DNA-Analyse ein. Kurt wird sich derweil die Nebenräume vornehmen«, verfügt er und gibt Holzem einen Wink, worauf dieser sich wortlos entfernt. Mehr ist nicht zu sagen, die beiden Forensiker sind seit Jahren ein eingespieltes Team.

Während August Weise sich mit der ihm eigenen Gründlichkeit durch den Krempel auf dem Schreibtisch wühlt, schauen sich Denise Malowski und Tobias Heller in dem kaum mehr als zwölf Quadratmeter messenden Raum aufmerksam um. Allein schon der Staub, der fingerdick auf den meisten Gegenständen in den Regalen liegt, lässt wenig Spielraum für einen Erfolg. Hier wurde seit Jahren nichts mehr angefasst, weshalb die Kommissare den ohnehin zum größten Teil wertlosen Plunder zunächst unangetastet lassen.

Ein Blick in die Schreibtischschublade hingegen entlockt Heller einen anerkennenden Pfiff, der sofort seine Partnerin auf den Plan ruft. »Was gefunden?«, erkundigt sie sich neugierig und versucht, ihm über die Schulter zu schauen, was bei seiner Größe nicht ganz einfach ist. Bereitwillig geht er daher einen Schritt zur Seite.

Nebst einigen lose in der Schublade liegenden Patronen Kaliber .22 erkennt sie nun Gerätschaften zum Wiederladen von Pistolenmunition, einschließlich zweier Schachteln mit Hülsen und Bleigeschossen. Die dazugehörige Schusswaffe fehlt allerdings. Außerdem befinden sich ein Chipkartenleser mit Karte und eine Art selbstgebauter Mini-Computer darin. Hierbei dürfte es sich um das Equipment handeln, mit dessen Hilfe die Zimmertür im Hotel geöffnet wurde.

»Die ›Munitionsfabrik‹ und den technischen Klapparatismus nehmen wir ebenfalls mit!«, beschließt sie und holt mehrere Beweismittelbeutel hervor, in die sie die Teile sorgfältig eintütet. »Amara wird uns sicher sagen können, ob die Geräte für den Einbruch verwendet wurden. Ich denke, wir haben unseren Mann, Tobi!«

Der aber greift überrascht nach einem Blatt Papier, das der Forensiker neben ihm soeben unter einem Stapel zerfledderter Zeitschriften hervorgezogen hat und reißt es dem überrumpelten Mann förmlich aus den Händen. »Schau mal, was wir hier haben!«, wendet er sich an seine Partnerin und hält es ihr vor die Nase.

»Na, sieh mal einer an!«, ruft Denise begeistert aus, nachdem sie verinnerlicht hat, worum es sich dabei handelt. »Jetzt fehlt eigentlich nur noch Decker selbst zu unserem Glück, es gibt in dieser Bruchbude aber bis auf *das hier* nicht den kleinsten Hinweis darauf, dass er in den letzten Tagen hier gewesen ist, geschweige denn, wohin er sich verkrümelt hat.«

* * *

Wolfgang Müller stellt den Wagen der Einfachheit halber auf dem Parkplatz der *Rockpinte Saga* ab, die das erste Gebäude hinter der Aggerbrücke auf der Troisdorfer Seite darstellt. Er und Chrissie Olsen müssen nur noch die Frankfurter Straße überqueren und die wenigen Schritte die Dammböschung hinunter, um zum Fundort ihrer Leiche zu gelangen. Ein Streifenwagen, der VW-Bus der Spurensicherung und ein Fahrzeug der Rechtsmedizin belehren sie darüber, dass sich alle anderen schon eingefunden haben.

»Wenn du nicht magst, musst du nicht mitkommen!«, wendet sich Müller besorgt an seine Partnerin, die mit finsterer Miene dort hinüberschaut. Unglücklicherweise handelt es sich beim Fundort der Leiche um beinahe dieselbe Stelle, wo man Chrissie vor einigen Jahren in den Fluss geworfen hatte, nachdem sie vorher brutal zusammengeschlagen wurde. Nur mit viel Glück überlebte sie damals diesen Überfall. Maßgeblich daran beteiligt war ausgerechnet der jetzt polizeilich gesuchte Privatschnüffler Josef ›Phil‹ Decker, der ›zufällig‹ in der Nähe war und sie rechtzeitig aus dem Wasser zog.

Durch die Kommissarin geht ein Ruck. »Nein, lass nur, Wolfi!«, gibt sie mit grimmiger Entschlossenheit zurück. Den Kosenamen für ihren Freund benutzt sie nur, wenn sie mit ihm alleine ist. Bei seiner wuchtigen Gestalt von knapp 1,90 Meter und einem Lebendgewicht von fast hundert Kilogramm würde diese Verniedlichung seines Vornamens auf Außenstehende auch recht albern wirken. »Da muss ich jetzt durch, lass uns gehen!«

Unten am Flussufer treffen sie auf die andere Hälfte von Jürgen Vogels Team. Außerdem fällt sofort die hagere Gestalt der Rechtsmedizinerin Martina de Luca auf. Sie ist über einen Mann gebeugt, der direkt am Ufer sitzend an einem Baum lehnt, das Gesicht dem Fluss zugewandt. Er wirkt auf die Kommissare fast wie ein Wandersmann, der an den Fluten ausruht, um die geschundenen Füße im Wasser zu kühlen.

Ein Areal von etwa hundert Quadratmetern um die Leiche herum ist mit rot-weißem Flatterband markiert, wobei das Flussufer eine natürliche Grenze bildet. Zwei Polizisten in Uniform stehen außerhalb der Absperrung und unterhalten sich mit einem Mann mittleren Alters, der einen großen Hund an der Leine mit sich führt. Bei ihm dürfte es sich um den Entdecker des Toten handeln.

Während die Kommissare die Szene noch auf sich wirken lassen, unentschlossen, ob sie zuerst die Zeugenbefragung durchführen oder zur Leiche gehen wollen, kommt Jürgen Vogel mit den für ihn typischen raumgreifenden Schritten auf sie zumarschiert. Der unvermeidliche Zigarillo wippt dabei in seinem Mundwinkel auf und ab.

»Da ist für uns nichts zu holen«, nuschelt er in seiner üblichen schleppenden Sprechweise, ohne den Glimmstängel aus dem Mund zu nehmen. »Hier gibt es nur Sand und Steine, wir haben demzufolge kaum was gefunden. Ach so: Da vorn ist Blut auf dem Kies und ein paar Meter weiter ebenfalls. Falls das von dem Toten stammt und es sich hier um den Tatort handelt, ist er hinterher bewegt worden. Fragt de Luca, was die Todesumstände angeht, *wir* jedenfalls sind hier fertig!«

»Hatte der Tote irgendwas bei sich, womit wir seine Identität überprüfen können?«, hält Christina Ohlsen ihn zurück. »Ausweis, Handy, Mitgliedskarte für die Leihbücherei oder sogar eine Visitenkarte seines Mörders?«

»Hattest du einen Clown zum Frühstück? Veralbern kann ich mich auch alleine! Wann wäre das denn jemals der Fall?«, brummt Vogel missgelaunt über die Anspielung und entfernt sich endgültig.

»Ich wüsste da schon eine Gelegenheit!«, ruft Chrissie ihm lachend hinterher.

* * *

Der Mitarbeiter der Flughafenverwaltung reicht Weiland das Ticket zurück und schüttelt bedauernd den Kopf. »Ihre Vermutung trifft zu, Herr Kommissar, das ist tatsächlich ein Buchungsbeleg für unser Wertsachendepot«, eröffnet er dem Ermittler, der sich zuvor ordnungsgemäß ausgewiesen hatte. »Die Herausgabe der deponierten Gegenstände erfordert jedoch unbedingt eine Legitimation in Form eines amtlichen Ausweisdokumentes!«

Dass der Kerl sich keinen dabei abbricht, denkt Weiland und schiebt die Karte erneut über den Tresen. »Der Reisepass liegt mir nicht vor, er wurde höchstwahrscheinlich gestohlen. Ich ermittele in einem Mordfall. Die Eigentümerin ist tot und wir sind jetzt auf jeden Hinweis angewiesen, der zu ihrem Mörder führen könnte«, bleibt er hartnäckig.

»Den Ausweis benötigen Sie doch nicht wirklich zum Öffnen des Schließfachs! Es dürfte auf den Namen Isabelle Durand angemietet worden sein.«

Die Augenbrauen des Mannes – auf dem Messingschild an seinem Jackett steht ›M. Wolter‹ – schnellen bei der Namensnennung überrascht in die Höhe. »Karin? Kommst du mal nach vorne?«, ruft er in den für Weiland nicht einsehbaren rückwärtigen Bereich, worauf eine etwa fünfzigjährige, kompakt gebaute Kollegin von ihm erscheint und sich behäbig nähert.

»Worum geht's?«, erkundigt sie sich knapp, wobei sie mit zusammengekniffenen Augen die Schusswaffe an Weilands Gürtelholster fixiert. »Wer hat Sie denn *damit* hereingelassen?«, will sie von dem Polizisten wissen. Der zeigt wortlos auf die Polizeimarke, die er sich vorsorglich vor dem Betreten des Flughafengeländes um den Hals gehängt hat, und die genau für solche Gelegenheiten gedacht ist.

»War da nicht gestern so ein komischer Vogel bei dir, der ein Gepäckstück für eine angebliche Bekannte abholen wollte, aber nur ihren Reisepass dabei hatte?«, fragt ihr Kollege sie. »Hatte die Frau nicht einen französisch klingenden Namen?«

»Isabelle Durand«, nickt sie. »Ich erinnere mich noch daran, wie sie das Bordcase am Freitag bei mir abgab. Sie sprach nur gebrochen deutsch und legte zur Legitimation ihren Reisepass vor. Der Kerl gestern hatte zwar ihren Pass, aber weder eine schriftliche Vollmacht noch das erforderliche Ticket zum

Auslösen. Da hatte er natürlich Pech, er ist dann nach endlosen Diskussionen wutentbrannt abgezogen!«

»War das dieser Mann hier?«, fragt Weiland und hält ihr sein Diensthandy mit dem Fahndungsfoto Deckers hin, das seit heute alle Ermittler des KK 1 mit sich führen.

Die Flughafenmitarbeiterin schaut sich das Foto lange an und hebt dann die Schultern. »Hm, schwer zu sagen … Der Mann trug eine Corona-Maske, eine Brille und eine Mütze. Kann schon sein, dass der das war, aber beschwören würde ich das jetzt nicht!«

»Ich brauche dieses Gepäckstück unbedingt!«, beschwört Weiland sie und setzt ein gewinnendes Lächeln auf, wie er es von Heller gelernt hat. »Gibt es denn da überhaupt keine Möglichkeit?«

»Aber natürlich, Herr Kommissar! Bringen Sie mir einen richterlichen Beschluss, und ich gebe ihnen das offenbar äußerst begehrte Teil auf der Stelle heraus. Die Reihenfolge ist nicht verhandelbar!«

Mit dieser Auskunft hatte Horst Weiland insgeheim gerechnet, steht doch die Einforderung von Gerichtsbeschlüssen an erster Stelle der von polizeilichen Ermittlern am häufigsten gehörten Sätze, aber die Hoffnung stirbt ja bekanntlich zuletzt. Er wendet sich nach einem dankenden Kopfnicken zum Gehen und wählt auf dem Handy eine Nummer aus den Kontakten.

»Chef? Horst hier. Ich bin am Flughafen und benötige dringend einen Beschluss zur Herausgabe von Beweismitteln … … Ja, ich denke auch, dass das heute nichts mehr wird … … Erzähle ich dir, wenn ich zurück im Kommissariat bin … … In einer halben Stunde, bis nachher dann!«

* * *

Wolfgang Müller entscheidet sich nach reiflicher Überlegung dafür, zuerst den Zeugen zu befragen. Es ist selbst für die abgebrühtesten Ermittler der Kriminalpolizei nicht immer leicht, mit gewaltsam zu Tode gekommenen Menschen umzugehen und je nachdem, was der Mann heute hier zu Gesicht bekommen hat, gehört er in psychologische Behandlung. Auf jeden Fall sollte er diesen unheilvollen Ort schnellstmöglich verlassen.

»Sie haben bei der Polizei angerufen?«, wendet er sich an den Mann mit dem Hund, nachdem er und Christina Ohlsen sich ordnungsgemäß ausgewiesen haben. Ein *Irish Red Setter*, wie Müller mit Kennerblick feststellt. Es handelt sich um ein ausgesprochen gut erzogenes Tier, das geduldig neben seinem Besitzer ausharrt, aber für ihre Duldsamkeit ist diese Rasse ja allgemein bekannt.

»Das ist korrekt, Herr Kommissar«, nickt der Mann, der sich ihnen mit dem Namen Rudolf Klemmer vorgestellt hat. »Ich war vorhin mit dem Hund auf dem Aggerdamm unterwegs. Als wir hier vorbeikamen, schaute ich zufällig zum Fluss hinunter und sah den Mann da am Ufer. Ich hätte mir ja nichts weiter dabei gedacht, aber der saß schon gestern Abend in exakt derselben Haltung an dieser Stelle. Das ist mir aufgefallen, weil es irgendwie ungewöhnlich ist, dass jemand bei Dunkelheit so ganz alleine am Wasser ist.«

»Wie spät war es da?«, erkundigt sich Ohlsen. »Gestern Abend, meine ich.«

»Das war gegen 22:00 Uhr. Ich bin um diese Zeit immer ein letztes Mal mit dem Hund unterwegs.«

»Ist Ihnen sonst noch etwas aufgefallen?«, fragt Müller. »Haben Sie irgendwelche Personen wahrgenommen? Zum Beispiel jemand, der sich unangemessen schnell von hier entfernte? Jeder noch so kleine Hinweis kann wichtig für uns sein!«

Klemmer schüttelt entschieden den Kopf. »Nein. Alles war ruhig wie immer. Ist ja um diese späte Stunde kaum einer auf dem Damm unterwegs. Wenn ich nicht gleich dort vorne wohnen würde, wäre ich ebenfalls nicht hier gewesen. Wie Sie sehen, gibt es hier keine Laternen!«

»Ich danke Ihnen für Ihre Geduld, Herr Klemmer«, verabschiedet Müller den freundlichen Mann. »Sie können dann jetzt gehen. Ich möchte Sie nur bitten, in den nächsten Tagen zu mir ins Kommissariat zu kommen, um Ihre Aussage zu unterschreiben.«

Mit einem abschließenden Kopfnicken überreicht er ihm eine seiner Visitenkarten und folgt seiner Freundin, die sich in Richtung Leiche in Bewegung gesetzt hat.

✴ ✴ ✴

Eine Viertelstunde später sind sie bereits wieder auf dem Rückweg ins Kommissariat. Doktor de Luca hatte ihnen in ihrer kurz angebundenen Art einen geschätzten Todeszeitpunkt mit den üblichen Toleranzen genannt, der sich mit der Beobachtung des Zeugen Klemmer am gestrigen Abend deckt, was diese wiederum glaubhaft wirken lässt, zumal der Mann ohnehin nicht den Eindruck eines Wichtigtuers bei den Ermittlern hinterlassen hatte.

Die Todesursache sei in Hinblick auf das noch in der Brust des Toten steckende Messer zwar kaum zu übersehen, belehrte die Pathologin die Kommissare trocken, eine abschließende Würdigung gäbe es jedoch erst im Zuge der Autopsie, die sie frühestens am Freitagnachmittag vornehmen werde. Weitere Verletzungen habe sie bei der zunächst oberflächlichen Untersuchung des Leichnams keine feststellen können, lediglich einen kleinen, undefinierbaren Gegenstand habe sie in seiner geschlossenen Faust gefunden und entfernt. Dann ließ sie Chrissie Ohlsen und Wolfgang Müller einfach stehen, nachdem sie ihnen den Beweismittelbeutel mit dem Teil überreicht hatte, und beschäftigte sich wieder intensiv mit ihrer Leiche.

Die Kommissarin hält sich den Beutel dicht vor die Augen. »Was mag das sein, Wolfie?«, fragt sie ihren Partner ratlos. Es handelt sich um einen spindelförmigen Gegenstand von etwa zwei Zentimeter Länge, vermutlich aus Leder. »Der Täter räumte offenbar sorgfältig die Taschen des Mannes aus, nachdem er ihn getötet hatte. Wenn der wiederum dieses Teil hier im Todeskampf derart krampfhaft festhielt, dass der Mörder es bei der Durchsuchung der Leiche nicht bemerkte, muss es eine Bedeutung haben!«

PHIL DECKER

Aus meinem sicheren Versteck in einem Altpapiercontainer auf der anderen Straßenseite sah ich die Truppe endlich abrücken. Unwillkürlich atmete ich auf. Es wurde auch langsam Zeit, dass die Leine zogen. Gefahr, von denen entdeckt zu werden, bestand zwar nicht, da der Deckel geschlossen war und ich die Szene durch einen schmalen Spalt beobachtete, doch gemütlich war es hier drin nicht!

Der Zeit nach zu urteilen, die sie darin verbrachten, hatten die Beamten die Bude auf den Kopf gestellt und auf links gedreht. Eigentlich hatte ich mich mit ausreichend Munition für meine Knarre versorgen wollen, war jedoch durch die unverhoffte Ankunft der Polizei daran gehindert worden, das Haus zu betreten. Ein Glück, denn wenn die auch nur zwei Minuten später auf der Bildfläche erschienen wären, hätte ich in der Falle gesessen! So aber erwies sich ein beherzter Sprung in den Papiercontainer, neben dem ich gerade stand, als die einzige Möglichkeit, einer Festnahme zumindest zu diesem Zeitpunkt zu entgehen.

Lange hatten Malowski und Heller nicht gebraucht, um Witterung aufzunehmen! Gerade einmal zwei Tage waren seit dem Auffinden der Leiche in Zimmer 208 vergangen, und die rückten gleich mit der Spurensicherung an! Jede Wette, dass sie nicht nur einen Durchsuchungsbeschluss für meine Bude dabei hatten, sondern auch einen Haftbefehl! Wodurch hatte ich mich verraten?

Nun, wie es aussah, würde ich mir zumindest vorübergehend eine andere Bleibe suchen müssen. Ob sie den Hinweis gefunden hatten, den ich gezwungenermaßen zurückgelassen hatte? Wenn ja, würden Malowski und Heller sehr schnell darauf kommen, was es damit auf sich hatte. Meine Aufgabe war jetzt eine andere: Ich musste dringend den Kerl aufspüren, der mich in diese Bredouille gebracht hatte! Dass er, wie schon zweimal zuvor, von selbst bei mir auftauchen würde, konnte ich nach dem, was am Sonntag im Hotel geschehen war, getrost vergessen!

Mit der Aktion am Freitag war die Sache nämlich längst nicht gegessen. Derselbe Kerl, der mir den Auftrag erteilt hatte, den Aufenthaltsort der Französin herauszufinden, kam schon am nächsten Tag, also am Samstag, erneut ohne Vorankündigung in mein Büro und legte mir die versprochene Belohnung auf den Tisch. Aber damit gab er sich nicht zufrieden, einen Tausender wollte er noch drauflegen, wenn ich mich im Zimmer der Frau etwas für ihn ›umschauen‹ würde.

So verlockend eine solche Summe in meiner ständig prekären finanziellen Situation sein mochte: Einbrüche gehören definitiv *nicht* zu den von mir angebotenen Dienstleistungen, was ich dem namenlosen Fremden unverblümt sagte. Sofort ruderte er zurück und gab an, nichts wirklich Illegales von mir zu verlangen. Es sei im Gegenteil so, dass die Frau, hinter der er seit Jahren her sei, ihm etwas sehr Wertvolles gestohlen habe. Ich solle mir lediglich ihre Wertsachen anschauen und alles für eine später geplante Anzeige fotografisch festhalten, sozusagen als Beweissicherung.

Ich weiß bis heute nicht, welcher Esel mich geritten hatte, aber ich glaubte ihm und nahm schließlich nach einigem Zögern den Auftrag an. Seine Argumente waren zugegebenermaßen recht überzeugend und er hatte gleich tausend davon, die ich allerdings nie erhalten sollte. Nachdem das geklärt war, hielt er mir einen Vortrag über das Sicherheitssystem des Hotels und wie ich es überwinden könne. Zu diesem Zweck gab er mir die Adresse eines ›Bekannten‹, bei dem ich alles bekommen würde, was zum Öffnen von Hoteltür und Zimmersafe nötig sei. Für die Abwesenheit der Zimmerinsassin zur rechten Zeit würde er persönlich sorgen, versprach er mir.

Ich hätte sofort Verdacht schöpfen sollen, dass er so gut Bescheid wusste und offenbar bestens vorbereitet war. Aus heutiger Sicht schien es nämlich, als habe er bloß einen Dummen gesucht, der ihm den Tresor öffnete und den er als Sündenbock für den Mord hinhängen konnte. Beides hatte er in mir gefunden!

Die Fahrzeuge der Bullen bogen an der nächsten Ecke rechts ab und entschwanden so meinem Blickfeld. Ich blieb sicherheitshalber noch eine Viertelstunde im Papiercontainer sitzen und wagte mich dann vorsichtig auf die Straße. Da aber definitiv genau so viele Personen das Haus verlassen hatten, wie ich zuvor hineingehen sah, musste die Luft logischerweise jetzt rein sein.

Ohne ausreichendes Futter für meine Walther würde ich das Feld nämlich auf gar keinen Fall räumen! Ich ging zwar davon aus, dass man den Vorrat in der Schreibtischschublade gefunden und mitgenommen hatte, aber es gab noch ein paar Schachteln Patronen in einem Versteck, auf das sie hoffentlich nicht gekommen waren. Zwischen all dem von Staub bedeckten Krempel in meinen wackligen Regalen waren die drei Munitionsschachteln bestimmt nicht aufgefallen, denn warum sollte man an einem Ort nach Hinweisen für ein aktuell begangenes Verbrechen suchen, der sichtbar jahrelang nicht mehr benutzt worden war?

Das Geld, das ich von dem Kerl erhalten hatte, steckte zum Glück seit Montag in meiner Hosentasche. Lange würde ich mich damit zwar nicht über Wasser halten können, da ich allein schon für den technischen Kram diesem Hacker einen Hunderter abgedrückt hatte, aber für zwei Wochen sollte es bei äußerster Sparsamkeit wohl reichen, sofern ich eine billige Unterkunft fände.

Ich hatte im Anschluss an die Flucht aus dem Hotelzimmer zuallererst das allzu auffällige Elektromobil loswerden müssen und es gegen die Honda eingetauscht. Keine Ahnung, ob Malowski und Heller von meinem Zweitfahrzeug wussten, schneller und flexibler war das Motorrad jedoch allemal. Zu diesem Zweck war ich in der Hoffnung, ein paar Stunden Vorsprung zu haben, auf dem kürzesten Wege nach Hause gedüst.

Bei der Gelegenheit hatte ich zwar das Geld eingesteckt und dafür den jetzt nutzlosen elektronischen Kram dagelassen, an die Munition aber nicht gedacht. Die letzten beiden Nächte hatte ich sicherheitshalber auf einer Parkbank verbracht, sodass außerdem vor allem eine heiße Dusche und frische Klamotten fällig waren.

Ich pirschte mich behutsam auf die andere Straßenseite und schlüpfte mit bis an den Hals klopfendem Herzen schnell durch die unverschlossene Haustür ins Innere der Ruine, die mein Vermieter als Wohnhaus bezeichnet. Ich hatte wenig Sehnsucht nach dieser Bruchbude, fragte mich aber insgeheim trotzdem, ob ich sie jemals wiedersehen würde.

KAPITEL 5

»Wir fangen heute ohne Horst an«, informiert Donner die vier anwesenden Kommissare. »Wie ihr sicher gehört habt, hat sich das vermeintliche Parkticket aus dem Besitz der falschen Frau Durand mittlerweile als Aufbewahrungsschein für das Wertsachendepot am Flughafen entpuppt!«

Der Erste Hauptkommissar fixiert kurz den ebenfalls an der Besprechung teilnehmenden Leiter der Forensik, der dazu nur mit den Schultern zuckt. »Er ist mit der frisch ausgestellten richterlichen Verfügung gleich nach Dienstbeginn dorthin, um den deponierten Gegenstand abzuholen«, fährt Donner fort, im Grunde bereits allgemein bekannte Informationen vorzutragen. Seine Worte dienen ohnehin nur der Überleitung in die Tagesordnung.

»Gibt es Hinweise darauf, um was es sich dabei handelt, Chef?«, wird er dennoch von Christina Ohlsen vorlaut unterbrochen, was ihm ein nachsichtiges Lächeln entlockt. Die junge Kommissarin ist erwiesenermaßen die Ungeduldigste im Team.

»Da ich meine Kristallkugel unglücklicherweise verlegt habe, werden wir darüber erst Gewissheit erlangen, wenn der Kollege zurück ist!«, bescheidet er ihr spöttelnd. »Da ich mir jedoch keinen anderen Grund für eine solche Maßnahme vorstellen kann als den, etwas extrem Wertvolles in Sicherheit zu bringen, gehe ich davon aus, dass es uns bei der Identifikation der Dame hilfreich sein kann. Leider tappen wir in dieser Sache ja immer noch im Dunkeln. Apropos: Seid ihr diesbezüglich mit *eurer* Leiche schon weitergekommen?«, erinnert er sie daran, dass sie seit gestern Nachmittag nunmehr *zwei* Mordfälle auf dem Tisch haben.

»Leider Fehlanzeige, Chef!«, übernimmt es ihr Partner, den Vorgesetzten und die Kollegen über den Fortgang der soeben erst angelaufenen Ermittlungen in Kenntnis zu setzen. Wolfgang Müller zeigt auf die Tatortfotos, die er heute Morgen vor Beginn der Teambesprechung an die Tafel geheftet hatte. »Das ist alles, was wir über ›John Doe‹ wissen: etwa vierzig Jahre alt, gepflegte Erscheinung, Kleidung von der Stange. Ein automatischer Bildabgleich mit unserer Datenbank war erfolglos, der Mann scheint also strafrechtlich ein unbeschriebenes Blatt zu sein. Vermisstenmeldungen, die zu ihm passen, sind ebenfalls bisher nicht eingegangen.«

»Todesursache war höchstwahrscheinlich ein Stich ins Herz«, ergänzt Chrissie Ohlsen die Ausführungen. »Dies ist vor allem durch die Tatwaffe belegt, die beim Auffinden der Leiche noch in seiner Brust steckte. Wir haben das Messer und diesen undefinierbaren Gegenstand, den Doktor de Luca in seiner Faust fand, in die Forensik zur Untersuchung gegeben. Gestorben ist der Unbekannte laut vorläufiger Expertise der Rechtsmedizinerin vorgestern zwischen 21:00 Uhr und 23:00 Uhr, genauer wird sie es nach der Obduktion wissen, die sie frühestens morgen Nachmittag vornehmen wird.«

»Wir haben einen Zeugen, dem der Tote am Dienstagabend bei einem Spaziergang mit dem Hund aufgefallen war«, schließt Müller die Ausführungen ab. »Er sah den Mann zwar nur von weitem, aber da er genauso dort saß, wie er am nächsten Tag vorgefunden wurde, gehen wir davon aus, dass der Tod vor 22:00 Uhr eintrat.«

»Wir sind uns in der KTU noch nicht darüber einig, was dieser kleine spindelförmige Gegenstand darstellt«, meldet sich Jürgen Vogel ungefragt zu Wort. »Er ist aus schwarzem Leder gefertigt und könnte demnach von einem Kleidungsstück abgerissen worden sein. Eine Art Knopf vielleicht, aber es fehlt die dafür typische Befestigungsöse. Weder an ihm noch an dem Messer, das Frau Doktor de Luca mir freundlicherweise vor der Überführung der Leiche in die Pathologie aushändigte, befanden sich verwertbare Spuren. Keine Fingerabdrücke und auch kleine DNA, die des Opfers selbstverständlich ausgenommen.«

»Und was ist mit der Tatwaffe selbst?«, will Denise Malowski wissen. »Gibt es daran irgendwelche Auffälligkeiten, die uns weiterhelfen können? Es kommt ja nicht oft vor, dass ein Täter sein Mordwerkzeug am Tatort zurücklässt!«

»Ein Küchenmesser mit einer einseitig geschliffenen, sechzehn Zentimeter langen Klinge und einem Griff aus Kunststoff, also Billigware, wie man sie in jedem Kaufhaus erwerben kann. Sie wird uns nicht zum Täter führen, fürchte ich. Da der Tod nahezu sofort eingetreten sein dürfte und das Messer zudem die Wunde verschloss, trat nur wenig Blut aus. Die dürftigen Spuren lassen dennoch darauf schließen, dass der Mann etwa drei Meter links der Fundstelle getötet und dann zu dem Baum geschleift wurde, an dessen Stamm er bis zu seiner Entdeckung in aufrechter Haltung saß.«

»Das sieht mir eher nach einer geplanten Tat aus«, überlegt Tobias. »Aus welchen Grund sollte man sonst ein Küchenmesser dabei haben? Die abgelegene Stelle am Flussufer spricht zudem dafür, dass Opfer und Täter sich dort verabredet haben könnten. In diesen Tagen geht die Sonne gegen 21:15 Uhr unter, sodass die Bluttat wahrscheinlich nach Einsetzen der Dämmerung verübt wurde und somit unbemerkt blieb. Zusätzlich drapierte der Mörder die Leiche so, dass sie einem zufällig vorbeikommenden Spaziergänger nicht weiter auffiel.«

»Für diese Handlung muss es einen Grund geben!«, stimmt seine Partnerin ihm zu. »Nach einer solchen Tat sucht man normalerweise schleunigst das Weite, weil jederzeit jemand daherkommen kann. Außerdem wollte der Täter vielleicht die Identität seines Opfers möglichst lange verschleiern, indem er ihm alle persönlichen Gegenstände abnahm. In diesem Fall gibt es einen direkten Bezug zwischen den beiden, den wir finden müssen!«

»Dazu sollten wir als Erstes herausfinden, um wen es sich bei dem Opfer handelt!«, nickt der Kommissariatsleiter. »Ich fürchte, wir sind in diesem Fall auf Hinweise aus der Bevölkerung angewiesen und werde daher schnellstens eine Veröffentlichung auf unserer Internetseite für ungeklärte Mordfälle veranlassen. Was gibt es zur Wohnungsdurchsuchung bei Decker zu sagen?«, wechselt er übergangslos das Thema und schaut dabei den Forensiker an, da der Bericht von Denise und Tobias ihm bereits vorliegt und es jetzt in erster Linie um die Spurenlage geht.

»Hier wird es schon wesentlich interessanter«, antwortet Vogel. »Ich will aber zunächst vorausschicken, dass die ballistische Untersuchung der beiden Kugeln – also die aus dem Bettpfosten und die aus dem Kopf des Opfers – eindeutig ergeben hat, dass sie aus derselben Waffe abgefeuert wurden! Ein derartiger Vergleich ist zwar mit den in der Wohnung vorgefundenen Munitionsteilen nicht möglich, die Geschosse sind aber in Art und Ausführung mit denen vom Tatort identisch. Einige bereits fertiggestellte Patronen weisen zudem eine eher mittlere Treibladung auf, was für den Schuss auf den Bettpfosten wahrscheinlich ebenfalls zutrifft. Er dürfte, eine durchschnittlich massive Wand vorausgesetzt, im Nebenzimmer kaum noch zu hören gewesen sein.«

»Die Räume links und rechts daneben waren zur Tatzeit gar nicht belegt«, weiß Wolfgang Müller aus den Ermittlungsberichten. »Wäre eine solch geringe Treibladung aber auch ausreichend für einen tödlichen Schuss? Du sagtest letztens, das von euch gefundene Geschoss sei nicht sehr tief in den Bettpfosten eingedrungen.«

»Hartholz hat aufgrund seiner Struktur einen wesentlich höheren Widerstand als ein Knochen! Außerdem muss der Schuss laut Autopsie aus allernächster Nähe auf den Kopf der Frau abgegeben worden sein. Die Geschossenergie der verwendeten

Munition lag nach meiner Berechnung bei etwa zweihundert Joule, was in diesem Fall ausgereicht haben dürfte. Ein weiterer Zusammenhang ergibt sich aus einem Abgleich der Fingerabdrücke«, fährt der Forensiker nach einer Atempause fort. »Die auf der im Hotelzimmer ›hinterlassenen‹ Visitenkarte sichergestellten Abdrücke sind dieselben wie die überall in Deckers Behausung vorgefundenen, wir können also davon ausgehen, dass sie von ihm stammen. Er besitzt Schuhe der Größe 41. Bei den wenigen Exemplaren, die wir fanden, gab es aber keine mit einem Profil wie das unter dem Hotelfenster!«

»Da er seit Montag auf der Flucht ist, wird er sie tragen«, vermutet Denise. »Was ist mit den elektronischen Geräten?«

»Zu diesem Thema wollte ich gerade kommen. Amara hat sich die Teile vorgenommen und konnte bestätigen, dass damit sowohl *RFID*-Codes ausgelesen als auch *Key-Cards* programmiert werden können. Sie war sogar regelrecht begeistert von der genialen Programmierung. Da der verwendete Mini-Computer weder über Tastatur noch Bildschirm verfügt, läuft der gesamte Vorgang vom Einlesen eines *RFID*-Chips bis zur Herstellung der Zutrittskarte vollautomatisch ab. Der jeweils nächste von insgesamt drei Arbeitsschritten wird dabei durch einen eingebauten Piepser signalisiert. Amara ist sicher, dass die Software von einem Computergenie erstellt wurde. Ein ›Selbstversuch‹ mit Genehmigung der Hotelleitung ergab zudem, dass die gefundene Zugangskarte auf das Mordzimmer passt. Ach ja, ich soll euch noch mitteilen, dass die stille SMS an die Handynummer auf der Visitenkarte abgeschickt wurde. Das Telefon wurde laut Amara zwar bislang nicht wieder eingeschaltet, aber das ist nur eine Frage der Zeit. Ich denke, ihr habt euren Täter!«

»Ja, wenn der uns nicht entwischt wäre!«, knurrt Heller. »Übrigens fanden wir seinen Elektroflitzer ordnungsgemäß hinter dem Haus abgestellt, er wird daher mit dem Motorrad abgehauen sein.« Er weist auf das neu hinzugekommene Bild an der Magnettafel, welches die bis dato nur unter dem falschen Namen Isabelle Durand bekannte Tote aus Zimmer 208 zeigt. »Was ist mit der Fotografie aus seinem Büro? Gibt es Fingerabdrücke darauf und habt ihr die auf der Rückseite notierte Handynummer schon überprüft? Die von Decker ist es nämlich nicht, es besteht daher die Möglichkeit, dass ihm jemand den Auftrag zu dieser Tat erteilte. Wozu sonst sollten das Foto und die Telefonnummer dienen?«

»Zur ersten Frage muss ich dich enttäuschen, da sind nur haufenweise Abdrücke von Decker drauf. Die Mobilfunknummer auf der Rückseite hat eine spanische Vorwahl. Ich vermute daher, sie gehört zu einer Prepaidkarte, wie sie vor Jahren zu Zeiten der Roaming-Gebühren an jedem Flughafen im europäischen Ausland für ein paar Euro angeboten wurden.«

»Und das ist für uns so bedeutsam, weil …?«

»Weil solche SIM-Karten meist über ein festes, zeitlich unbegrenztes Guthaben verfügten und absolut anonym waren, sodass eine namentliche Zuordnung nicht möglich sein dürfte. Die Erstellung eines Bewegungsprofils des dazugehörigen Handys ist aus zwei Gründen ebenfalls illusorisch: Wir kennen den Provider in Spanien, den Balearen oder was weiß ich wo, naturgemäß nicht. Aber selbst, wenn er uns bekannt wäre, hätte dieser keinen Zugriff auf die Funkzellen in Deutschland, und die hiesigen Funknetzbetreiber werden uns diesbezüglich wegen der bereits erwähnten Einschränkungen ebenfalls nicht weiterhelfen. Einen Beschluss zum Hacken eines ausländischen Mobiltelefons werdet ihr von einem deutschen Richter garantiert auch nicht bekommen.«

»Das ist nicht gesagt, Jürgen!«, wirft Christina Ohlsen ein, die auf ein abgebrochenes Studium der Rechtswissenschaften zurückblicken kann. »Es wäre ein Amtshilfeersuchen denkbar, wofür jedoch ein begründeter Verdacht vorliegen müsste.«

»Na gut, vielleicht hilft euch das hier ja weiter: Unter einem der total verdreckten Regale fanden wir einen funkelnagelneuen und vor allem *sauberen* Fünfzig-Euro-Schein und darauf befand sich ein fremder Abdruck von einem Daumen. Ich könnte mir vorstellen, dass der Geldschein aus einem Bankautomaten stammt und diese spezielle Banknote dabei obenauf gelegen hat, denn genau so nimmt man in der Regel das Bargeld aus dem Ausgabeschlitz. Des Weiteren haben wir eine Stofffaser aus einer Jeans an dem Stuhl sichergestellt, der *vor* dem Schreibtisch steht und wohl als Besucherstuhl fungiert. Bei diesem vorsintflutlichen Sitzmöbel ist an mehreren Stellen das Holz gesplittert, was dazu führte, dass sich eine Faser darin verfangen hat. Eine Zuordnung ist natürlich erst möglich, wenn ihr mir das dazugehörige Kleidungsstück bringt.«

»Okay, daraus lässt sich womöglich eine vorläufige Arbeitshypothese entwickeln«, überlegt Heller. »Was haltet ihr davon: Unser Privatschnüffler soll für einen namentlich Unbekannten eine Zielperson observieren. Ihm wird ein Foto überreicht, auf dessen Rückseite eine Handynummer aus dem spanischen Mobilfunknetz notiert ist, wahrscheinlich die des Auftraggebers. Was diesen betrifft, sollten wir Jürgens Einschätzung zunächst mit Vorsicht genießen, es kann sich nämlich durchaus um einen Bewohner dieses Landes handeln.«

»Oder um jemanden, der uns genau das glauben lassen will!«, wirft Müller ein. »Wir haben schon eine falsche Französin, warum nicht auch einen gefakten Spanier?«

»Decker spürt die Frau auf und folgt ihr bis zu ihrem Hotel, wo er in ihrer Abwesenheit in ihr Zimmer eindringt«, fährt Heller unbeirrt fort. »Die vorgebliche Isabelle Durand kommt unverhofft zurück, es gibt ein Gerangel, worauf er sie – womöglich sogar versehentlich – erschießt, was die zweite Kugel im Bettpfosten erklären würde. Habt ihr in seinem ›Büro‹ irgendwelche Notizen gefunden, die eine in den letzten Tagen beauftragte Observierung belegen?«, wendet er sich an Jürgen Vogel, erntet jedoch nur ein bedauerndes Kopfschütteln.

»Es gibt da einen kleinen Fehler in deiner These!« Chrissie Ohlsen malt mit den Fingern Anführungszeichen in die Luft. »Sie erklärt nämlich nicht, warum der ›Täter‹ etliche Stunden nach dem Mord bewusstlos neben der Leiche vorgefunden wurde!«

»Das mit dem Auftrag ist gar nicht mal so abwegig«, mischt sich Donner in die Diskussion ein. »Immerhin ist Decker ja Privatermittler, wenn auch kein sehr erfolgreicher. Im Falle eines Ermittlungsauftrages *muss* es eine Verbindung zwischen dem Auftraggeber und dem Opfer geben. Vergessen wir nicht, dass die Getötete mit einem gestohlenen Pass unterwegs war! Ich fürchte, wir kommen in dieser Sache keinen Schritt weiter, bevor wir nicht ihre wahre Identität enthüllt haben.«

»Da kann ich vielleicht weiterhelfen!«, ertönt in diesem Augenblick eine fröhliche Stimme vom Eingang her und alle Köpfe rucken synchron zu dem Sprecher herum. Der sehnlichst zurückerwartete Horst Weiland tritt soeben durch die Tür und steuert betont lässig seinen Platz am Besprechungstisch an, wobei er einen kleinen Rollkoffer hinter sich herzieht.

»Ich war auf die Idee mit dem zweiten Gepäckstück gekommen, weil in dem Koffer im Hotelzimmer nur zwei Paar Schuhe waren«, erläutert Weiland einleitend, während er den Trolley auf den Tisch wuchtet. »Das erschien mir für eine Frau, die mit solchen Klamotten unterwegs ist, etwas wenig.«

»Es ist eine böswillige Unterstellung, dass wir immer mit Unmengen von Schuhen verreisen«, entrüstet sich Christina Ohlsen. »Typisch Mann!«

»Das kann ich nur bestätigen«, grinst Wolfgang Müller. »Chrissie nimmt allerhöchstens sechs Paar pro Woche Aufenthalt mit. Das ist gar nichts, ihr solltet mal ihren Schuhschrank sehen!« Den bitterbösen Blick, mit dem seine Freundin ihn bedenkt, ignoriert er geflissentlich.

»Außerdem kam mir das vermeintliche Parkticket im Handschuhfach eines *Mietwagens* verdächtig vor«, fährt Weiland ungerührt fort. »Wozu sollte jemand einen Leihwagen auf dem Flughafengelände parken, wenn er diesen dort gerade erst abgeholt hat?«

»Jetzt quatsch keine Oper und öffne endlich den verdammten Koffer!«, fordert Heller ihn ungehalten auf, langsam mal auf den Punkt zu kommen. Weilands Anlass für die Fahrt zum Flughafen ist im Kommissariat mittlerweile hinreichend bekannt. »Oder weißt du etwa schon, was drin ist?«

»Ich bin auf dem schnellsten Weg hierhergekommen«, rechtfertigt sich der Gescholtene. »Außerdem ist das Teil abgeschlossen und ich habe keinen Schlüssel!«

Jürgen Vogel greift in die Hosentasche und holt ein großes, reichlich betagt aussehendes Klappmesser mit Perlmuttgriff hervor, das er ihm über den Tisch reicht. »Hier, damit sollte es gehen. Aber sei vorsichtig, es ist sozusagen ein Erbstück von meinem Großvater!«

Die beiden simplen Schnappschlösser des Hartschalenkoffers haben der soliden Messerklinge nichts entgegenzusetzen und sind nach wenigen Augenblicken geknackt. Behutsam, fast schon theatralisch, hebt Horst Weiland den Deckel an, von sechs Augenpaaren mit großer Spannung verfolgt.

»Och, das sind ja nur Kleidungsstücke!«, ruft Chrissie Ohlsen beim Sichtbarwerden des Inhaltes enttäuscht aus und setzt sich wieder auf ihren Stuhl. Sie hatte sich weit über den Tisch gebeugt, um den entscheidenden Moment auf keinen Fall zu verpassen. Ordentlich gefaltete Oberbekleidung, drei Paar Schuhe und einen Kulturbeutel, mehr enthält der Koffer auf den ersten Blick nicht.

»Sieht ganz so aus«, zuckt Weiland mit den Schultern und schaut sich die Sachen genauer an. »Aber bis auf die Tatsache, dass auch hier alle Etiketten entfernt wurden, fällt mir nichts weiter daran auf. Es *muss* jedoch einen triftigen Grund dafür geben, dass die Dame den Trolley gleich nach der Landung in einem Safe deponierte! Niemand treibt einen derartigen Aufwand für ein paar Kleidungsstücke, und außerdem bekundete vor mir schon einer sein Interesse an dem Koffer. Bei dem Kerl, der vorgestern vergeblich die Herausgabe des Gepäckstücks verlangte, dürfte es sich um den Mann aus dem Hotel gehandelt haben, da er den Reisepass der Frau dabeihatte.«

»Also wahrscheinlich Decker«, stellt Chrissie fest. »Ich bin ganz deiner Meinung über den Wert dieses Koffers, und deshalb bleibt eigentlich nur noch *das hier* übrig!« Sie greift sich flink den Kulturbeutel, bevor der Kollege es verhindern kann. »Ich darf doch?«, schickt sie überflüssigerweise hinterher und öffnet auch schon behände den Reißverschluss. Im nächsten Augenblick stößt sie einen schrillen Pfiff durch die Zähne aus.

»Na, sie mal einer an!«, ruft sie nach einem Blick ins Innere erfreut und kippt die Tasche der Einfachheit halber, und um den Inhalt nicht mit den Händen berühren zu müssen, vor sich aus. Neben einigem anderen Kram tummeln sich unter den Augen der erstaunten Kollegen ein deutscher Personalausweis, ein Schlüsselbund, ein Smartphone und eine Art Tresorschlüssel auf der Tischplatte!

* * *

Tobias Heller greift sofort mit äußerster Vorsicht zum Ausweis, indem er ihn mit Daumen und Zeigefinger an den Rändern festhält, um keine etwaigen Spuren zu vernichten. »Ausgestellt im Jahr 2018 in Berlin auf Katrin Brunner, geboren am 21.07.1984 in Siegburg«, liest er die Daten für die Kollegen vor, die förmlich an seinen Lippen hängen. »Das Passbild passt zu unserem Opfer, das somit jetzt endlich einen Namen hat!«

»Wenn sie ursprünglich aus dieser Gegend stammt, hat sie hier womöglich noch immer Kontakte, darum sollten wir uns vordringlich kümmern«, überlegt Denise Malowski. »Wo ist sie zur Schule gegangen? Hat sie Familie hier im Rheinland? Wann ist sie nach Berlin gezogen und wo hat sie bis zu diesem Zeitpunkt gelebt? All das sind Punkte, die dringend geklärt werden müssen!«

»Die wichtigste Frage hast du vergessen«, fügt ihr Partner hinzu. »Was wollte sie hier und warum veranstaltete sie diesen Zirkus mit der falschen Identität und dem Koffer im Wertfach am Flughafen? Aus welchem Grund nahm sie ihn nicht gleich mit ins Hotel? Außerdem müssen wir herausfinden, wozu dieser Schlüssel dient. Er könnte zu einem Bankschließfach gehören.«

»Da wartet ein immenses Pensum an Ermittlungsarbeit auf uns alle«, nickt Donner. »Denise, Tobias und Horst werden in dieser Sache direkt zusammenarbeiten. Chrissie und Wolfgang haben genug Arbeit mit ihrem eigenen Mordfall, fürchte ich. Der Aufruf an die Bevölkerung zur Mithilfe bei der Identifizierung eurer Leiche ist übrigens seit heute online«, wendet er sich an die Letztgenannten.

»Wir haben aufgrund von Indizien die Vermutung, dass Decker von einem Unbekannten den Auftrag bekommen haben könnte, die Dame zu observieren«, wiederholt Heller eine Kurzfassung seiner vorhin geäußerten Theorie für den erst später hinzugekommenen Kollegen Weiland.

»Hm. Das würde bedeuten, dass sie erwartet wurde«, schlussfolgert dieser. »Es erklärt außerdem vielleicht das merkwürdige Benehmen der Dame. Den Ausweis stahl sie, um unter einem falschen Namen einreisen zu können. Sie gewöhnte sich einen Akzent an und entfernte die Etiketten aus ihrer Kleidung, um für den Fall, dass man die Sachen am Flughafen durchsucht hätte, unangenehmen Fragen aus dem Weg zu gehen. Sie hatte ja einen französischen Pass, aber deutsche Klamotten. Das würde so ziemlich alles erklären!«

»Diese Heimlichkeiten weisen ebenso darauf hin, dass sie verhindern wollte, dass jemand von ihrer Ankunft erfuhr, was ein gewisses Licht auf das Verhältnis der Dame zu dem mysteriösen Auftraggeber wirft«, fügt Müller hinzu. »Wobei noch zu klären wäre, woher dieser dann von ihrer geplanten Anreise wusste!«

»Eventuell erhalten wir ja durch die Daten auf ihrem Handy wertvolle Hinweise«, beendet Donner die Diskussion. »Wir geben den Trolley samt Inhalt an die Forensik zur Untersuchung. Amara soll sich das Mobiltelefon aus dem Koffer vornehmen und auch das elektronische Equipment aus Deckers Wohnung noch einmal gründlich unter die Lupe nehmen. Ich glaube nämlich schon allein im Hinblick auf die geniale Programmierung nicht daran, dass er die Geräte selbst zusammengebaut hat, vielleicht findet deine überaus talentierte Mitarbeiterin einen Hinweis auf den ›Hersteller‹«, weist er Vogel an. »Es wartet eine Menge Arbeit auf uns, Leute. Fangt am besten sofort damit an!«

KAPITEL 6

Freitag, 7. August, 10:00 Uhr

»Amara ist es gelungen, das Handy aus dem Koffer der getöteten Katrin Brunner zu knacken und den internen Speicher komplett auszulesen«, eröffnet Tobias Heller den Kollegen zu Beginn der Besprechung und schwenkt fröhlich einen Aktendeckel mit mehreren losen Blättern darin.

Darauf haben alle mit Spannung gewartet, stellen doch Daten, die auf Smartphones und Social-Media-Konten hinterlegt sind, für jeden polizeilichen Ermittler einen überaus wertvollen Schatz dar. Nirgends werden bedenkenlos dermaßen viele persönliche und intime Angaben gespeichert wie an diesen Orten. In dem Glauben, nur alleine darauf Zugriff zu haben, wird meist sorglos mit der Speicherung solcher Informationen umgegangen.

Ein Irrglaube, da bis auf Telefonverbindungen und SMS kaum noch etwas auf Servern in Deutschland oder Europa abgelegt wird, wo man den Datenschutz zumindest offiziell ernst nimmt. Der Rest landet in China, USA und anderen Ländern, wo man den Begriff ›freiheitlich-demokratische Grundordnung‹ entweder nicht einmal buchstabieren kann oder diese von den jeweiligen Machthabern und Betreibern großer Konzerne geflissentlich ignoriert wird.

»Hattest du etwa was anderes erwartet?«, kommentiert Donner seinen Enthusiasmus trocken. »Sind bei den Daten wenigstens Informationen, die uns nützlich sein können?«

»Das will ich meinen! Da wäre zum Beispiel die interne Anrufliste zu nennen: Dort ist am 2. August unter ›entgangene Anrufe‹ die spanische Mobilfunknummer gelistet, die wir von der Rückseite des Fotos aus Deckers Büro kennen! Der Ruf ging um 22:47 Uhr ein und wurde wie gesagt nicht entgegengenommen.«

»Etwas anderes hätte mich auch sehr gewundert«, meint Weiland dazu. »Zu dieser Zeit befand sich das Handy bekanntlich samt Koffer im Wertsachendepot am Airport und seine Besitzerin im gleichnamigen Hotel in Troisdorf!«

»Richtig! Und gegen 23:00 Uhr verließ Katrin Brunner diese Herberge, nachdem die Concierge kurz zuvor einen Anruf zu ihr durchgestellt hatte! Ich verspeise auf der Stelle einen Besen, wenn es sich dabei nicht um dieselbe Person handelte. Jemand wollte sie aus dem Haus locken, um sich ungestört in ihrem Zimmer umschauen zu können, und da sie nicht an ihr Handy ging, rief derjenige im Hotel an!«

»Decker kann es demnach aber nicht gewesen sein, Tobias«, schüttelt Chrissie Ohlsen den Kopf. »Ich habe mir heute Morgen die Einzelverbindungsnachweise von seinem Mobilfunkbetreiber besorgt. Den Provider anhand der Mobilfunknummer herauszubekommen, war ein Kinderspiel. Er rief zwei Tage zuvor, also am Freitag, um 10:48 Uhr exakt diese spanische Nummer an, und das Telefon war zu diesem Zeitpunkt in einer Funkzelle eingebucht, zu der das Hotel gehört. Er wird sich ja wohl kaum selbst angerufen haben, oder?«

»Nein, aber vielleicht seinen hypothetischen Auftraggeber! Die Annahme, dass es einen solchen gegeben hat, wird jedenfalls langsam zur Gewissheit. Decker fing demzufolge die Frau vermutlich schon am Gate ab und folgte ihr bis zum Hotel. Da er sie nicht persönlich kannte, bekam er eine Fotografie von ihr mit der Kontaktnummer auf der Rückseite an die Hand. An der Rezeption hatte er theoretisch die Möglichkeit, die Zimmernummer beim Check-in mit anzuhören und gab diese pflichtgemäß telefonisch durch. Katrin Brunner hingegen rechnete offenbar mit einer Observierung, weshalb sie ihre Wertsachen zunächst am Flughafen zurückließ und zusätzlich bereits vor dem Abflug in Berlin eine falsche Identität annahm. Und weil sie ihren eigentlichen Verfolger vermutlich von früher kannte, schickte dieser einen Privatdetektiv für die Drecksarbeit!«

»So ergibt das einen Sinn!«, überlegt Donner. »Es erklärt aber nicht Deckers Anwesenheit zwei Tage später im Hotelzimmer direkt neben der Leiche! Gibt das Handy sonst noch was her?«

»Im Terminplaner ist ein Eintrag mit dem Betreff ›Zusammenkunft‹ für den 6. August vermerkt, das wäre dann also gestern gewesen. Worum es bei diesem Treffen ging, und wer daran außerdem teilnehmen sollte, ist daraus leider nicht zu entnehmen.«

»Das müssen wir unbedingt im Auge behalten, da ein direkter Zusammenhang mit dem Mord nicht auszuschließen ist!«, wirft der Kommissariatsleiter ein.

»Natürlich. Weiterhin gab es etliche Anrufe zu und von Nummern aus den Handykontakten. Wir werden die wohl alle überprüfen müssen. Eine Mobilfunknummer, die in den letzten Tagen wiederholt bei ihr anrief und die auch mehrfach von ihr gewählt wurde, konnte bislang namentlich nicht zugeordnet werden. Es könnte sich um eine Prepaidnummer handeln, wir bleiben aber selbstverständlich dran, Chef!«

»Ich nehme an, ihr habt schon versucht, selbst dort anzurufen?«

»Klar doch, mehrfach sogar! Es nimmt keiner ab, nicht mal die Sprachbox schaltet sich ein!«

»Falls der Mörder im aktuellen oder früheren sozialen Umfeld der Getöteten zu finden ist, hat er irgendwann in der Vergangenheit Spuren seiner Existenz hinterlassen!«, ist sich Donner sicher. »Die Dame ist, wenn ich mich recht erinnere, hier in Siegburg geboren. Habt ihr schon ihren Lebenslauf durchleuchtet?«

»Der gibt momentan nicht viel her, Chef. Das Geburtsdatum kennen wir ja bereits aus ihrem Personalausweis. Der übrigens echt ist, ich habe bei ihrer Heimatbehörde nachgefragt. Die damalige Adresse ihrer mittlerweile verstorbenen Eltern hier in Siegburg brachte mich zu der Überzeugung, das Mädchen habe zunächst die Adolf-Kolping-Grundschule in der Arndtstraße besucht und anschließend das Anno-Gymnasium in der Zeithstraße, was mir die Rektoren beider Einrichtungen auf telefonische Anfrage auch bestätigten. Sie bestand im Jahre 2003 ihr Abitur und verzog laut Einwohnermeldeamt am 19.06.2006 erstmals nach Berlin.«

»Das bedeutet demnach, sie kam zwischenzeitlich zurück?«

»Ja, Chef. Gemäß ihrer Anmeldung beim Einwohneramt war das am 22.05.2017. Der zweite und letzte Umzug nach Berlin erfolgte nur knapp sechs Monate später am 15.11.2017. Wir werden vor allem die Schulzeit auf dem Gymnasium einschließlich der drei Folgejahre und den Zeitraum von etwa einem halben Jahr von ihrer Rückkehr in die Heimat bis zum erneuten Wechsel in die Bundeshauptstadt unter die Lupe nehmen müssen. Es sei denn, sie kennt ihren Mörder von dort, in diesem Fall hätten wir allerdings kaum Aussicht, ihn zu finden!«

»Fangt am besten mit der letzten Adresse an, unter der Katrin Brunner hier gemeldet war, bevor sie nach Berlin ging. Irgendwer wird sich vielleicht noch an sie erinnern.«

»Das hatten wir ohnehin vor«, entgegnet Heller leicht verstimmt. *Der Chef ist heute wieder mal reichlich ungehalten*, denkt er. *Das geht ihm alles nicht schnell genug und deshalb behandelt uns ungewollt wie blutige Anfänger, die auf sowas nicht von ganz alleine gekommen wären!*

»Und wir beide beehren nach der Mittagspause die Rechtsmedizin mit unserem Besuch!«, verkündet Müller und legt die Hand auf die Schulter seiner Partnerin, damit gar nicht erst Zweifel darüber aufkommen, wen er mit ›wir‹ gemeint hat.

* * *

Weiter hinten im Sektionssaal hantiert Doktor Krystina Nowak stumm an einer Leiche herum. Assistiert wird ihr von einem Studenten, dessen käsige Gesichtsfarbe selbst auf die Entfernung von mindestens vier Metern gut zu erkennen ist. Nowak hält ihm jetzt demonstrativ ein zuvor dem Leichnam entnommenes Organ vor die Nase, worauf sein Antlitz sich auf der Stelle grün zu verfärben beginnt. Für die Kommissare ist es eine völlig neue Erfahrung, die langjährige Assistentin de Lucas selbstständig arbeiten zu sehen, wobei es sich bei dem jungen Mann dem linkischen Gebaren nach um einen unerfahrenen Neuling handeln dürfte.

»Der Bursche hält sich eigentlich recht passabel«, kommentiert Doktor Martina de Luca die Szene am Sektionstisch hinter ihr trocken, indem sie sich den Ermittlern zuwendet. Sie selbst hatte die Autopsie an der am Mittwoch am Flussufer gefundenen Leiche in den vergangenen anderthalb Stunden alleine vorgenommen. »Ich hatte schon Studenten, die beim ›ersten Mal‹ wesentlich grüner im Gesicht waren!« Sie streift beiläufig die OP-Handschuhe ab und wirft sie achtlos in den bereitstehenden Abfallbehälter.

Die Empfindungen des jungen Mannes, der den makabren Späßen Nowaks hilflos ausgeliefert ist, sind zumindest für Christina Ohlsen absolut nachvollziehbar, weswegen sie diesen trotz laufender Luftumwälzung und versprühter Desinfektionsmittel deutlich nach Verwesung riechenden Raum schnellstmöglich wieder verlassen möchte. Zum Glück hatten weder sie noch ihr Partner vor Antritt der Fahrt etwas zu sich genommen.

»Konnten Sie im Zuge der Obduktion außer der bekannten Stichverletzung noch andere Auffälligkeiten an der Leiche feststellen, Frau Doktor de Luca?«, beeilt sie sich daher, zu fragen, wobei sie sich bemüht, ein Naserümpfen zu unterdrücken.

»Sie wollen wissen, ob es Spuren eines eventuell vorangegangenen Kampfes gibt?«, runzelt die Pathologin die Stirn. »Diesbezüglich muss ich sie leider enttäuschen, Frau Ohlsen. Die Attacke hat das Opfer meiner bescheidenen Meinung nach vollkommen unvorbereitet getroffen, sodass es nicht mehr zu einer Gegenwehr in der Lage war. Stellen Sie sich das in etwa so vor: Jemand, mit dem Sie beispielsweise eine angeregte und harmlose Unterhaltung führen, stößt Ihnen plötzlich und völlig unerwartet ein Messer in die Brust! Der mit großer Wucht ausgeführte Stich ins Herz war zudem äußerst präzise und hatte definitiv einen sofortigen Tod zur Folge.«

»Na, so ganz überraschend kann das jetzt aber nicht gewesen sein!«, meldet Wolfgang Müller Zweifel an. »Immerhin hatte der Mann noch genügend Zeit, nach dem ledernen Gegenstand zu greifen, den Sie in seiner rechten Hand fanden. Oder ist es möglich, dass er diesen schon vorher in der Faust hatte? Wir wissen nämlich immer noch nicht, um was es sich dabei handelt.«

»Ein Reflex!«, behauptet de Luca. »Das ist wie bei einem kopflosen Huhn, das herumflattert, obwohl es eigentlich schon tot ist. Der Mann hatte seine

Finger womöglich zufällig gerade in der Nähe dieses undefinierbaren Gegenstandes, als er erstochen wurde. Dafür, dass er ihn seinem Mörder entriss, sprechen nämlich ebenfalls die Hautpartikel unter den Nägeln der rechten Hand, er muss seinen Widersacher im Augenblick des Todes gekratzt haben, jedenfalls ist die DNA der Hautzellen nicht mit seiner eigenen identisch!«

»Fremde DNA?«, freut sich Chrissie Ohlsen und ignoriert dabei geflissentlich das für Wissenschaftler aller Fachrichtungen offenbar äußerst beliebte Spiel, sich die Informationen einzeln aus der Nase ziehen zu lassen. »Ist das gesichert?«

»Eine zu hundert Prozent gerichtsfeste Analyse steht zwar noch aus, aber der von mir eigenhändig durchgeführte DNA-Schnelltest dürfte vorab für Ihre Zwecke genügend aussagekräftig sein. Sie erhalten das amtliche Ergebnis wahrscheinlich im Laufe der kommenden Woche zusammen mit meinem pathologischen Bericht.«

»Dann benötigen wir jetzt nur noch den exakten Todeszeitpunkt, und Sie sind uns auch schon wieder los!«, erinnert Müller die Rechtsmedizinerin daran, sich zu diesem für die weiteren Ermittlungen ebenfalls immens wichtigen Punkt bisher ausgeschwiegen zu haben.

»Diesbezüglich bleibe ich bei meiner ursprünglichen, bereits am Tatort getroffenen Aussage. Exakter lässt es sich anhand der erst am nächsten Morgen gemessenen Körpertemperatur nicht mehr definieren und die Leichenschau brachte ebenfalls kein genaueres Ergebnis.«

»Das war demnach am Dienstagabend zwischen 21:00 Uhr und 23:00 Uhr«, erinnert sich Müller an die Worte der Pathologin am Mittwochvormittag am Fundort der Leiche. »Ist das so korrekt?«

»Sicher. Dem ist nichts hinzuzufügen!« Ihrem südländischen Temperament gehorchend, dreht die Wissenschaftlerin sich nach diesen Worten abrupt zu ihrer Leiche um und lässt die Kommissare einfach stehen. Chrissie Ohlsen und ihr Partner haben ohnehin alles Notwendige erfahren und verlassen schleunigst diese für ihre Begriffe zutiefst beklemmende Umgebung.

* * *

Denise Malowski studiert skeptisch das Klingelbrett des achtstöckigen Wohnhauses in der Gartenstraße. »Das sind genau vierundsechzig Wohneinheiten, Tobi«, informiert sie ihren Partner. »Wir werden bis zum Sankt-Nimmerleins-Tag von einer Wohnungstür zur nächsten laufen und trotzdem nichts erfahren! In solchen Wohnsilos nimmt bekanntlich niemand seinen Nachbarn so richtig wahr, alles ist anonym. Ich glaube daher nicht, dass sich nach drei Jahren noch jemand an eine Mieterin erinnert, die hier gerade mal sechs Monate gewohnt hat!«

»Irgendjemanden werden wir schon finden«, gibt sich Tobias Heller zuversichtlich. »Ihre erste Wohnung bei den damals noch lebenden Eltern aufzusuchen, wird uns jedenfalls wenig bringen. Es ist ewig her, dass sie dort auszog und es ist daher kaum davon auszugehen, dass wir von den ehemaligen Nachbarn etwas erfahren, das uns weiterhilft.« Er beugt sich unvermittelt vor und begutachtet nun seinerseits das umfangreiche Klingel-brett neben der Haustür. »Aber ich habe vielleicht eine Idee, wie sich eine Odyssee durch die endlosen Gänge der acht Etagen vermeiden lässt«, murmelt er dabei undeutlich vor sich hin.

»Ach, und wie will der Herr dieses Kunststück zuwege bringen?«

»Alleinstehende ältere Damen haben in einem solchen Umfeld oft zwei hervorstechende Eigen-schaften«, hebt er zu einer Erklärung an, wobei er die Stimme so weit senkt, dass sie ihn gerade noch verstehen kann. Unterdessen mustert er weiterhin die Namen auf den Türklingeln. »Sie wohnen auf-grund ihrer eingeschränkten Mobilität meist Par-terre und sie sitzen den ganzen lieben langen Tag am Fenster, um die Leute zu beobachten, weil sie keine andere Beschäftigung haben.«

»Einmal davon abgesehen, dass dies ein total abgedroschenes Klischee ist, weiß ich wirklich nicht, wie uns das jetzt weiterhelfen kann!«, ent-rüstet sich Denise in normaler Lautstärke.

»Etwas leiser, wenn ich bitten darf!«, ermahnt er sie. »In diesem speziellen Fall wird es das aber viel-leicht doch! Da sitzt nämlich eine alte Frau am Fenster der Wohnung Parterre rechts und beobach-tet uns, seit wir hier aufgeschlagen sind. Ich habe vorhin gesehen, wie sich die Gardine mehrfach bewegt hat, obwohl kein Wind weht. Das ist genau die Person, die wir als Erstes befragen werden, ich muss nur noch herausfinden, welche Klingel sie hat.«

Im nächsten Augenblick drückt er auf den zwei-ten Knopf rechts unten auf dem Panel. »Ich glaube, ich habe sie gefunden! Das Namensschild ist außerdem genügend verblasst, um einige Jahre an Ort und Stelle zu sein. Diese Frau Engels wohnt hier schon ewig, da gehe ich jede Wette ein!«

Wenige Sekunden später ertönt das verheißungsvolle Summen des elektrischen Türöffners und die Ermittler betreten einen durch große Fenster im Treppenhaus erhellten und in freundlichen Farben gestrichenen Hausflur, wo eine kleine, sehr betagte weißhaarige Frau ihnen von ihrer Wohnungstür mit unverhohlener Neugier entgegenblickt.

***

Elisabeth Engels bestand darauf, den unerwarteten Besuchern Kaffee und selbstgebackene Kekse anzubieten, und stellt nun die Kanne mit dem nach altem Brauch mittels heißem Wasser und einem Sieb aufgebrühten Getränk behutsam auf den Wohnzimmertisch, wo bereits das Sonntagsgeschirr aufgetragen ist. Die von Denise Malowski zuvor angebotene Hilfe hatte sie entrüstet abgelehnt, sie sei mit ihren sechsundachtzig Jahren schließlich noch keine hilflose Greisin, hatte sie augenzwinkernd gesagt.

»Wissen Sie, ich erhalte ja nicht oft Besuch, seit meine Tochter schon vor zwanzig Jahren mit ihrem Mann nach Hamburg gezogen ist«, plaudert sie munter drauflos, nachdem sie sich zu den Kommissaren gesetzt hat, »und dann gleich von zwei waschechten Kriminalkommissaren! Das ist ja wie im Fernsehen! Ach, wenn das mein Egon noch erleben könnte!«

Als erfahrene Ermittler wissen Tobias und Denise, dass man manchmal auf die Eigenheiten der zu befragenden Personen eingehen muss, auch wenn es etwas länger dauert, an die gewünschten Informationen zu gelangen. Der freundlichen alten Dame die durch den unverhofften Besuch hochwillkommene Abwechslung zu vermiesen, bringen zudem beide nicht übers Herz. Außerdem sind die selbstgebackenen Schokoladenkekse ausgesprochen lecker.

»Sie wollten uns etwas über Katrin Brunner erzählen«, erinnert Tobias die Frau dennoch nach zwei Schlucken aus der Kaffeetasse und einem dritten Keks vorsichtig an den eingangs erwähnten Grund für ihre Anwesenheit.

»Ja, die Katrin …«, sinniert Elisabeth Engels und ihr Blick scheint sich in weite Ferne zu richten. »Sie wohnte ja nicht lange hier, müssen Sie wissen, ein paar Monate vielleicht. Sie hatte die Wohnung gleich nebenan, deshalb erinnere ich mich sehr gut an sie und weil sie immer so freundlich und hilfsbereit war. Sie ist dann ganz überraschend ausgezogen, ohne was zu sagen. Wohin sie gezogen ist, weiß ich leider nicht, Herr Kommissar.«

»Sie wissen aber bestimmt, ob sie hin und wieder Besuch hatte?«, lenkt Denise die Gedanken der alten Dame behutsam in die gewünschte Richtung. »Eine so attraktive junge Frau wie Katrin Brunner hatte doch sicher einen Freund!«

»Ich bespitzele meine Nachbarn nicht!«, erhebt ihre Gastgeberin die Stimme. Sie klingt verärgert. »Natürlich bekommt man so einiges mit, doch von einem Freund weiß ich nichts! Sie hatte da ein paar

Männer, die ihr beim Einzug geholfen haben, aber das werden eher Arbeitskollegen gewesen sein, denke ich.«

»Wissen Sie denn, was Ihre Nachbarin für einen Beruf hatte oder bei welcher Firma sie beschäftigt war?«

»Nein, ich habe sie auch ehrlich gesagt nie danach gefragt.« Frau Engels legt die Stirn in noch mehr Falten, als ohnehin schon vorhanden sind. »Jetzt erinnere ich mich: Sie kam einmal mit einer Art Dienstkleidung heim, sie hatte wohl keine Zeit gehabt, sich nach der Arbeit umzuziehen.«

Denise wird sofort hellhörig. Sollte Katrin Brunner etwa eine Kollegin von ihnen gewesen sein? »Eine Uniform? Können Sie die eventuell näher beschreiben?«

»Das war so eine schwarze Montur mit Schirmmütze und einer weißen Aufschrift auf dem Rücken. Die Schrift war auf die Entfernung nicht zu erkennen, außerdem hatte ich unglücklicherweise an dem Tag meine Brille verlegt. Aber von der Polizei war sie nicht, diese Uniformen sind mir selbstverständlich bekannt und eine Pistole hatte sie auch nicht!«

KAPITEL 7

Montag, 10. August, 09:21 Uhr

Denise Malowski setzt ihren extra großen Becher ab, aus dem sie sich zuvor einen kräftigen Schluck Kaffee genehmigt hat. Sie stößt einen tiefen Seufzer aus. »Es ist schon deprimierend, wenn man so gar nicht weiterkommt«, lässt sie ihren Partner an ihrem Frust teilhaben. »Von Decker fehlt nach wie vor jede Spur und die Identität der zweiten Leiche ist auch immer noch unbekannt, es ist zum Mäusemelken!«

Tobias Heller nimmt die Tageszeitung zur Hand, die er sich auf dem Weg hierher an einem Kiosk gekauft hatte. Das *Rhein-Sieg-Echo* ist zwar seiner Meinung nach ein Schmierblatt, aber ab und zu steht selbst in dieser Gazette etwas Interessantes. Schon wenige Minuten später lässt er sie wieder sinken. »Ich muss dir ausnahmsweise widersprechen, Denise!«, nimmt er auf ihre letzte Bemerkung Bezug. »Die Identität von Chrissies und Wolfgangs Leiche ist geklärt. Zumindest, wenn man diesem Käseblatt hier glauben darf!« Er reicht ihr die zusammengefaltete Zeitung über den Tisch. »Steht alles auf Seite drei!«

»Wann wäre das denn jemals der Fall?«, gibt Denise schlecht gelaunt zurück, schlägt jedoch wie geheißen die angegebene Seite auf und beginnt konzentriert zu lesen. Mit jeder Zeile des wie gewohnt vor Häme nur so triefenden Artikels umwölkt sich ihre Stirn mehr, bis sie schließlich die Zeitung entrüstet mit einem heftigen Schwung zurück auf den Schreibtisch befördert.

Agger-Mordopfer identifiziert!

Troisdorf. Der bislang namenlose Tote, den die Polizei am Mittwoch am Ufer der Agger fand, konnte einer bekannten Person zugeordnet werden! Was eigentlich Aufgabe der Kriminalpolizei gewesen wäre, wurde vom *Rhein-Sieg-Echo* anhand von Archivbildern aufgedeckt: Daniel S. war einer der beiden Begleiter jenes Geldtransportes, der vor drei Jahren von zwei maskierten und bewaffneten Männern in einem einsamen Waldstück auf der B56 zwischen Lohmar und Siegburg überfallen und ausgeraubt wurde (wir berichteten darüber). Die Räuber konnten damals unerkannt untertauchen, die beiden Fahrer des Wagens kamen mit dem Schrecken davon. Von den erbeuteten 1,3 Millionen Euro und den Banditen fehlt jedoch bis heute jede Spur. (*lei*)

Irene Leitner, selbsternannte ›Starreporterin‹ vom *Rhein-Sieg-Echo*, hat bekanntlich eine Vorliebe für beißenden Spott in Richtung der Siegburger Kriminalpolizei. Ganz besonders, seitdem ihr langjähriger Informant in den eigenen Reihen im letzten Jahr aufflog und gefeuert wurde, woran die Ermittler des Kriminalkommissariats 1 einen nicht unerheblichen Anteil hatten.

»Die Leitner, natürlich!«, schimpft sie. Der Name der verantwortlichen Journalistin ist anhand des Kürzels am Ende des Textes erkennbar, sofern einem dieses bekannt ist. »Wenn das stimmt, was diese Schreckschraube da schreibt, muss man sich ernsthaft fragen, weshalb *uns* das nicht aufgefallen ist? Wir sollten unbedingt die Kollegen mit ins Boot nehmen, die den Überfall seinerzeit bearbeitet haben!«

»Ich werde gleich runter ins KK 3 gehen und Kommissariatsleiter Bachmann persönlich fragen, was dort über den Fahrer des Geldtransporters bekannt ist. Es ist zwar nicht sehr wahrscheinlich, dass der Überfall vor drei Jahren mit der Ermordung dieses *Daniel S.* in direktem Zusammenhang steht, aber dann haben wir wenigstens seinen Namen. Auf der Dienstbesprechung kann ich sicher schon mehr zu dem Thema sagen.«

Er schaut abschätzend auf die Uhr. »Hauptkommissar Bachmann kann mitunter recht ausschweifend werden, ich komme also unter Umständen etwas später. Wärst du so lieb, in der Zwischenzeit den Zeitungsbericht für mich zu kopieren und an die Tafel zu hängen? Sollte ich es nicht rechtzeitig schaffen, wissen die anderen vorab zumindest schon mal Bescheid.«

* * *

Tobias Heller stürmt unter den neugierigen Blicken der bereits vollzählig anwesenden Kollegen in den Besprechungsraum und nimmt geschwind seinen Platz neben Denise Malowski ein. In der Hand hält er einen dünnen Ordner, den er achtlos vor sich auf den Tisch wirft.

»Sorry fürs Zuspätkommen, Chef!«, entschuldigt er sich atemlos. »Aber du weißt ja selbst, was Bachmann für eine Plaudertasche sein kann.« Er greift erneut zu dem eben erst abgelegten Hefter und öffnet den Aktendeckel. »Dafür habe ich ein paar äußerst interessante Informationen von ihm erhalten, die euch garantiert umhauen werden!«

»Wir sind ganz Ohr!«, ermuntert Donner ihn, mit seinen Ausführungen fortzufahren.

»Den Artikel aus dem heutigen *Rhein-Sieg-Echo* habt ihr in der Zwischenzeit ja sicher alle gelesen«, nickt Tobias in Richtung Whiteboard, wo Denise zu Beginn der Besprechung wie gewünscht besagten Zeitungsausschnitt angebracht hatte. Er entnimmt der Akte ein loses Blatt und heftet es gleich daneben. Es zeigt eine Luftbildaufnahme der bereits aus früheren Ermittlungen hinreichend bekannten Gegend rund um die Wahnbachtalsperre.

»Am 23. September 2017, also vor fast genau drei Jahren, wurde an der auf dem Plan mit einem Pfeil markierten Stelle ein Geldtransporter überfallen«, hebt er zu einer Erklärung an. »Der gepanzerte Wagen war gegen 20:00 Uhr mit über 1,3 Millionen Euro, bestehend aus den wöchentlichen Einnahmen der umliegenden Supermärkte auf dem Rückweg in die Firma, als er in diesem abgelegenen und unübersichtlichen Teilstück der B56 durch einen SUV brutal von der Fahrbahn abgedrängt wurde und über die Böschung kippte. Die beiden eingeschüchterten Begleiter des Werttransportes wurden von maskierten Banditen mit Waffengewalt zur Herausgabe der gesamten Geldbestände gezwungen. Wie ihr bereits aus dem Artikel wisst, entkamen die Täter unerkannt und die Beute verschwand mit ihnen.«

Ein weiteres Foto gesellt sich zu den an der Tafel angebrachten Bildern der beiden Mordopfer. »Das ist der Fahrer des Unglücksfahrzeugs: Daniel Seifert, geboren am 02.03.1981 und zuletzt wohnhaft in Siegburg. Wir ihr unschwer erkennen könnt, ist er entweder mit dem am Mittwoch am Ufer der Agger tot aufgefundenen Mann identisch, oder es handelt sich um einen Doppelgänger, was ich jedoch aus einem ganz bestimmten Grund ausschließen möchte!«

»Gehe ich recht in der Annahme, dass diese Gewissheit in den Umständen des Überfalls vor drei Jahren begründet ist?«, runzelt Donner die Stirn. »Ich kann mir nämlich keinen anderen Grund für die ausschweifende Schilderung dieser Begebenheit zu Beginn deiner Ausführungen vorstellen!«

»Ganz recht, Chef!«, triumphiert Heller und entnimmt der mitgebrachten Akte eine weitere Fotografie, die er gleichfalls an die Magnettafel heftet. »Hier haben wir nämlich die Kollegin Seiferts, die den genannten Geldtransport als Beifahrerin begleitete!« Da er das neu hinzugekommene Bild bewusst unmittelbar neben das Foto des ersten Mordopfers gehängt hat, können es alle sofort sehen: Es handelt sich um ein und dieselbe Person!

»Dann war die Beobachtung der alten Frau, die ihr am Freitag befragt habt, völlig korrekt!«, meldet sich Horst Weiland zu Wort. »Die schwarze Uniform, die sie gesehen hat, wird demnach zu dieser Security-Firma gehören, bei der Katrin Brunner und Daniel Seifert damals beschäftigt waren. Schade, dass die Zeugin die Aufschrift auf der Montur nicht lesen konnte!«

Tobias Heller hält demonstrativ den Hefter mit den Berichten zum Raubüberfall hoch. »Das ist jetzt zum Glück auch nicht mehr erforderlich, Horst«, lächelt er nachsichtig. »Der Name der Firma, für die Brunner und Seifert damals gearbeitet haben, steht schließlich in der Akte.«

»Und jetzt sind beide tot!«, bringt Wolfgang Müller es auf den Punkt, nachdem er den Schock über diese unerwartete Wendung einigermaßen verdaut hat. »Brutal ermordet innerhalb von achtundvierzig Stunden, das kann kein Zufall sein!«

»Das ist der Grund, warum Tobias uns den Ablauf des Überfalls so detailliert vorgetragen hat!«, nickt Christina Ohlsen. »Wenn ihr mich fragt, sieht das nach einem Insiderjob aus. Die beiden Fahrer steckten vermutlich mit den Banditen unter einer Decke, wie hätten die sonst wissen können, wann der Transport welche Strecke nimmt? Und jetzt räumt einer auf, oder wie seht ihr das? Es wäre schließlich nicht das erste Mal, dass man sich beim Verteilen der Beute in die Wolle kriegt!«

»Das wird nach der langen Zeit schwer zu beweisen sein«, äußert sich der Kommissariatsleiter skeptisch dazu. »Zumal es seinerzeit vermutlich keinerlei Anhaltspunkte für einen solchen Verdacht gab, nehme ich an?« Er schaut Heller fragend an, der nach einem Blick in die von Bachmann überlassene Fallakte den Kopf schüttelt.

»Das bedeutet demnach, es gab keinen erkennbaren Bezug zwischen ›Opfer‹ und ›Täter‹«, fährt Donner fort. »Wenn aber die beiden Fälle tatsächlich zusammenhängen, finden wir unter den Räubern von damals unseren Mörder. Wir haben also sozusagen eine Gleichung mit zwei Unbekannten, die es aufzulösen gilt!«

»Sobald die Gerichtsbeschlüsse vorliegen, nehmen wir uns die Bude von Daniel Seifert vor«, kommt Denise Malowski nach einem Blick in die Fallakte einer entsprechenden Anordnung ihres Vorgesetzten zuvor. »Hier steht, dass er nicht verheiratet war, was auch die bis heute fehlende Vermisstenanzeige erklärt. Wenn es Hinweise auf den damaligen Vorfall und/oder die Tatbeteiligten gibt, finden wir diese hoffentlich in seiner Wohnung.«

»Das werden Chrissie und Wolfgang erledigen, schließlich ist es ja irgendwie *ihre* Leiche! Wir haben ab sofort ohnehin nur noch *eine* Ermittlung für beide Mordfälle durchzuführen, sodass wieder alle gemeinsam daran mitarbeiten können«, stellt Donner zufrieden fest.

»Geht klar, Chef!«, antworten die Genannten vollkommen lippensynchron.

»Horst: Du wirst dir die Einzelverbindungsnachweise von Seiferts Handy besorgen. Da wir seine Nummer nicht kennen, muss im Zweifel halt bei allen infrage kommenden Providern nachgefragt werden«, fährt der Kommissariatsleiter mit seinen Anordnungen fort. »Das betrifft auch die Telefonate vom Festnetz, falls vorhanden. Zusätzlich suchen wir nach sozialen Kontakten und etwaigen Überschneidungen mit denen seiner damaligen Kollegin. Ich dagegen kümmere mich umgehend um die notwendigen Beschlüsse. Dass ihr euch bei der Security-Firma über die beiden erkundigt, muss ich ja wohl nicht extra erwähnen!«

»Bevor es hier zu Auflösungserscheinungen kommt, hätte ich auch noch etwas vorzubringen«, meldet sich Jürgen Vogel mit einem verhaltenen Räuspern zu Wort. In der Aufregung der letzten Viertelstunde hatte man die Anwesenheit des Forensikers total ausgeblendet.

»Amara sollte sich doch das Innenleben des Kleincomputers vornehmen, der für den Einbruch im Hotel verwendet wurde«, fährt er sogleich fort, nachdem er die Aufmerksamkeit der Ermittler auf sich gerichtet sieht. »Mit der Auswertung der Systemdateien und so weiter ist sie noch beschäftigt, aber sie fand einen Daumenabdruck auf der Innenseite des Gehäuses und der konnte dieses Mal sogar zugeordnet werden!«

»Decker?«, stellt Heller kurz angebunden eine naheliegende Vermutung in den Raum.

»Besser!«, erhält er eine ebenso einsilbige Antwort von Vogel.

* * *

»Was ist denn mit dem Chef los?«, wundert sich Denise eine Stunde später am Steuer des Audi. Sie hat heute die Aufgabe übernommen, den Dienstwagen zu fahren. »Erteilt am laufenden Band vollkommen überflüssige Anordnungen, als wären wir alle soeben erst frisch von der Polizeischule gekommen und wüssten nicht selbst am besten, was zu tun ist!«

Denise und Tobias sind unterwegs zu einer Adresse in Much, wo sie den mutmaßlichen Hersteller der elektronischen Geräte aus Deckers Besitz befragen wollen. Zu diesem Zweck müssen sie an den nördlichen Zipfel ihres Zuständigkeitsgebietes fahren und werden laut Navi eine gute halbe Stunde für die zwanzig Kilometer benötigen.

Eine solche Strecke auf Verdacht zurückzulegen, ist bekanntermaßen immer ein Risiko, ihr Kommen vorher telefonisch anzukündigen, verbietet sich in diesem Fall jedoch von selbst. Bei Florian Engelskirchen handelt es sich nämlich um einen einschlägig vorbestraften Computerfreak, der aus lauter Spaß jahrelang Schwarzgeldkonten dubioser Geschäftsleute hackte, indem er diese um beträchtliche Summen erleichterte.

Zu seiner Entlastung ist allerdings anzuführen, dass er mit diesen Aktionen nicht die Absicht hegte, sich zu bereichern, sondern er transferierte das Geld im Gegenteil anonym auf Konten gemeinnütziger Organisationen. Zu seinem Pech hinterließ er bei den Transaktionen jedoch durch Unachtsamkeit verursachte Spuren, die damals ebenso zielsicher zu ihm führten, wie heute sein Daumenabdruck im Deckel des Kleincomputers.

Es war daher lediglich eine Frage der Zeit, bis der selbsternannte ›Robin Hood‹ der Hackerszene Hellers Ehefrau Melanie, der Leiterin des Kommissariats für Diebstahl und Betrug, vor nunmehr einem Jahr ins Netz ging. Da die seinerzeit von einem ausgesprochen gutmütigen Richter verhängte zweijährige, zur Bewährung ausgesetzte Haftstrafe noch nicht abgelaufen ist, bestehen große Chancen, den achtundzwanzigjährigen Sonderling zu Hause anzutreffen.

Die noch laufende Bewährungszeit stellt für die Kommissare zudem ein willkommenes Druckmittel bei der anstehenden Befragung dar, weil sie aufgrund der nunmehr offenkundigen Verquickung beider Todesfälle und im Hinblick auf die bei Daniel Seifert sichergestellten fremden Hautpartikel vorhaben, Florian Engelskirchen um die ›freiwillige‹ Abgabe einer DNA-Probe zu bitten.

»Du hast recht, Donner benimmt sich in den letzten Tagen reichlich sonderbar«, beantwortet Tobias schließlich die Frage der Kollegin. »Ich habe ihn selten dermaßen ungeduldig erlebt. Ich denke aber, wir sollten dem nicht allzu viel beimessen und einfach gründlich und gewissenhaft unseren Job erledigen wie sonst auch!«

* * *

Horst Weiland dreht nachdenklich das spindelförmige Lederteil in den Händen, das er sich einer Eingebung folgend vor ein paar Minuten in der Forensik besorgt hat. Da alle diesbezüglichen Untersuchungen abgeschlossen sind, war man dort sogar froh, das mutmaßliche Beweisstück auf diese Weise loszuwerden.

Die vorangegangenen Telefonate mit diversen Handy-Providern waren insofern erfolgreich gewesen, als er bereits nach dem vierten Anruf bei den ›üblichen Verdächtigen‹ den Anschluss Seiferts ermitteln konnte. Die freundliche Dame vom Support versprach zudem, die gewünschten Einzelverbindungsnachweise unverzüglich zu erstellen und ihm per E-Mail zukommen zu lassen.

Im Gegensatz zu den Auflistungen, die man normalerweise als Kunde erhält, werden auf der von ihm georderten erweiterten Version *alle* verfügbaren Angaben gelistet sein, also auch die eingegangenen Anrufe und Kurzmitteilungen, die allerdings im Zeitalter von *WhatsApp* immer mehr an Bedeutung verlieren. Einen Festnetzanschluss auf diesen Namen hatte weder die Telekom noch ein anderer Provider verifizieren können.

Er konzentriert sich auf das Teil in seiner Hand, das fugenlos aus einem Stück schwarz eingefärbtem Leder hergestellt zu sein scheint. Erst bei näherem Hinsehen sieht er eine feine Naht, die wahrscheinlich geklebt ist und mit bloßem Augen gerade eben noch zu erkennen ist. In der Mitte der Spindel befindet sich eine etwa fünf Millimeter breite eingestanzte Rille.

Es ist gut möglich, dass das tatsächlich eine Art Knopf ist, überlegt er. *Vielleicht von einer Motorradlederjacke, der Farbe nach zu urteilen. Es fehlt zwar eine Befestigungsöse, aber ich könnte mir vorstellen, dass ein schmales Lederband um diese Einkerbung herum denselben Zweck erfüllt. Mal schauen, was ich in den einschlägigen Online-Shops dazu finden kann!*

Da er die angeforderten Listen frühestens in einer Stunde erwartet, ruft er auf seinem Computer die Internetseite eines Biker-Ausstatters auf und beginnt mit der selbstauferlegten Suche nach der berühmten Stecknadel im Heuhaufen. Alles, was ihm dafür zur Verfügung steht, ist ein mutmaßlicher Knopf, aber er konnte schon mit geringerem Einsatz Erfolge verbuchen. Schließlich ist er nicht grundlos im ganzen Kommissariat als Querdenker bekannt.

* * *

Nach zwei Stunden konzentrierter Arbeit muss er sich eingestehen, dieses Mal doch zu große Erwartungen in seine eigene Findigkeit gesetzt zu haben. Motorradlederjacken aller Art haben nämlich, wie er feststellen musste, eines gemeinsam: Sie werden vorne nicht mit Knöpfen verschlossen, sondern mit Reißverschlüssen, allein schon, um das Verletzungsrisiko bei Stürzen zu minimieren.

Das wäre auch eher eine Aufgabe für Tobias gewesen, seufzt er. Als eingefleischter Biker kennt er sich damit bestimmt wesentlich besser aus als einer wie ich, dessen einziges Fahrzeug mit zwei Rädern ein Fahrrad ist! Der ist aber jetzt mit Denise zu dem Hacker nach Much gefahren und dürfte den ganzen Tag unterwegs sein!

In diesem Augenblick signalisiert sein Computer eine eingehende E-Mail, die er in Erwartung der versprochenen Verbindungsnachweise sofort öffnet. Mit seiner Knopf-Recherche kommt er jetzt ohnehin nicht weiter. Im Posteingang findet er tatsächlich eine umfangreiche Liste von Seiferts Mobilfunk-Provider, die er der Einfachheit halber ausdruckt, um einen besseren Überblick zu bekommen. Die von Chrissie bereits am Freitag besorgte Anrufliste für Katrin Brunners Handy legt er zum direkten Vergleich daneben.

Er beginnt sinnvollerweise mit den Einträgen neueren Datums, daher springen ihm schon nach wenigen Sekunden zwei Dinge geradezu ins Auge: Da wäre zum einen eine Nummer aus dem spanischen Mobilfunknetz am Dienstagabend um 20:17 Uhr. Das Gespräch dauerte etwa drei Minuten und wurde somit entgegengenommen. Weiland vergleicht die Telefonnummer umgehend mit der Liste des anderen Handys und wird sofort fündig: *Beide* Mordopfer wurden definitiv kurz vor ihrem Tode von *dieser* Handynummer angerufen, nur dass Katrin Brunners Mobiltelefon zu dem Zeitpunkt ausgeschaltet in einem Wertfach am Flughafen lag! Zufall? Wohl kaum!

Die andere Besonderheit liegt im Anrufverlauf *dieses* Telefons. Die KTU hatte ja schon am Freitag mehrere ankommende und abgehende Telefongespräche dokumentiert, die nicht in den Handykontakten gespeichert waren. Eine davon gehört – wie naturgemäß erst jetzt erkennbar ist – Daniel Seifert, der seine frühere Kollegin wiederholt kontaktiert hatte und auch von ihr angerufen wurde, wie ein Vergleich der beiden Listen eindeutig belegt.

Den letzten erfolgreichen Anruf in dieser Serie tätigte Katrin Brunner spät abends am Donnerstag, dem 30. Juli, wenige Stunden bevor sie in Berlin in einen Flieger stieg und ahnungslos ihrem Tod entgegenflog. Alle danach erfolgten Versuche ihres Gesprächspartners, *sie* zu kontaktieren, liefen ins Leere.

Der letzte von *ihm* getätigte und nicht angenommene Anruf war am Dienstagmorgen, dem Tag, an dem Daniel Seifert getötet wurde. Es ist hieraus aber unzweifelhaft erkennbar, dass sich die beiden Opfer und der mutmaßliche Täter nicht nur kannten, sondern auch Kontakt zueinander hatten. Dass dieser sich auf die Woche vor den bekannten Ereignissen beschränkt, muss eine Bedeutung haben!

* * *

»Wie sieht es denn hier aus?«, ruft Christina Ohlsen entgeistert aus, nachdem der Hausmeister die Wohnungstür für sie und ihre beiden Begleiter geöffnet hat. Mitgekommen ist außer ihrem Partner Wolfgang Müller heute nämlich lediglich ein einziger Kollege aus der Forensik. Dessen Chef vertrat die Meinung, dies müsse im Hinblick auf die derzeit in der KTU zu erledigenden Arbeiten ausnahmsweise einmal genügen, zumal es sich ja bei der zu untersuchenden Lokalität erwiesenermaßen nicht um einen Tatort handele.

Der Zustand der Wohnung lässt diese Einschätzung des Leiters der Forensik jedoch extrem fragwürdig erscheinen. Hier sieht es bis auf die intakte Eingangstür dermaßen offenkundig nach einem Einbruch aus, dass Ohlsen und Müller sofort zu den Waffen greifen und dem ›Zivilisten‹ an ihrer Seite mit einem Wink zu verstehen geben, draußen auf dem Hausflur zu warten. Dann betreten sie unter Wahrung sämtlicher Sicherheitsmaßnahmen vorsichtig die Diele, in der es ebenso wie in den angrenzenden Zimmern aussieht, als habe eine Granate eingeschlagen.

»Gesichert!«, ertönt es eine Minute später fast synchron aus zwei Kehlen. Chrissie Ohlsen winkt den wartenden Forensiker herbei. »Hier ist niemand mehr«, informiert sie ihn. »Wir können also sofort mit der Arbeit beginnen. Ich verwette aber eine Jahresration Futter für Quasimodo und Esmeralda, wenn hier nicht jemand etwas gesucht hat. Und wir haben jetzt die Aufgabe, herauszufinden, was das war!«

Den verständnislosen Blick des Wissenschaftlers ignoriert sie lächelnd. Gemeint waren die beiden Frettchen, die die Kommissarin sich als Haustiere hält. »Hier wurde definitiv etwas gesucht«, wiederholt sie stattdessen für ihren Partner und zeigt auf die umfangreichen Verwüstungen. Überall liegen herausgerissene Schubladen samt Inhalt auf dem Boden und Bilder wurden von den Wänden gerissen. Im Wohnzimmer stehen Schranktüren offen, Papiere sind auf dem Teppich verstreut, und sogar im Schlafzimmer zeugen aufgeschlitzte Matratzen und Kopfkissen davon, dass hier ein unbekannter Eindringling geradezu gewütet hat.

»Aber was?«, brummt Müller unzufrieden. »In diesem Chaos werden wir Stunden brauchen, alles zu ordnen, und dann wissen wir immer noch nicht, ob etwas fehlt! Die Fenster sind allesamt geschlossen, wobei diese hier im zweiten Obergeschoss ohnehin kaum für einen Einbruch infrage kommen. Die Tür wurde mit einem Schlüssel geöffnet, wie es aussieht?«, wendet er sich an den Forensiker, der sich in der Zwischenzeit die Wohnungstür vorgenommen hatte.

»Aufgebrochen wurde sie jedenfalls definitiv nicht!«, antwortet dieser selbstbewusst. »Für eine Aussage, ob eventuell Dietriche zum Einsatz kamen, werde ich den Schließzylinder aber mitnehmen müssen, da die dazu benötigten Geräte nur im Labor zur Verfügung stehen.« Ohne eine Antwort abzuwarten, holt er einen Schraubendreher hervor und beginnt unverzüglich mit dem Ausbau.

»Falls die Tür tatsächlich mit einem Schlüssel geöffnet wurde, hat der Eindringling diesen von Seifert erhalten«, konstatiert Ohlsen. »Du weißt, was das bedeutet?«

»Da der Tote keinen Wohnungsschlüssel bei sich hatte, als er gefunden wurde, wird sein Mörder ihn an sich genommen haben!«, nickt Müller. »Das grenzt die zeitliche Einschätzung für die Frage, wann seine Behausung von diesem so zugerichtet wurde, theoretisch auf die Zeit zwischen Dienstagabend und heute Vormittag ein, aber wir können wohl davon ausgehen, dass es entweder noch in der Mordnacht geschah, oder spätestens am nächsten Tag. Alles andere ergibt einfach keinen Sinn!«

»Wir werden uns sämtliche Hausbewohner vornehmen müssen«, seufzt Ohlsen. »Vielleicht ist ja einem der Nachbarn etwas aufgefallen. Wie viele Parteien wohnen hier?«, wendet sie sich an den Hausmeister, der immer noch im Hausflur wartet und das Geschehen mit verkniffener Miene stumm verfolgt.

»Zehn!«, antwortet dieser einsilbig. Ihm ist der Unmut über die derzeitige Situation deutlich ins Gesicht geschrieben.

»Ich rufe derweil bei unserem Lieblingsforensiker an und bringe ihm schonend bei, dass er uns noch ein paar von seinen Leuten vorbeischicken muss«, grinst Müller und greift zu seinem Diensthandy. »Wie es scheint, ist dies entgegen Jürgens Einschätzung nun doch so eine Art Tatort. Wer weiß, vielleicht war der Täter ja unvorsichtig, und hat *hier* ein paar Spuren hinterlassen!«

Nachdem Horst Weiland die erarbeiteten Fakten fein säuberlich in einer Tabelle geordnet und mitsamt einer persönlichen Würdigung der langsam deutlich an Umfang zunehmenden elektronischen Ermittlungsakte hinzugefügt hat, richtet er sein Augenmerk wieder auf die zuvor unterbrochene Tätigkeit.

Dieser vermaledeite Knopf, oder was dieses Lederteil darstellen mag, will mir nicht mehr aus dem Kopf, überlegt er. *Ich tippe nach wie vor auf eine Lederjacke, einen Mantel trägt man in dieser Jahreszeit ja wohl nicht. Aber alle Motorradjacken, die ich mir angesehen habe, hatten einen Reißverschluss! Vielleicht stammt das Ding ja von einem Schulterstück oder etwas in der Art.*

An diesem Punkt seiner Überlegungen angekommen, fasst er sich in jäher Erkenntnis an die Stirn. *Aber natürlich, dass ich da nicht früher drauf gekommen bin! Epauletten aus Leder! Habe ich sowas nicht mal vor Jahren an einer von Tobias' Jacken gesehen? Ich werde ihn nach seiner Rückkehr sofort danach fragen!*

Ein Blick auf die Uhr belehrt ihn darüber, dass die Zeit oft schneller voranschreitet, als einem lieb sein kann. In zwei Stunden ist schon Feierabend und dann wird er von seiner Frau abgeholt. Das Gebot des Tages lautet, neue Hosen und Schuhe für den Kleinen einzukaufen, der am Donnerstag eingeschult wird und dem man momentan förmlich beim Wachsen zusehen kann. Sollte Tobias bis dahin nicht zurück sein, muss die Klärung der Knopf-Frage eben bis morgen warten, denn *dieser* Termin lässt sich auf keinen Fall verschieben!

***

»Was sagen Sie da? Der Herr Seifert aus dem zweiten Stock ist tot? Das war doch so ein freundlicher netter Nachbar und stets hilfsbereit!« Klara Weingarten gibt Christina Ohlsen sichtlich erschüttert den Dienstausweis zurück, den die alte Frau aus dem dritten Obergeschoss direkt vor die Augen halten musste, weil sie ihre Brille verlegt hatte, wie sie den Kommissaren entschuldigend erklärte.

Bei ihr handelt es sich um die letzte der insgesamt fünf angetroffenen Mieter des Hauses, die sie heute befragen können. Alle übrigen Wohnungen sind der Tageszeit gemäß verwaist und die bisher Befragten hatten nichts Wesentliches zur Klärung des Falles beizutragen.

Aber das ist das Los von polizeilichen Ermittlern, sie werden sich eben gegebenenfalls ein weiteres Mal hierherbemühen müssen. Die in Fernsehkrimis oft zitierte Vorladung zwecks einer Vernehmung ist keine echte Alternative, da dieses obrigkeitliche Instrument für die Polizei im Grunde nicht existiert. Zeugen und Tatverdächtige können nämlich nur von einem Richter oder einem Staatsanwalt herbeizitiert werden.

»Herr Seifert wurde bereits am Dienstagabend getötet«, informiert Ohlsen die alte Frau. »Wir haben aber leider erst jetzt herausgefunden, wie der Tote heißt und wo er wohnt. Wie es nun aussieht, wurde irgendwann innerhalb der letzten fünf oder sechs Tage bei ihm eingebrochen. Ist Ihnen in dieser Zeit diesbezüglich etwas aufgefallen? Eine verdächtige Person im Treppenhaus vielleicht? Oder jemand, den sie aus der Wohnung des Herrn Seifert kommen sahen?«

»Am Dienstag?«, wiederholt Klara Weingarten erschrocken. »Ich hatte mich schon gewundert, dass ich ihn überhaupt nicht mehr zu Gesicht bekam. Aber jetzt, wo Sie es sagen ... Am Mittwoch habe ich gegen Mittag tatsächlich einen Mann in der zweiten Etage gesehen. Das weiß ich deshalb so genau, weil in dieser Straße ja donnerstags die Mülltonnen geleert werden und ich noch etwas in die Tonne werfen wollte. Der Aufzug war wieder einmal defekt und ich musste die Treppe benutzen. Ein Mann kam gerade aus der Wohnung des Herrn Seifert, er schien es sehr eilig zu haben und hätte mich beinahe umgerannt.«

»Haben Sie diesen Mann schon vorher einmal gesehen oder können Sie ihn mir beschreiben?«

»Den kannte ich nicht, Frau Kommissarin. Er trug eine schwarze Lederjacke, wie sie von den Motorradfahrern benutzt werden und auf dem Kopf hatte er eine Wollmütze. Ich hatte mich noch gewundert, dass er bei diesen sommerlichen Temperaturen mit einer dicken Jacke und einer Mütze herumlief. Es waren immerhin fast dreißig Grad an dem Tag!«

»Eine Wollmütze?« Einer Eingebung folgend, ruft Ohlsen Deckers Fahndungsfoto auf ihrem Handy auf und zeigt es der Zeugin. »Könnte es sich um diesen Mann hier gehandelt haben?«

»Ach, wenn ich nur meine Brille bei mir hätte!«
Frau Weingarten beugt sich vor und mustert das
Foto eingehend, wobei sie die Augen zu schmalen
Schlitzen zusammenkneift.

»Ich kann es nicht mit Bestimmtheit sagen«,
äußert sie sich dann unsicher. »Er hatte sich ein
Tuch vor den Mund gebunden, wie das heutzutage
üblich ist, aber so eine alberne Mütze wie der auf
dem Bild hatte *dieser* Kerl auch auf dem Kopf!«

»Haben Sie sonst irgendwelche Besonderheiten
bemerkt? An seiner Kleidung vielleicht?«

»Nein … Warten Sie, jetzt fällt es mir wieder ein:
Auf seiner Lederjacke waren oben so eine Art Schul-
terklappen angebracht, und eine davon hing herunter, weil ein Knopf gefehlt hat! Hilft Ihnen das weiter?«

»Das mit dem fehlenden Knopf haben Sie genau
sehen können?«, hinterfragt Müller die Aussage der
Zeugin im Hinblick auf ihre offenkundige Kurzsich-
tigkeit kritisch.

»Aber natürlich, junger Mann!«, entrüstet diese
sich mit erhobener Stimme. »*Da* hatte ich meine
Brille schließlich, wo sie hingehört: auf der Nase!«

* * *

Eine Etage tiefer hat der Forensiker derweil Verstärkung von zwei Kollegen erhalten, die mit der
ihnen eigenen Gründlichkeit nahezu jedes Stäub-
chen katalogisieren. Für die Suche nach Fingerabdrücken und DNA-Spuren sind – wie schon bei der
Durchsuchung von Deckers Behausung – Weise und
Holzem mitgekommen, Vogels Experten für dieses
spezielle Fachgebiet.

»Gibt es bereits irgendwelche Erkenntnisse?«, hält Wolfgang Müller den dritten im Bunde auf – einen Mann namens Jonas Fischer – als dieser sich an ihm vorbeizuschieben versucht. Ein sinnloses Unterfangen bei einem Kerl wie dem Oberkommissar, mit beinahe einem Meter Schulterbreite und einer Statur wie ein Kleiderschrank, weshalb seine Freundin die durchaus sehenswerte Szene mit einem breiten Grinsen quittiert.

»Die umfangreichen Zerstörungen in sämtlichen Räumen erhärten eure eingangs geäußerte Vermutung, der Eindringling habe etwas gesucht«, bequemt sich Fischer zu einer Antwort. »Da wir uns hier im zweiten Obergeschoss aufhalten und die Fenster nachweislich nicht gewaltsam geöffnet wurden, hat der Einbrecher die Wohnung mit großer Wahrscheinlichkeit durch die Eingangstür betreten.«

Müller berichtet ihm in gedrängter Form, was sie von Frau Weingarten aus dem Stockwerk über ihnen erfahren haben. »Diese Beobachtung belegt deine Vermutung, da der Mann sozusagen beim Verlassen der Wohnung gesehen wurde. Jetzt benötigen wir nur noch Gewissheit bezüglich der Art des Zutritts, also die Antwort auf die Frage, ob ein Schlüssel benutzt wurde oder ob Dietriche zum Einsatz kamen. Hast du denn mittlerweile herausfinden können, *was* der Unbekannte hier gesucht haben könnte?«, nimmt er Bezug auf die Eingangsbemerkung des Wissenschaftlers.

»Sowas ist aus unserer Warte immer schwer zu ermitteln«, entgegnet dieser mit einem Schulterzucken. »Ein Vorher-Nachher-Foto wäre hilfreich, aber das steht uns ja nun leider nicht zur Verfügung. Alles, was ich euch sagen kann, ist, dass es sich mit großer Wahrscheinlichkeit um einen sehr kleinen Gegenstand gehandelt haben dürfte! Ob dieser gefunden wurde, entzieht sich jedoch momentan noch meiner Kenntnis.«

»Woraus ergibt sich für dich ausgerechnet bezüglich der Größe des gesuchten Gegenstands eine solche Gewissheit?«, mischt sich Christina Ohlsen ein. »Du weißt nicht, was es ist, aber dass es klein ist, ist dir bekannt? Gibt es einen triftigen Grund für diese Annahme?«

»Das ist aus den Orten ersichtlich, auf die man sich bei der Suche konzentriert hat«, erklärt Fischer ihr geduldig. »Einen erwartungsgemäß sehr großen Gegenstand wird man eher nicht in Toilettenspülkästen, hinter Gemälden oder zwischen Büchern in den Regalen vermuten. Der Täter hat sich jedoch genau diese Stellen hier in der Wohnung vorgenommen, von der aufgeschlitzten Matratze einmal abgesehen, die aber dennoch durchaus ins Bild passt. Außerdem gibt es ja noch die aufgebrochene Stahlkassette! Kommt mal mit!«

Er lotst die Kommissare zum Wohnzimmerschrank, vor dem Unmengen ausgeräumter Papiere und heruntergeworfene Bücher davon zeugen, dass hier besonders intensiv gesucht wurde. Eine auf dem Fußboden liegende, leere Geldkassette aus Stahl, nicht viel größer als ein Taschenbuch, sticht den Ermittlern sofort ins Auge. Sie wurde aufgebrochen.

»Diese Kassette war für eine lange Zeit hinter den Büchern im Mittelteil des Schrankes versteckt«, erläutert Fischer ihnen. »Das lässt sich anhand der Staubschicht eindeutig erkennen, in der sie einen deutlichen Abdruck hinterlassen hat. Der Gegenstand, auf den der Einbrecher es abgesehen hatte, muss dort hineingepasst haben, sonst hätte er sie nicht gewaltsam geöffnet. Die Wahl des Verstecks gibt zudem Anlass zu der Vermutung, dass er seinem Besitzer – und wohl auch dem Dieb – viel bedeutet hat! Fingerabdrücke sind übrigens keine an der Kassette.«

Wolfgang Müller reibt sich nachdenklich über das Kinn. »Ich habe einen starken Verdacht, um was es sich dabei handeln könnte, aber ich fürchte, ihr werdet es in der ganzen Wohnung nicht mehr finden!«

Chrissie Ohlsen schaut ihn zuerst mit großen Augen fragend an, dann jedoch verfinstert sich ihr Gesicht schlagartig. »Verdammt!«, entfährt es ihr unbeherrscht, als sie realisiert, worauf ihr Partner hinauswill.

* * *

Florian Engelskirchen entspricht in jeder Hinsicht dem landläufigen, in Film und Literatur häufig total überzogen dargestellten Bild eines Hackers, wie sie zu Beginn des 21. Jahrhunderts im Grunde gar nicht mehr existieren. Die Zeit, wo sich Leute seines Schlages mit selbstgebastelten elektronischen Spielereien, Modems und ähnlichem, für Uneingeweihte absolut unverständlichem Zeug tagelang in mäßig beleuchteten Kellerräumen verkrochen und sich ausschließlich von Fast Food ernährten, ist seit langem vorbei.

Hier jedoch stimmt alles mit dem immer noch weitverbreiteten Klischee überein: Wirre, ungekämmte Haare, eine käsige Gesichtsfarbe und sogar die trendige Nerd-Brille ist vorhanden. Kurzum, der Mann, der den Kommissaren nach mehrmaligem Klingeln die Tür öffnet, scheint irgendwie aus der Zeit gefallen zu sein und ist wahrscheinlich weit und breit der Letzte seiner Art. Er blinzelt die Besucher verwirrt an, als habe er seit Monaten weder andere Menschen noch die Sonne gesehen.

»Kriminalhauptkommissarin Malowski, Kripo Siegburg!« Denise hält den Dienstausweis vorschriftsmäßig auf Armlänge vor sich. Tobias hingegen dreht sich ansatzlos auf dem Absatz um und scannt aufmerksam die Umgebung. Die Straße ist jedoch wie ausgestorben.

»Das ist mein Kollege Heller«, übernimmt seine Partnerin daher die Vorstellung an seiner Stelle. »Wir müssen dringend in einer *Angelegenheit* mit Ihnen sprechen, Herr Engelskirchen«, fügt sie mit besonderer Betonung hinzu und fixiert den jungen Mann dabei aufmerksam, der bei der Nennung der Behörde sichtbar zusammengezuckt ist. »Können wir kurz hereinkommen? Ich denke, es ist in diesem speziellen Fall auch in Ihrem Sinne, wenn wir unsere Unterhaltung drinnen fortzusetzen.«

✳ ✳ ✳

Innerhalb der winzigen Zwei-Zimmer-Wohnung setzt sich der erste Eindruck der Ermittler bezüglich ihres Bewohners nahtlos fort. Ihr Blick fällt beim Betreten der kleinen Wohnküche sofort auf einen mit technischem Gerät und anderem Kram überhäuften Tisch, und auf einem Computermonitor, den Engelskirchen im Vorbeigehen jedoch rasch abschaltet, vermeinen sie vorher noch mehrere farbige Tabellen gesehen zu haben. Offensichtlich will hier jemand unbedingt verhindern, dass die unverhofft aufgetauchten Polizisten etwas von dem mitbekommen, was hier vor sich geht.

»Sie waren doch nicht etwa im Internet?«, klopft Tobias Heller auf den Busch. »Ich bin mir nämlich ziemlich sicher, dass sowas gegen Ihre Bewährungsauflagen verstoßen würde. Soweit ich weiß, dürfen Sie nicht einmal DSL haben!«

Engelskirchen wird noch eine Nuance blasser. »Alles easy, Herr Kommissar!«, sprudelt er hastig hervor. »Sie können sich gerne umschauen, hier gibt es nicht einmal einen Telefonanschluss, geschweige denn Internet.«

»So, so!« Heller fischt sein Handy aus einer Seitentasche der Lederjacke und tippt einige Male auf dem Display herum. »Und wie kommt es dann, dass ich hier ein verschlüsseltes WLAN mit dem Namen ›Florian‹ sehe, mit ›volle Kanne‹ Empfangsqualität? Ich darf doch?« Ehe Engelskirchen es verhindern kann, grabscht sich der Ermittler ein zwischen dem anderen Krempel auf dem Tisch liegendes Smartphone älterer Bauart und entfernt mit geübtem Griff den Akku.

»Merkwürdig, jetzt ist es weg!«, grinst er und reicht dem perplexen Mann die Einzelteile seines Mobiltelefons. Denise hingegen schüttelt missbilligend den Kopf. Für einen solch plumpen Einschüchterungsversuch am Rande der Legalität bringt sie wenig Verständnis auf, wenngleich dieser durchaus erfolgversprechend sein könnte. Dass der fraglos hochbegabte Hacker Tobias' mitunter recht undurchsichtigen Winkelzügen auf die Dauer nicht gewachsen ist, zeichnet sich jedenfalls jetzt schon ab.

In Ermangelung einer anderen freien Sitzgelegenheit lotst Heller den jungen Mann mit sanftem Druck auf die Schulter behutsam zu einem einsamen Stuhl an einer Art Bistrotisch, was Engelskirchen widerstandslos mit sich geschehen lässt. Er selbst bleibt mit seiner Partnerin stehen.

»Sie haben heute unverschämtes Glück!«, informiert er ihn mit einem wölfischen Grinsen. »Wir sind nämlich nicht wegen Ihrer Verstöße gegen die Bewährungsauflagen hier, sondern allein deswegen!« Er wischt einige Brötchenkrümel beiseite und legt einen Beweismittelbeutel mit dem Kleincomputer auf den Tisch, in dessen Gehäusedeckel Amara Jones den verräterischen Daumenabdruck fand, der die Kommissare hierherführte. »Das gehört doch Ihnen, oder etwa nicht?«

»Ein Raspberry Pi!«, winkt Engelskirchen verächtlich ab. »Wo steht, dass es meiner ist? Sowas können Sie im Internet für ein paar Euro kaufen. Die gibt es zu hunderttausenden!«

»Auch mit einem wunderschönen Fingerabdruck von *Ihnen* innen drin, sowie einem Lesegerät für *RFID*-Chips nebst einer Software zum Auslesen von elektronischen Türschlössern?«, mischt sich Denise spöttisch ein. »Unsere IT-Spezialistin hat in den Codesequenzen eindeutig *Ihre* ›Handschrift‹ erkannt!« Dass der Hacker aus purer Überheblichkeit, die Menschen seines Schlages zu eigen ist, seinen Namen in verschlüsselter Form in besagtem

Programmcode hinterlassen hatte, behält sie zunächst für sich. Das Kerlchen wird sicher bald von selbst darauf kommen.

»Alles, was wir heute von Ihnen wissen wollen, ist der Name der Person, der Sie dieses Teil vermacht haben«, lockt Tobias ihn. »Wenn Sie uns den nennen, sind Sie uns auch schon wieder los. Vorerst zumindest!«

»Den hat er mir nicht gesagt! Das war so ein bulliger Kerl mit Motorradlederjacke und einer albernen Kappe aus Wolle auf dem Kopf. Länger als zehn Minuten war der nicht hier, Herr Kommissar. Ich habe ihm den Kram noch in epischer Breite erklären müssen, wobei er sich reichlich begriffsstutzig angestellt hat. Sie können mir gar nichts anhängen, es liegt schließlich nicht in meiner Verantwortung, wofür er die Geräte anschließend verwendet hat!«

»Wenn Sie den Mann nicht kannten, wie sie sagen«, fragt Denise lauernd, »woher hatte er dann Ihre Adresse?«

»Habe ich nicht nach gefragt. Irgendwer wird ihm das schon gesteckt haben.«

»Okay, lassen wir das mal so stehen. War es dieser Mann hier?« Sie zeigt ihm Deckers Fahndungsfoto auf ihrem Handy.

Engelskirchen wirft einen kurzen Blick darauf und nickt dann bestätigend. »Genau der war das, Frau Kommissarin. Ist das jetzt alles?«

»Nur eine unbedeutende Kleinigkeit noch«, lächelt Heller und zieht ein steril verpacktes Wattestäbchen hervor. »Ich würde Sie gerne um eine DNA-Probe bitten. Reine Routine!«

»Meinetwegen, wenn ich dann endlich meine Ruhe habe!«

* * *

»Du hättest ihm nicht so hart zusetzen müssen, Tobi!«, bemerkt Denise wenig später auf dem Weg zum Auto kritisch. »Manchmal neigst du diesbezüglich echt zu Übertreibungen! Übrigens: Was war eigentlich vorhin, als wir ins Haus gegangen sind? Hattest du etwas Verdächtiges gehört?«

Tobias hebt die Schultern. »Ich hatte plötzlich so ein Ziehen zwischen den Schulterblättern. Du weißt schon, so als würde man von jemandem heimlich beobachtet. Ich habe mich wohl geirrt.«

»Bestimmt hast du das! Soweit ich weiß, ist der Mensch von seinen Sinnen her nicht in der Lage, Blicke im Rücken zu spüren. Komm, lass uns fahren, wir haben alles bekommen, was wir wollten!«

PHIL DECKER

Ich hatte nach langer Suche endlich eine Absteige gefunden, die bis auf den Zimmerpreis in jeder Hinsicht billig war. Fünfzig Tacken wollte der schmierige Kerl, der seine Bude wahrscheinlich nebenbei als Stundenhotel vermarktete, von mir für die Nacht, aber was hatte ich für eine Wahl? Bezogen auf meinen äußerst begrenzten Bargeldvorrat hieß das, ich musste mir spätestens in einer Woche was anderes suchen, weil ich bis dahin nämlich pleite sein würde.

Da die Bruchbude am Ortsrand angesiedelt war, konnte ich die Bullen aber von meinem Zimmer aus hoffentlich früh genug kommen sehen und in der angrenzenden Wildnis verschwinden, sollte es sich als notwendig erweisen. Zunächst wähnte ich mich jedoch in relativer Sicherheit.

Die Honda stand hinter dem Haus und war somit von der Straße aus nicht zu sehen, wogegen ich aber notfalls von dort aus über einsame Feldwege türmen konnte. Auf zwei Rädern hat man immer gewisse Vorteile gegenüber einem Auto, und sei es noch so geländegängig. Das Handy blieb weiterhin ausgeschaltet, um einer Ortung zu entgehen. Zudem hatten die mir garantiert einen Trojaner oder etwas in der Art untergejubelt, wodurch sie meinen Standort erfuhren, sobald ich das Telefon einschaltete.

So weit, so gut. Was mir allerdings nicht geringe Sorgen bereitete, waren die Steckbriefe von mir, die mittlerweile überall herumhingen. Auf den Fahndungsfotos war ich zum Glück nicht sonderlich gut getroffen, aber ich musste dennoch vorsichtig sein und öffentliche Plätze oder große Menschenansammlungen tunlichst meiden. Ich war jedoch zuversichtlich, dass mir dies gelingen würde. Ich hatte nicht das erste Mal die Bullen auf dem Hals und wusste daher, wie man denen aus dem Weg ging!

Wesentlich schwieriger gestaltete sich die Suche nach dem Kerl, dem ich diesen ganzen Mist zu verdanken hatte und dem ich meinen ›Dank‹ gerne persönlich überbringen wollte. Was wusste ich denn schon über ihn? Jedenfalls nicht viel. Einen Anhaltspunkt stellte allenfalls der weiße Lieferwagen mit so einem komischen Logo dar, in den ich ihn nach seinem letzten Besuch bei mir einsteigen sah.

Nach langem und intensivem Nachdenken kam mir endlich die Erleuchtung: Der Hacker, der mir diesen Computerkram für teures Geld vermacht hatte, sollte meinen geheimnisvollen Auftraggeber doch kennen, da ich von diesem seine Adresse erhalten hatte!

Das hätte mir auch früher einfallen können, aber es ist eben nicht einfach, ohne ›Schmiermittel‹ die Gehirnwindungen in Gang zu halten, und den Whiskey musste ich mir aufgrund meiner eingeschränkten finanziellen Mittel vorläufig abschminken. Das Geld hätte allenfalls für billigen Fusel gereicht und ich brauchte in den nächsten Tagen vor allen Dingen einen klaren Kopf.

Ich dachte mit Wehmut an die leichtsinnigerweise zurückgelassene halbvolle Flasche Jack Daniels in meinem Büro, schnappte mir kurzentschlossen Helm und Lederjacke und fuhr unverzüglich zu der mir bekannten Adresse dieser kleinen miesen Ratte.

* * *

Mist! Malowski und Heller waren mir erneut einen Schritt voraus! Zugegeben, ich war verdammt spät auf den Trichter gekommen und wie es jetzt aussah, hatten die beiden haargenau denselben Gedanken gehabt, nur eben früher. Wobei es mir schleierhaft war, wie sie *das* wieder herausbekommen hatten! Hilflos musste ich mitansehen, wie die Kommissare das Haus meines Informanten betraten.

Die Sache drohte, brenzlig für mich zu werden, als Heller sich plötzlich ruckartig umdrehte und aufmerksam die Straße beobachtete, wobei er genau in meine Richtung blickte! Ich kauerte mich vorsichtshalber noch tiefer in mein Versteck. Hatte er mich etwa bemerkt? Nein, alles gut, er ging ins Haus! Zum Glück hatte ich die Honda in weiser Voraussicht in einer Nebenstraße abgestellt, sonst hätte ich gleich einpacken können.

So aber saß ich hinter einer Mülltonne auf der anderen Straßenseite und wartete darauf, dass die Polizei endlich wieder abrückte. Vollkommen unmotiviert kam mir dabei in den Sinn, dass ich offenbar eine Vorliebe für Verstecke im Abfallbereich zu entwickeln begann. In der Zwischenzeit legte ich mir eine neue Strategie für die eigene ›Befragung‹ zurecht, die ich im Anschluss durchzuführen gedachte.

Falls Malowski und Heller das Kerlchen nicht gleich mitnahmen – was ja durchaus im Bereich des Möglichen lag – war er garantiert durch ihren Besuch genügend eingeschüchtert, um mir widerstandslos Rede und Antwort zu stehen. Sollte er sich jedoch als renitent oder gar unwissend erweisen, blieb mir nur dieser Lieferwagen, von dem ich aber das Kennzeichen nicht wusste, weil ich es von meinem Fenster aus nicht hatte erkennen können. Eine Firmenaufschrift war ebenfalls nicht zu sehen gewesen. Falls es eine solche gab, befand sie sich auf der anderen Seite.

Das Firmenlogo war mir unbekannt, nichtsdestotrotz hatte ich es mir eingeprägt und anschließend aus dem Gedächtnis eine Zeichnung davon angefertigt. Vielleicht würde eine Suche im Internet was bringen, aber dafür benötigte ich einen Computer, da ich das Handy aus den bekannten Gründen nicht verwenden konnte.

Mit etwas Glück konnte ich herausfinden, was das für ein Auto war. Der von mir verzweifelt Gesuchte war im günstigsten Fall ein Mitarbeiter oder gar der Eigentümer einer Firma, die dieses Logo verwendete! Wozu war ich Privatdetektiv? Ich hatte schon mit weniger Informationen Leute aufgespürt, somit musste auch dieser Dreckskerl zu finden sein!

In diesem Moment ging die Haustür mir gegenüber erneut auf, und die Polizisten traten mit
nichtssagenden Mienen auf die Straße. Allein! Ein
Blick auf die Uhr belehrte mich darüber, dass weit-
aus weniger Zeit vergangen war als gedacht. Ich
fragte mich, ob sie etwas erfahren hatten.

Kapitel 8

Horst Weiland ruft mit gemischten Gefühlen die Homepage Deckers auf, die Tobias ihm vor ein paar Minuten zwischen Tür und Angel genannt hatte. Der Kollege war mit Denise auf dem Sprung zu der Security-Firma, bei der beide Mordopfer zum Zeitpunkt des Überfalls vor drei Jahren beschäftigt waren und für die Daniel Seifert bis zu seinem gewaltsamen Tod immer noch gearbeitet hatte. Da sie bis zur Fallbesprechung zurück sein wollten, war er sehr in Eile und entsprechend kurz angebunden.

Auf die Lederjacke angesprochen, speiste Tobias ihn mit der lapidaren Bemerkung ab, dass er eine Motorradjacke mit Epauletten niemals besessen habe, aber vor Jahren einmal den Privatdetektiv mit einer solchen gesehen zu haben glaubt. Dieser habe mittlerweile eine ihm bis vor wenigen Tagen unbekannte Internetseite, deren Adresse auf der Rückseite der gefundenen Visitenkarte vermerkt sei. Mit etwas Glück habe er sich dort mit besagter Jacke verewigt, auf dem von der Hotelmanagerin im Hotelzimmer geschossenen Foto habe er ja einen Pullover getragen.

Die Leitseite von Deckers Internetpräsenz baut sich in quälender Langsamkeit nahezu zeilenweise vor seinen ungeduldigen Augen auf. *Bei was für* einem Micky-Maus-Verein hat der Kerl bloß seine Homepage erstellen lassen?*, schimpft er in Gedanken, weil bei diesem Schneckentempo noch etliche Minuten vergehen werden, bis er endlich etwas Interessantes zu sehen bekommt.

Plötzlich geht es dann aber doch schneller. Der Grund für die Verzögerung lag offenbar in einem großformatigen Foto, welches den Detektiv in der gewohnten Montur einschließlich der unvermeidlichen Wollkappe bei einer Observierung darstellt. Quer darüber prangt der Schriftzug ›DECKER DECKT AUF!‹. Es hat sich mittlerweile im Kommissariat herumgesprochen, dass es sich bei der albernen Mütze in Wirklichkeit um eine Art Stahlhelm handelt.

Es ist jedoch weniger *dieses* Utensil, das ihm sofort ins Auge sticht, sondern die aus geflochtenen Lederschnüren gefertigten Epauletten, die deutlich sichtbar mit einem Knopf derselben Machart an Deckers Motorradlederjacke befestigt sind, wie er zum Vergleich neben der Tastatur liegt!

»Bingo!«, ruft er unwillkürlich aus und reibt sich die Hände. Zusammen mit der Beobachtung der Mieterin aus dem Haus, in dem Seifert wohnte, ist dies ein weiteres Mosaiksteinchen zu einem Bild, dass immer mehr Deckers Züge annimmt! *Jetzt müssen wir ihn nur noch in die Finger bekommen!*

* * *

»An Frau Brunner erinnere ich mich gut!«, nickt Gerhard Tauber zu den Ausführungen seiner Besucher. Der Endfünfziger, Mitbegründer und Geschäftsführer der Firma, ist ganz der weltgewandte Geschäftsmann, wie er in einem teuren Maßanzug mit Weste und sorgfältig frisiertem Haar vor Denise und Tobias sitzt und die Hände zu einer Pyramide zusammengelegt hat. Irgendwie fühlen sich die Kommissare an Staatsanwalt Dr. René Stein erinnert, der diese selbstgefällige Geste ebenfalls bei jeder sich bietenden Gelegenheit einzusetzen pflegt. Offenbar haben sie in Tauber einen Seelenverwandten des Juristen gefunden.

Der Firmensitz ist auf der Frankfurter Straße und somit nur wenige hundert Meter vom Dienstgebäude der Kriminalpolizei entfernt. Die Kommissare sind dennoch mit einem Dienstwagen hier, da sie keinerlei Lust verspürten, an einem der heißesten Tage des Jahres zu Fuß zu gehen. Dass Tobias trotzdem nicht auf seine Lederjacke verzichten wollte, entlockte seiner Partnerin eine ihrer berüchtigten spöttischen Bemerkungen, die aber wie immer wirkungslos von seinem Ego abprallten.

»Sie kündigte nur wenige Wochen nach dem Überfall auf den von ihr und ihrem Kollegen durchgeführten Geldtransport und verließ die Stadt«, lenkt Denise Malowski das Gespräch in die gewünschten Bahnen. »Kam das überraschend für Sie, oder hatten Sie damit gerechnet?«

»Sie denken, dass die Kündigung eine Folge des Überfalls war?«, hebt Tauber die Brauen. »Wenn ich es mir recht überlege, gab es keinerlei Anzeichen einer posttraumatischen Belastungsstörung, von der Sie offenbar ausgehen. Frau Brunner wirkte im Gegenteil äußerst gefasst und absolvierte klaglos weitere Transporte, auch auf der bewussten Route. Die Kündigung reichte sie allerdings schon wenige

Tage nach dem Vorfall auf der B56 ein. Wir hatten damals eine Wartefrist von sechs Wochen bis zur endgültigen Beendigung des Arbeitsverhältnisses vereinbart, die sie auch einhielt.«

»Und was ist mit Daniel Seifert?«, hakt Tobias Heller an dieser Stelle ein. »Er war ebenfalls Opfer des Überfalls und arbeitete weiterhin für Ihre Firma. Ist Ihnen an *seinem* Verhalten nach dem ›Vorfall‹, wie sie es ausdrücken, etwas aufgefallen?«

»Ich hatte ihm nach dem Weggang von Frau Brunner einen weniger aufregenden Arbeitsbereich angeboten oder wenigstens eine andere Tour, aber davon wollte er nichts wissen. Er meinte, das wäre doch alles halb so wild gewesen und die Wahrscheinlichkeit, auf derselben Strecke ein zweites Mal überfallen zu werden, läge praktisch bei null.«

»War er allgemein für eine derart fatalistische Grundhaltung bekannt?«

»Eher nicht, deshalb wunderte ich mich auch etwas darüber, zumal er und Frau Brunner sich privat sehr gut zu verstehen schienen.«

»Waren die beiden ein Paar?« Denise Malowski beugt sich interessiert vor, um sich keine Regung im Gesicht ihres Gesprächspartners entgehen zu lassen.

»Nein, das glaube ich nicht. Falls es so war, haben sie es geschickt vor mir und den Kollegen verborgen, und außerdem wäre Herr Seifert dann doch sicher mit ihr gegangen, als sie kündigte.«

»Gab es in den letzten Tagen Anzeichen dafür, dass er sich bedroht fühlte?«, übernimmt Tobias Heller wieder. »War er besonders nervös, oder verhielt er sich anders als gewohnt?«

Gerhard Tauber schüttelt den Kopf. »Davon ist mir nichts bekannt, außerdem hatte mein Mitarbeiter seit zwei Wochen Urlaub.«

* * *

»Ihr glaubt demnach, dass der unbekannte Einbrecher in Seiferts Wohnung nach einem ähnlichen Schlüssel suchte, wie wir ihn im Gepäck von Katrin Brunner fanden?«, zieht Donner ein Resümee aus dem Vortrag seiner Ermittler.

»Alles andere ergibt keinen Sinn, Chef!«, bekräftigt Wolfgang Müller die Aussage seiner Partnerin. »Wir sind mit den Kollegen der KTU einer Meinung, dass es sich um einen eher kleinen Gegenstand gehandelt haben muss, den man dort zu finden hoffte. Erinnern wir uns an das gesteigerte Interesse an dem am Flughafen zurückgelassenen Gepäck des ersten Mordopfers. Der Trolley enthielt einen Schlüssel, der mit großer Wahrscheinlichkeit zu einem Safe oder einem Bankschließfach gehört. Chrissie und ich sehen hier jedenfalls eindeutige Parallelen!«

»Zumal die beiden in den Tagen vor ihrer Ermordung nicht nur untereinander telefonisch in Kontakt standen, sondern ebenfalls von derselben Prepaidnummer angerufen wurden, und zwar jeweils kurz vor ihrem Tod!«, verweist Horst Weiland auf seinen schriftlichen Bericht zur Auswertung der

Einzelverbindungsnachweise. »Das sieht mir ganz nach einer Zusammenkunft aus, zum Beispiel, um die Beute zu teilen!«

»Wobei wir bei dem auf Katrin Brunners Handy gespeicherten Kalendereintrag wären«, nickt Chrissie Ohlsen. »Da war ja ebenfalls von einer ›Zusammenkunft‹ die Rede, ohne allerdings ins Detail zu gehen. In der Küche von Daniel Seiferts Wohnung war auf einem Wandkalender exakt dasselbe Datum eingekreist, womit wir *einen* Kandidaten für das geplante Treffen hätten!«

»Die beiden Schlüssel gehören vermutlich zu ein und demselben Schließfach!«, überlegt Tobias Heller. »Es gibt da welche, wo zwei Personen benötigt werden, um an den Inhalt zu gelangen. So wollte man verhindern, dass einer alleine mit der Kohle abhaut!«

»Da bin ich anderer Meinung«, widerspricht Chrissie Ohlsen. »Außerdem dürfte es in diesem Fall nicht bloß zwei, sondern insgesamt *vier* Schlüssel geben!«

»Erklärung!«, bellt der Kommissariatsleiter.

»Ist doch klar: Wenn wir davon ausgehen, dass die alle unter einer Decke stecken und den Überfall gemeinsam geplant haben, werden sie für den Fall, dass sie sich gegenseitig nicht über den Weg trauen, die Beute so aufgeteilt haben, dass einer allein nicht darauf zugreifen kann. Es gibt demzufolge *zwei* Schließfächer. Logisch wäre, die dazugehörenden Schlüssel so zu verteilen, dass die von Partnern *nicht* zueinanderpassen!«

»Die beiden Räuber besitzen deiner Meinung nach also jeweils eine Hälfte eines Schlüsselpaares, und Brunner und Seifert hatten das dazu passende Gegenstück?«, versucht Donner, Ordnung in die Rede der Kommissarin zu bringen. »Ich gebe zu, das ergibt tatsächlich einen Sinn! Auf diese Weise kann sich keine der Parteien einen Vorteil verschaffen. Selbst dann nicht, wenn sie sich zusammentun.«

»Nun ja, genau *das* scheint jetzt einer von denen zu versuchen«, bringt sich Malowski in die Diskussion ein. »Nur, dass es bei Katrin Brunner nicht funktioniert hat. Weil die Dame den Braten gerochen hat und rechtzeitig entsprechende Maßnahmen traf, sind jetzt *wir* im Besitz ihres Schlüssels!«

»Das bedeutet in letzter Konsequenz aber auch, dass wir uns womöglich auf ein drittes Mordopfer einzustellen haben«, befürchtet Donner. »Außer natürlich, die beiden übriggebliebenen Banditen arbeiten diesbezüglich zusammen.«

»Für eine Tatgemeinschaft spricht auch das Verhalten der ›überfallenen‹ Mitarbeiter der Security-Firma«, nickt Heller. »Sie gaben sich ihrem Dienstherrn gemäß hinterher ungewöhnlich sorglos, ganz so, als seien sie nicht eben erst mit vorgehaltener Waffe ausgeraubt worden. Es gehört schon was dazu, nach einem echten Überfall dermaßen abgebrüht zu sein!«

»Aber wie fügt sich Decker in diese Geschichte ein?«, bleibt Weiland skeptisch. »Er scheint überall dort aufzutauchen, wo wir ermitteln. Im Hotel hinterlässt er eine seiner Visitenkarten, am Flughafen versucht einer, auf den seine Beschreibung passt, den Koffer abzuholen und im Umfeld von Daniel

Seiferts Behausung wurde er ebenfalls gesehen. Bleibt noch zu erwähnen, dass er eine Jacke besitzt, die exakt solche Knöpfe hat wie der, den wir in der Faust des zweiten Mordopfers fanden.«

Er geht an die Tafel und bringt einen Ausdruck des Fotos von Deckers Homepage an. »Seht ihr? Das kann doch kein Zufall sein. Es sieht im Gegenteil alles danach aus, dass unser Privatschnüffler einer der beiden Räuber ist!«

»Nicht zu vergessen, dass Florian Engelskirchen quasi zugegeben hat, ihm das Equipment für den Hoteleinbruch verschafft zu haben. Er hat Decker zudem eindeutig anhand des Fahndungsfotos identifiziert«, gibt Heller zu und berichtet im Telegrammstil von ihrem gestrigen Ausflug nach Much. »Wir fahnden ja bereits seit Tagen nach ihm, aber er scheint wie vom Erdboden verschluckt zu sein. Haben wir eigentlich schon das Ergebnis der DNA-Analyse, Chef?«

»Heute war nichts in der Post«, schüttelt Donner den Kopf. »Wir werden uns also weiter in Geduld üben müssen, bis wir Gewissheit haben.«

»Niemand führt aus heiterem Himmel mit vollkommen Unbekannten gemeinsam einen solchen Coup durch!«, wechselt Malowski scheinbar das Thema. »Dass Brunner und Seifert sich bei der Sache einig waren, mag ja noch angehen, 1,3 Millionen sind zugegebenermaßen unschlagbare Argumente! Die zwei müssen aber ja auch irgendwie von den Räubern kontaktiert worden sein, was wiederum darauf schließen lässt, dass man sich von früher kannte. Es könnte sogar sein, dass die Frau zu diesem Zweck gezielt bei der Firma anheuerte.«

»Habt ihr in den sozialen Kontakten der Mordopfer irgendwelche Hinweise darauf finden können?« Die Frage des Kommissariatsleiters ist an die
Kommissarin und die beiden Oberkommissare
gerichtet. Sie hatten den Auftrag erhalten, sich
darum zu kümmern.

»Bisher nicht«, übernimmt Ohlsen stellvertre-
tend für ihre männlichen Kollegen die Antwort.
»Wir sind ja auf die Handykontakte angewiesen,
die wir aus Katrin Brunners Telefon extrahiert
haben. Bei Daniel Seifert haben wir sogar nur die
Einzelverbindungsnachweise seines Providers, da
sein Mobiltelefon nach wie vor unauffindbar ist.
Wir sind momentan dabei, die alle abzutelefonie-
ren, haben aber bisher keine Gemeinsamkeiten
feststellen können.«

»Wobei Brunners Kontakte sich sogar überwiegend auf Berliner Adressen beschränken«, ergänzt
Weiland. »Ich fürchte, die werden uns wenig nutzen. Die einzige Parallele besteht in der ominösen
spanischen Mobilfunknummer, die wir jedoch nie-
mandem zuordnen können. Amara hat sie anzupin-
gen versucht, leider erfolglos. Das dazugehörige
Telefon ist nach wie vor ausgeschaltet.«

»Dann bleiben zumindest für Katrin Brunner
nur die Kontakte aus der Zeit vor ihrem ersten
Umzug nach Berlin übrig«, resümiert Denise
Malowski. »Vielleicht war sie ja sogar die treibende
Kraft hinter dem Überfall. Wir sollten uns zuerst
die drei Jahre zwischen Abitur und dem Wegzug
anschauen und mit ihren damaligen Mitschülern
beginnen. Ich werde mir also gleich anschließend
die Jahrbücher ihrer Schule besorgen.«

* * *

Tobias hebt den Blick von den amtlich aussehenden Schriftstücken, die er in Denises Abwesenheit von Donner überreicht bekam und in denen er bis jetzt konzentriert gelesen hatte, als die Bürotür aufgeht und seine Partnerin mit einem kleinen Karton in den Händen den Raum betritt.

»Du bist schon zurück? Das ging ja schnell!«, begrüßt er sie aufgeräumt und legt die Dokumente mit wichtiger Miene vor sich ab. »Ich habe übrigens Neuigkeiten zu verkünden: Während du fort warst, kamen die sehnlichst erwarteten Ergebnisse der DNA-Analysen per Kurier herein!«

»Und?«, entgegnet sie kurz angebunden.

»Zuerst die gute Nachricht: Die fremde DNA an der Leiche stimmt *nicht* mit der an den Zigarettenstummeln in Deckers Büro überein!«

Denise Malowski stellt den Karton mit den erbeuteten Jahrbüchern auf einem Besucherstuhl ab und setzt sich an ihren Schreibtisch. »Na, wenn das die gute Nachricht war, will ich die schlechte gar nicht erst hören!«

»Es gibt auch keine«, grinst Heller und schiebt ihr die Ergebnisse über den Tisch. »Nur eine noch bessere! Hier, sieh selbst!«

»Na und?«, hebt Denise die Schultern. »Daraus ergibt sich, dass es eine männliche DNA ist, das grenzt den Kreis der Verdächtigen auf etwa dreieinhalb Milliarden Menschen ein!«

»Lies weiter, ganz besonders interessant ist der Teil mit dem Verwandtschaftskoeffizienten!«

»Übereinstimmung mit Probe B 12,5 % ... Meinst du das? Das bezieht sich auf die Speichelprobe von Engelskirchen, es grenzt an ein kleines Wunder, dass die in der verfügbaren Zeit überhaupt schon ausgewertet wurde!«

»Da haben wir eben Schwein gehabt, dass die das gleich mit erledigt haben, aber was sagt uns das? Es besagt, dass der Mörder mit diesem Hacker verwandt ist! Laut Wikipedia bedeutet ein Wert von 12,5 %, dass es sich bei den betreffenden Personen um Cousins ersten Grades handelt, ich hatte es gerade nachgeschlagen, bevor du hereingekommen bist.«

Denise schaut ihn mit großen Augen an. »Worauf warten wir dann noch? Holen wir uns den Kerl!«

»Zuerst müssen wir herausfinden, wer es ist«, lächelt Tobias nachsichtig. »Das bedeutet, wir werden die nächsten Stunden damit verbringen, die Verwandtschaftsverhältnisse dieser Familie zu ergründen. Wenn wir Pech haben, gibt es dutzendweise Kerle, die infrage kommen und dann müssen wir uns sowieso von jedem Einzelnen eine DNA-Probe für einen direkten Vergleich besorgen. Ich schlage daher vor, wir fangen sofort damit an!«

»Wir könnten Engelskirchen noch einmal dazu befragen.«

»Das halte ich momentan für keine gute Idee, Denise. Er könnte uns alles Mögliche auftischen und im Zweifel wäre der Täter dann gewarnt. Wir versuchen es erst einmal auf meine Weise, den Hacker können wir immer noch ausquetschen!«

***

Drei Stunden später steht das ernüchternde Ergebnis fest: Die Eltern von Florian Engelskirchen, der naturgemäß das Zentrum der Recherche darstellt, haben insgesamt sieben Geschwister, die alle verheiratet sind und jeweils mindestens zwei Kinder haben. Abzüglich der weiblichen Nachkommenschaft, die aufgrund der DNA-Auswertung nicht in Betracht kommt, bleiben neun Männer übrig, die es nun alle zu überprüfen gilt. Ohne die tatkräftige Mithilfe der Kollegen Ohlsen, Müller und Weiland wäre das Pensum in der kurzen Zeit überhaupt nicht zu bewältigen gewesen.

»Uff!« Denise Malowski wischt sich imaginären Schweiß von der Stirn. »Einer dieser neun Kandidaten ist unser Mörder, Leute!« Die fünf Kommissare haben sich zur Feier des Tages zu einer Tasse Kaffee in ihrem Büro versammelt. »Jetzt müssen wir dem zuständigen Richter nur noch entsprechend viele Beschlüsse aus dem Kreuz leiern!«

»Wenn Stein mal wieder schlechte Laune hat, können wir uns die abschminken«, unkt Chrissie Ohlsen. »*Acht unbescholtene Bürger wegen eines einzigen Verdächtigen zu belästigen, verletzt in eklatanter Weise das Prinzip der Verhältnismäßigkeit!*«, äfft sie unter dem Gelächter der Kollegen die leiernde Sprechweise des Staatsanwalts nach, der für die Vorbereitung der benötigten richterlichen Anordnungen verantwortlich zeichnet und sich diesbezüglich oft etwas störrisch erweist.

»Unter Umständen benötigen wir so viele Beschlüsse ja gar nicht«, überlegt Horst Weiland, nachdem wieder Ruhe eingekehrt ist. »Kann ich die

Liste nochmal sehen?«, wendet er sich an Denise, die ihm wortlos die Namensliste aller Cousins von Florian Engelskirchen reicht.

»Falls du mit deiner Vermutung recht hast und einer der Räuber ein Schulkamerad von Katrin Brunner gewesen ist«, äußert er sich wenig später, »kommen vom Alter her nämlich nur drei der Männer infrage. Es schadet sicher nicht, in den Jahrbüchern der Abschlussklasse nach diesen Namen zu suchen, oder was meint ihr dazu?«

»Mensch Horst, du bist ein Genie!« Tobias klopft ihm dermaßen heftig auf die Schulter, dass er beinahe seinen Kaffee verschüttet hätte.

Phil Decker

Ich stellte meine Honda am Straßenrand ab und blieb mit heruntergeklapptem Visier auf dem Bock sitzen, während der Kerl aus seinem Lieferwagen stieg. Die Tatsache, dass er den Wagen diesmal ordnungsgemäß verriegelte, bevor er ohne besondere Eile das Haus auf der anderen Straßenseite betrat, und dass er es mit leeren Händen tat, ließ mich vermuten, dass er jetzt Feierabend hatte.

Ich war diesem Menschen in den vergangenen Stunden auf seiner Tour quer durch den halben Rhein-Sieg-Kreis gefolgt, was bei dieser Affenhitze mit Integralhelm und Lederjacke alles andere als angenehm für mich gewesen war. Bei weit über dreißig Grad im Schatten trieb es mir zudem jetzt in meiner Montur den Schweiß aus sämtlichen Poren, aber ich wusste wenigstens, wo der Mistkerl wohnte, der mir die Polizei auf dem Hals gehetzt hatte!

Da Motorradfahrer mit Helm alle irgendwie gleich aussehen, war ich für den Moment vor einer Entdeckung durch die Bullen sicher, zumal ich das Nummernschild an meinem Hobel gegen eines ausgetauscht hatte, das ich mir auf einem Parkplatz spontan von einem anderen Bike ›geborgt‹ hatte. Mit einem Auge behielt ich dennoch vorsorglich den Rückspiegel im Blick. Sollte ein Auto mit Blaulicht auf dem Dach hinter mir auftauchen oder ein schwarzer Audi der Kriminalpolizei, konnte ich jederzeit verschwinden.

Wenn nötig, würde ich die ganze Nacht hier ausharren, bis der Kerl wieder herauskam, und dann in seiner hoffentlich ausreichend langen Abwesenheit die Bude nach allen Regeln der Kunst auseinandernehmen. Ich hoffte, dort genügend Beweise für seine Täterschaft und somit für meine Unschuld zu finden, um Malowski und Heller damit beeindrucken zu können. Ich übte mich also in Geduld und rief mir die Geschehnisse der vergangenen vierundzwanzig Stunden in Erinnerung, die mich, wenn auch auf Umwegen, letztendlich an diesen Ort geführt hatten.

* * *

Dieses Jüngelchen aus Much war eine einzige Enttäuschung. Je mehr ich den Freak unter Druck zu setzen versuchte, desto weniger Informationen erhielt ich von ihm. Entweder wusste er tatsächlich nicht, wer mir seine Adresse gegeben hatte, oder er war entgegen meiner Einschätzung abgebrüht genug, mich im Angesicht der Schusswaffe anzulügen, die ich mir demonstrativ vorne in den Hosenbund geschoben hatte.

Nach einer halben Stunde gab ich es schließlich auf und fuhr enttäuscht zu der Bruchbude zurück, die mein Vermieter großspurig als ›Pension‹ bezeichnete. Ich war wieder einmal um eine Hoffnung ärmer und dementsprechend niedergeschlagen, als ich mich todmüde auf das Bett fallen ließ und den kargen Rest Bargeld zählte, der mir geblieben war.

Viel hatte ich nicht mehr zur Verfügung, nachdem die Zimmermiete für eine Woche im Voraus fällig geworden war. Außerdem hatte ich wohl beim überhasteten Einpacken der Kohle am Montag einen Schein verloren, da mir ein Fünfziger fehlte, was in meiner prekären Situation einer mittleren Katastrophe gleichkam. Ich verkniff mir also den Pizza-Dienst, den ich ohnehin nicht von meinem Handy aus hätte anrufen können, und schlief mit dem sehnsüchtigen Gedanken an eine unerreichbare halbvolle Whiskyflasche hungrig und durstig ein. Die Zeit wurde langsam verdammt knapp!

Am nächsten Morgen begann ich in aller Frühe umgehend mit neuem Elan damit, ›Plan B‹ in die Tat umzusetzen, wofür ich aber, wie bereits erwähnt, einen Internetanschluss benötigte. Hierfür suchte ich mir auf einem alten, zerknitterten Stadtplan, den ich in einer Schublade gefunden hatte, ein Internetcafé aus, das exakt drei Kriterien zu erfüllen hatte: Abgelegen genug, um jederzeit abhauen zu können, möglichst schwach besucht, um bei einer Razzia nicht im Gewühl steckenzubleiben, und nicht zuletzt in Schlagdistanz zu einer Frittenbude, da ich einen Bärenhunger hatte und dringend etwas zu essen brauchte!

Eine Stunde später saß ich in einem kleinen, gemütlich eingerichteten Bistro in Neunkirchen-Seelscheid, das zu dieser Tageszeit noch keine Besucher hatte und nicht nur über zwei frei benutzbare Computer mit Internetanschluss verfügte, sondern auch Snacks zu vernünftigen Preisen anbot. Ich war in jeder Hinsicht gerettet!

Nach einem doppelten Jack Daniels und einem riesigen Burger mit Fritten setzte ich mich an einen der Rechner und holte die mittlerweile arg mitgenommene Zeichnung des Firmenlogos hervor, die ich aus dem Gedächtnis angefertigt hatte und welche die einzige verbliebene Spur zu dem mutmaßlichen Mörder aus dem Airport-Hotel darstellte.

Doch jetzt hatte ich als Computer-Dinosaurier mit null Ahnung das nächste Problem, nämlich dem Blechkasten klarzumachen, was ich von ihm wollte! Es gab ja nur diesen Zettel in meiner Hand, und den konnte ich nicht einfach vor den Bildschirm halten und »such« sagen. Und zu versuchen, das Logo mit Worten zu beschreiben und in *Google* einzugeben, stellte ebenfalls keine Option dar, dazu war es zu abstrakt.

Hilfe erhielt ich unerwartet von der Bedienung, die mangels anderer Kundschaft neugierig hinter mich getreten war. Auf die freundliche Frage, ob sie helfen könne, erklärte ich der jungen Frau mein Dilemma, worauf sie mir die Zeichnung wortlos aus der Hand nahm und in einen Drucker legte, der offenbar auch Sachen einlesen konnte. Sie nannte es ›scannen‹. Ein paar Mausklicks später hatte ich das Logo als Bilddatei auf dem Desktop. Anschließend zeigte sie mir noch, wie man die Bildersuche von *Google* verwendet. Ich war zutiefst beeindruckt!

Trotzdem ich nun eine Verbindung zwischen Zeichnung und PC hergestellt hatte, war es alles andere als leicht, die dazugehörige Firma zu ermitteln. Ich tippte zwar auf einen der vielen, in den letzten Monaten wie Pilze aus dem Boden geschossenen privaten Lieferdienste, aber das war natürlich nur eine Vermutung. Zu allem Überfluss lieferte die Suchmaschine eine ganze Reihe von Ergebnissen, die sich allesamt als unzutreffend herausstellten.

Zugegebenermaßen sind meine zeichnerischen Talente recht bescheiden und die Zeichnung war dementsprechend krakelig ausgefallen, was die Angelegenheit nicht eben erleichterte. Nachdem ich mich erfolglos durch sämtliche Seiten geklickt hatte, kam ich irgendwann auf den Trichter, dass es im Browser bei den Suchergebnissen eine Möglichkeit gab, sich ausschließlich Bilder anzeigen zu lassen, und da war er: der Lieferwagen mit dem von mir gesuchten Firmenlogo!

Ein Mausklick auf das Foto führte tatsächlich zur Internetseite eines privaten Lieferdienstes, der zudem hier ganz in der Nähe in Lohmar beheimatet war. Ich bedankte mich bei der freundlichen Bedienung und eilte zu meinem Motorrad. Es war kurz nach 09:00 Uhr, mit etwas Glück erwischte ich den Kerl noch, bevor er seine Tour begann!

Eine halbe Stunde später war mir Fortuna vorerst ein letztes Mal hold: Als ich nur noch ein paar hundert Meter von meinem Ziel entfernt war, kam mir ein weißer Lieferwagen mit besagtem Logo entgegen und am Steuer saß der von mir Gesuchte! Ich wendete das Motorrad gekonnt auf dem Vorderrad und hängte mich an seine Stoßstange, die ich für den Rest des Tages nicht mehr aus den Augen ließ.

* * *

Und so stand ich jetzt vor seiner Wohnung und wartete auf eine Gelegenheit, mich dort gründlich umsehen zu können. Der Kerl war bereits vor einer ganzen Weile darin verschwunden und langsam sah ich ein, dass es nicht ratsam war, bis zum Morgen auf dem Bock sitzenzubleiben. Erstens war das auf die Dauer reichlich unbequem, und zweitens schmerzte mir jetzt schon der Rücken sowie dessen Verlängerung vom langen Sitzen, weswegen ich nach einer Bank oder etwas Ähnlichem Ausschau zu halten begann, wo ich einigermaßen bequem die Nacht verbringen und gleichzeitig das Haus observieren konnte.

Das hätte ich mir sparen können, denn jetzt kam der Kerl für mich völlig überraschend wieder aus der Haustür, diesmal mit einer großen Tasche in der Hand, die er mit Schwung in den Laderaum des Lieferwagens beförderte, bevor er einstieg und mit quietschenden Reifen davonfuhr. Ich wunderte mich zwar darüber, war jedoch nicht gewillt, diese unverhoffte Gelegenheit ungenutzt verstreichen zu lassen. Nach allen Seiten sichernd, huschte ich über die Straße und besah mir das Klingelschild.

Zwar wohnten hier insgesamt drei Parteien, aber ich hatte auch hier wieder Glück: Wegen der großen Hitze standen in den beiden oberen Etagen die Fenster sperrangelweit offen, was auf die Anwesenheit von Menschen schließen ließ. Ich konnte also mit einiger Berechtigung davon ausgehen, dass mein Ziel im Erdgeschoss lag. Jetzt musste ich nur noch unbemerkt hineingelangen!

* * *

Der Bursche konnte jederzeit zurückkommen, ich musste mich also beeilen. Ich rechnete vorsichtshalber mit maximal einer halben Stunde, ahnte jedoch nicht, dass mir in Wahrheit wesentlich weniger Zeit zur Verfügung stand! Ins Haus zu gelangen, war dagegen leicht. Wie erwartet, fand ich auf der rückwärtigen Seite des Gebäudes ein offenes Kellerfenster, durch das ich kurzerhand einstieg.

Natürlich war die Kellertür ebenfalls unverschlossen und so kam es, dass ich mich nach nicht einmal fünf Minuten vor der Wohnungstür im Erdgeschoss wiederfand. Zu meiner grenzenlosen Verblüffung stand sie einen Spalt offen, was vor allem daran lag, dass das Schloss zuvor aufgebrochen worden war. Es sah so aus, als wäre mir jemand zuvorgekommen! Aber wie konnte das sein, wo der Besitzer dieser Wohnung gerade erst gegangen war?

Ich holte tief Luft, nahm die Knarre in die Hand und ging vorsichtig hinein, wobei ich jederzeit darauf gefasst war, eins über die Rübe zu bekommen. Diese Angst war jedoch unbegründet, wie ich wenige Augenblicke später feststellen musste, es hielt sich nämlich niemand in der geräumigen Wohnung auf. Na ja, bis auf den Kerl in der Küche, der in seinem eigenen Blut auf den Fliesen lag! Ich hatte es offenbar wieder einmal mit traumwandlerischer Sicherheit geschafft, mich in noch größere Schwierigkeiten zu bringen, als ich ohnehin schon hatte.

Man muss kein Genie sein, um zu erraten, was hier vorgefallen war. Der Kerl, dem ich den ganzen

Tag gefolgt war, hatte sozusagen direkt vor meinen Augen erneut zugeschlagen! Dass er hier gar nicht wohnte, sondern nur auf seiner Tour schnell ›nebenbei‹ einen Mord begangen hatte, lag auf der Hand. Außerdem hatte er offenbar in der Wohnung etwas mitgehen lassen, da er das Haus mit einer Tasche verließ, die er beim Hineingehen noch nicht bei sich hatte! Ich versuchte, mich an den Namen zu erinnern, der draußen auf der Klingel stand: Marcel Pohlscheidt. So hieß also der Unglücksvogel, der mausetot vor mir auf dem Küchenboden lag.

Sollte ich nachschauen, woran er gestorben war? Nahezu jedes Mal, wenn ich eine Leiche untersuche, bekomme ich aus unerfindlichen Gründen eins übergebraten, weshalb ich das heute nach reiflicher Überlegung vorerst bleiben ließ. Zunächst wollte ich mich in aller Ruhe umschauen, ob nicht wieder einer hinter einem Vorhang lauerte. Man weiß ja nie!

In diesem Augenblick sah ich vor dem Fenster einen schwarzen Audi vorfahren, aus dem zwei mir hinreichend bekannte Gestalten stiegen: Malowski und Heller, das dynamische Duo! Langsam wurde das unheimlich, hatten die mir etwa einen Peilsender verpasst? Aber nein, dann säße ich längst hinter schwedischen Gardinen, es musste demnach einen anderen Grund dafür geben, dass die mir ständig am Hintern klebten!

Wenn die mich schon wieder bei einer Leiche erwischten, war es endgültig mit mir vorbei, also dachte ich nicht lange nach und verließ das Haus schnellstmöglich auf demselben Weg, auf dem ich es betreten hatte. Keine Sekunde zu früh! Kaum war die Kellertür hinter mir ins Schloss gefallen, als auch schon der Türöffner summte. Die zwei hatten einfach bei einem der anderen Mieter geklingelt, um ins Haus zu gelangen. Während sie es betraten, kletterte ich aus dem Kellerfenster mühsam ins Freie.

Zu meinem Motorrad konnte ich allerdings momentan aus einleuchtenden Gründen nicht, da es offen und für jeden sichtbar auf der Straße stand. Zum Glück hatte ich das geklaute Nummernschild angeschraubt, so würde es wenigstens nicht gleich auffallen, zumal das Kennzeichen aus einem anderen Zulassungsbezirk stammte. Ich schlug mich stattdessen hinter dem Haus in die Büsche, wo ich abwarten wollte, bis die Luft wieder rein war.

Viel zu spät fiel mir ein, dass ich Depp wegen der Hitze ohne Handschuhe gefahren war und am Tatort so einiges angefasst hatte. Zumindest galt das definitiv für das Kellerfenster, durch das ich eingedrungen war und für die Türen. Mit anderen Worten: Ich hatte haufenweise Fingerabdrücke hinterlassen!

KAPITEL 9

Dienstag, 11. August, 16:48 Uhr

»Das kann genau genommen auch einfach nur ein Riesenzufall sein«, unkt Denise Malowski, während ihr Partner den Dienstwagen in eine Lücke vor dem Haus bugsiert. Die Fahrt nach Lohmar hatte nicht einmal eine Viertelstunde gedauert, allerdings mussten sie den richterlichen Beschluss zur Abgabe einer DNA-Probe abwarten. »Die Tatsache, dass dieser Marcel Pohlscheidt mit Katrin Brunner zusammen die Schulbank gedrückt hat, ist noch lange kein Beweis für seine Schuld!«

Der Einwand kommt für Tobias Heller unvorbereitet, war es doch sie selbst, die erst vor wenigen Stunden während der Fallbesprechung einen entsprechenden Gedanken geäußert hatte. »Das nicht, Denise«, entgegnet er daher geduldig, »aber *einer* der zahlreichen Cousins des Hackers hat seine DNA unter den Fingernägeln unseres letzten Mordopfers hinterlassen, das ist Fakt! Du selbst hast erst heute Morgen als möglichen Tatverdächtigen einen ehemaligen Mitschüler Brunners ins Spiel gebracht, und hier haben wir einen, der zudem die passenden Gene hat!«

»Du hast sicher recht«, stimmt sie ihm zu. »Dennoch habe ich ein ungutes Gefühl bei der Sache. Natürlich passt alles zusammen, das ist ja auch nicht zu übersehen. Aber irgendetwas sagt mir, dass die Fahrt hierher umsonst war und wir nur unsere Zeit vertrödeln, während der wahre Mörder vielleicht in genau diesem Moment erneut zuschlägt!«

»Meldet sich wieder dein Bauchgefühl? Der Zusammenhang zwischen den beiden Morden ist aber kaum zu übersehen! Außerdem hat Chrissie recht, der Richter wird über eine dermaßen große Anzahl von Beschlüssen zur Abgabe von Speichel- proben zumindest eine Weile nachdenken, *diesen* hier rückte er aber unter den gegeneben Umstän- den widerspruchslos sofort heraus. Irgendwo müs- sen wir schließlich anfangen, und Marcel Pohlscheidt ist derzeit unser heißester Kandidat!«

***

Denise betätigt voller Ungeduld erneut die Klin- gel für die Erdgeschosswohnung. »Warum öffnet uns der Kerl nicht die Tür?«, schimpft sie ungehal- ten. »Er muss aber zu Hause sein, ich habe deutlich einen sich bewegenden Schatten hinter der Gardine gesehen, als wir aus dem Auto gestiegen sind!«

»Lass mich mal!« Kurz entschlossen greift Tobias an ihr vorbei und betätigt beide Klingeln für die oberen Wohneinheiten, wo offene Fenster von der Anwesenheit jeweils mindestens eines Bewoh- ners zeugen. Seine Strategie geht auf: Nur wenige Sekunden später ist das charakteristische Summen des elektrischen Türöffners zu hören. »Na, wer sagt's denn?«, kommentiert er seinen kleinen Erfolg zufrieden und drückt gegen die Haustür. Im selben Augenblick fällt im Hausflur eine andere Tür ins Schloss.

Zehn Sekunden später ziehen die Kommissare reflexartig synchron ihre Pistolen. Die Wohnungstür vor ihnen steht nicht nur halb offen, was ja an und für sich nichts Ungewöhnliches darstellt, sie wurde auch ganz offensichtlich aufgebrochen! Sich gegenseitig Deckung gebend, betreten sie die Diele und arbeiten sich behutsam nacheinander durch sämtliche Räume, bis sie am anderen Ende des Flures die geräumige Küche erreichen, wo das Grauen auf sie wartet.

Sofort beim Betreten dringt ihnen der wohlbekannte, metallische Geruch nach frisch vergossenem Blut unangenehm in die Nasen. Tobias steckt seine Waffe ins Holster und betrachtet die Szene stumm an der Seite seiner Partnerin. Vor den Ermittlern liegt der leblose Körper des Wohnungsinhabers lang ausgestreckt bäuchlings in einer großen Blutlache. Jedenfalls entspricht das Aussehen des Toten dem vor Antritt der Fahrt über die Meldeauskunft beschafften Passbild, und wer sollte es auch sonst sein?

Denise fühlt vorsichtig den Puls des Mannes und schüttelt nach ein paar Sekunden vielsagend den Kopf. Trotzdem die Sachlage klar scheint, zieht sie ihr Telefon aus der Tasche, um einen Notarzt zu rufen. Nur ein Mediziner darf den Tod eines Menschen attestieren, weshalb das Absetzen eines Notrufs die vordringlichste Maßnahme darstellt, die ein polizeilicher Ermittler an einem Tatort durchzuführen hat, sofern er ihn als Erster erreicht.

»Das kann erst vor wenigen Minuten passiert sein, Tobi!«, stellt sie anschließend fest. »Das Blut sickert noch aus seiner Kopfwunde, siehst du? Es

ist nicht lange her, dass sein Herz zu schlagen auf-
hörte.« Sie zeigt auf die klaffende Wunde am Hinterkopf des Opfers. »Außerdem habe ich doch vorhin diesen Schatten am Fenster gesehen, damit
habe ich mich bestimmt nicht geirrt!«

Tobias schaltet schnell. »Die Tür, die wir gehört
haben!«, ruft er in plötzlicher Erkenntnis aus und
greift erneut zu seiner Waffe. »Das kann nur die
Kellertür gewesen sein ... Ich schaue mich da unten
um und du läufst in der Zwischenzeit einmal um
das Haus herum, falls der Täter noch hier ist und
durch ein Kellerfenster zu flüchten versucht!«

Augenblicke später ist der Tatort vorübergehend
verwaist, denn beide Polizisten wissen, dass es jetzt
auf jede Sekunde ankommt. Der Tote läuft ihnen
nicht mehr weg.

* * *

Nach einer ebenso gründlichen wie erfolglosen
Suche im Keller und auf dem Grundstück müssen
sich die Ermittler der wenig erfreulichen Erkenntnis stellen, höchstwahrscheinlich nur Sekunden zu
spät auf der Bildfläche erschienen zu sein. »So ein
verdammter Mist!«, lässt Tobias seinem Frust
freien Lauf. »Beinahe hätten wir ihn gehabt, da hat
nur so viel gefehlt!« Mit Daumen und Zeigefinger
zeigt er einen millimeterbreiten Spalt an.

Der zwischenzeitlich erschienene Notarzt stellte
wie erwartet den Tod des Opfers fest, nannte den
Kommissaren den ungefähren Zeitpunkt seines
Ablebens und verabschiedete sich alsbald mit der
launischen Bemerkung, dass sein Platz jetzt bei den
Lebenden sei.

Bis zum Eintreffen von Forensik und Rechtsmedizin, die sie im Anschluss an die gescheiterte Verfolgung des Täters ebenfalls umgehend informiert hatten, bleibt noch etwas Zeit. Denise streift sich daher Latexhandschuhe über und beginnt vorsichtig damit, sich in der Küche umzusehen, immer darauf bedacht, keine Spuren zu zerstören und vor allem nicht in die Blutlache zu treten. Tobias verfolgt jede ihrer Bewegungen mit Argusaugen, obwohl es normalerweise er selbst ist, der die Abwesenheit der KTU schamlos für eigene Tatortuntersuchungen ausnutzt.

Seine Partnerin geht jedoch behutsam zu Werke und fasst kaum etwas an. Spuren an einem Tatort zu kontaminieren, ist nämlich alles andere als ein Kavaliersdelikt. Im ungünstigsten Fall kann es dazu führen, dass die Tat einem Verdächtigen nicht mehr eindeutig nachzuweisen ist und die ganze Ermittlungsarbeit vergebens war. Denise hat jedoch nicht vor, etwas zu verändern, die einzige Ausnahme bildet ein Messerblock aus Holz, den sie von der Anrichte nimmt und von allen Seiten begutachtet.

»Hier fehlt ein Messer!«, stellt sie fest. »Von der Größe her könnte es sich um das handeln, mit dem Daniel Seifert getötet wurde. Die verbliebenen Küchenmesser in diesem Block sind der Mordwaffe zumindest sehr ähnlich.« Die nächste Maßnahme ist ein Blick in die Spülmaschine, die jedoch bis auf ein paar Tassen und Teller leer ist. »Hier ist es jedenfalls nicht!«

»Ich wäre nicht sonderlich überrascht, wenn sich herausstellen würde, dass seine DNA die von uns gesuchte ist«, nickt Tobias mit einem bezeichnenden Blick zur Leiche. »Die Kratzer an seiner linken Halsseite würden schon einmal dazu passen. Ich denke daher, wir haben hier zumindest den Kerl, der Seifert auf dem Gewissen hat, denn wie es scheint, gibt es noch einen weiteren Täter, der uns aber wohl soeben durch die Lappen gegangen ist. Apropos: Siehst du hier etwas herumliegen, das als Tatwaffe infrage käme? Ich nämlich auch nicht«, beantwortet er seine eher rhetorische Frage gleich selbst.

***

Es ist das übliche Bild, nur heute mit umgekehrten Vorzeichen: Nicht die Kommissare betreten den Tatort und begeben sich unverzüglich zu der mit der Untersuchung einer Leiche beschäftigten Rechtsmedizinerin, sondern Martina de Luca kommt zu ihnen. Es ist jedoch zugegebenermaßen nicht oft der Fall, dass ein Mord sozusagen direkt vor den Augen der Polizei verübt wurde!

Hinter der Pathologin, die mit strammen Schritten und wehenden Haaren auf Denise Malowski und Tobias Heller zumarschiert, betreten Jürgen Vogel und einige seiner Leute die Wohnung und verteilen sich wie auf eine geheime Absprache auf die drei Räume. Naturgemäß liegt das Hauptaugenmerk der Spurensucher dabei aber auf dem Tatort, weshalb die Küche mit jetzt insgesamt fünf Personen – der Tote nicht mitgerechnet – hoffnungslos überfüllt ist.

In der Zeit bis zum Eintreffen der Spezialisten hatten sich die Ermittler mit der gebotenen Zurückhaltung in der Wohnung umgesehen und fanden diese in einem weitgehend vorzeigbaren Zustand vor. Das Bett ist ordentlich zurechtgemacht und nirgends sind Hinweise auf einen Raubüberfall zu erkennen. Wertgegenstände scheinen auf den ersten Blick ebenfalls keine zu fehlen, seine Armbanduhr trägt der Tote jedenfalls deutlich sichtbar am Handgelenk. Der Täter kannte sich entweder hier aus und musste demzufolge gar nicht erst lange suchen, oder es handelt sich hierbei um eine Beziehungstat.

Der Kleiderschrank im Schlafzimmer und gewisse Utensilien im Bad lassen nämlich die Vermutung zu, dass sich in dieser Wohnung zumindest vorübergehend eine *zweite*, und zwar weibliche Person aufzuhalten pflegt. Da Marcel Pohlscheidt laut Einwohnerregister nicht verheiratet ist, wird dieser Umstand bei den Ermittlungen besonders zu berücksichtigen sein. Vor allem muss schnellstmöglich die Identität dieser Frau gelüftet werden.

»Der Mann verstarb zwischen 16:30 Uhr und 16:50 Uhr!«, empfängt Tobias die Pathologin fröhlich und ergötzt sich anschließend an ihrem entgeisterten Gesichtsausdruck. Es kommt schließlich nicht alle Tage vor, dass ein Kriminalbeamter nicht nur zuerst am Tatort ist, sondern auch noch den Todeszeitpunkt fast auf die Minute genau zu nennen vermag. Dass die eigene Einschätzung durch die Aussage des Notarztes gestützt wird, muss er de Luca ja nicht gleich auf die Nase binden.

Denise wendet sich schnell ab, um ihr breites Grinsen zu verbergen. Seit ihr Partner und die Rechtsmedizinerin sich das erste Mal begegneten, lassen die Streithähne keine Gelegenheit zu gegenseitigen Seitenhieben aus, was beide sogar regelrecht zu genießen scheinen. Diesmal geht der Punkt ausnahmsweise an Tobias, wie der sauertöpfischen Miene der Pathologin unschwer zu entnehmen ist.

»Wir waren nur Minuten nach der Tat vor Ort und sahen den mutmaßlichen Mörder fortlaufen«, beeilt sie sich daher mit einer, was den flüchtenden Täter betrifft, nicht ganz der Wahrheit entsprechenden Erklärung. »Es trat noch Blut aus der Kopfwunde aus und der herbeigerufene Notarzt hat uns den kurz zuvor eingetretenen Tod bestätigt.«

Bevor Martina de Luca zu einer Entgegnung ansetzen kann, entsteht draußen auf dem Hausflur ein kleiner Tumult, der die Kommissare sofort aufmerksam werden lässt. Die schrille Stimme einer Frau, die umgehend zu ihrem Lebensgefährten vorgelassen zu werden wünscht, ist für Denise und Tobias Grund genug, die sprachlose Rechtsmedizinerin mit offenem Mund stehenzulassen und unverzüglich zum Ort des Aufruhrs zu eilen.

***

Vor ihnen steht eine aufgedonnerte, wasserstoffblonde Mittdreißigerin, die soeben mit den Fäusten auf Jürgen Vogel losgeht. Der Forensiker hatte sich der aufgebrachten Frau mutig entgegengestellt und versucht seitdem unter Einsatz von Leben und Gesundheit, sie am Erstürmen seines Tatortes zu hindern.

»Bitte, beruhigen Sie sich!«, geht Denise energisch dazwischen, zückt ihren Dienstausweis und gibt Vogel mit einem Wink zu verstehen, dass er sich aus der ›Gefahrenzone‹ entfernen soll. Eine Aufforderung, die von dem schlaksigen Wissenschaftler nur allzu bereitwillig befolgt wird. »Kriminalhauptkommissare Malowski und Heller, Kripo Siegburg!«, stellt sie sich und ihren Begleiter vor. »Und Sie sind …?«

»Laura Hoffmann«, reagiert sie mechanisch. »Kriminalpolizei? Was ist denn hier passiert? Ich will sofort zu meinem Freund!«

»Herr Pohlscheidt ist ihr Lebensgefährte?«, drängt sich Tobias nach vorn. »In diesem Fall haben wir eine traurige Mitteilung für Sie: Es gab einen Einbruch, Ihr Freund hat den Angriff des Täters leider nicht überlebt!«

Keine Sekunde später hält er die leblose Frau in den Armen. Als sie bei seinen Worten die Augen verdrehte, bis nur noch das Weiße zu sehen war, sprang er geistesgegenwärtig vor und fing die Ohnmächtige auf, bevor sie sich bei einem Sturz gefährliche Verletzungen zuziehen konnte.

»Das hast du ja wieder sauber hingekriegt!«, rollt Denise über seine gewohnt unsensible Vorgehensweise mit den Augen und zückt zum zweiten Mal innerhalb einer Stunde das Handy, um einen Notarzt zu rufen. Mit der geplanten Befragung ist es jetzt erstmal vorbei.

* * *

»Sie hatten recht, was den Todeszeitpunkt anbelangt!«, werden sie von Doktor de Luca empfangen, die in der Küche immer noch mit der Untersuchung der Leiche beschäftigt ist. Nichts in ihrer Stimme oder ihrer Mimik lässt erkennen, ob sie über dieses Zugeständnis verärgert ist, in dieser Hinsicht ist die eigenwillige Pathologin höchst professionell. »Ich werde dennoch vorsorglich eine Zeitspanne von einer halben Stunde attestieren, wonach der Mann zwischen 16:30 Uhr und 17:00 Uhr verstarb, das gibt Ihnen einen größeren Sicherheitsfaktor bei Alibiüberprüfungen und etwaigen Zeugenbefragungen.«

»Danke. Was ist mit der Todesursache?«, will Denise Malowski wissen. »Wurde er erschlagen?«

»Ich kann keine anderen Verletzungen feststellen. Die Kopfwunde wurde von einem Gegenstand mit quadratischer Grundfläche verursacht, wobei diese etwa fünfundzwanzig Quadratzentimeter betragen dürfte. Ich kann jedoch im Umfeld der Leiche kein entsprechendes Werkzeug finden.«

»Könnte es sich um einen Hammer gehandelt haben?«

»Unwahrscheinlich. Die Fraktur weist eine ungewöhnlich unregelmäßige Struktur auf, das deutet eher auf eine unebene Fläche hin.« Doktor de Luca schaut sich aufmerksam um. »Wir sind in einer Küche«, stellt sie fest, als sei ihr das jetzt erst aufgefallen. »Haben Sie hier irgendwo einen Fleischklopfer aus Metall gesehen? Das könnte nämlich hinkommen!«

»Hier ist einer!«, kommt die Antwort aus einer Zimmerecke, wo einer von Vogels Leuten soeben den Abfallbehälter untersucht. Er hält das blutige Teil kurz hoch, bevor er es gewissenhaft eintütet. »Da ist eine Menge Blut dran, und das ist garantiert nicht von einem Steak!«

»Die Leichenschau wird diesbezüglich Gewissheit bringen«, gibt die Rechtsmedizinerin sich optimistisch. »Ich bin zuversichtlich, diese ausnahmsweise schon morgen oder spätestens übermorgen durchführen zu können.«

»Wenn jemand ein herumliegendes Werkzeug für einen Mord benutzt, sieht das eher nach einer Affekttat aus«, überlegt Tobias Heller und denkt dabei an Laura Hoffmann, die vor wenigen Minuten bei der Todesnachricht klassisch in Ohnmacht fiel. Seine Partnerin nickt zustimmend dazu, es wäre nicht das erste Mal, dass ein Täter auf diese Weise von sich abzulenken versucht!

»Wir werden Sie befragen, sobald sie vernehmungsfähig ist«, stimmt sie ihm daher zu. »Ich glaube aber eigentlich nicht, dass sie uns vorhin etwas vorgespielt hat. Außerdem wäre eine Beziehungstat in diesem Stadium der Ermittlungen schon ein seltener Zufall. Denn daran, dass es sich bei Marcel Pohlscheidt um den Mörder von Daniel Seifert und vielleicht auch von Katrin Brunner handelt, besteht für mich nicht der geringste Zweifel!«

»Ich denke, wir sind soweit fertig und sollten lieber zusehen, dass wir die Freundin noch erwischen und sie wenigstens nach einem Alibi fragen, statt hier weiter wertvolle Zeit zu vertrödeln«, schlägt Heller vor und zückt sein Handy. »Der Notarzt hat sie vorhin mitgenommen, ich werde mal im Krankenhaus anrufen und darum bitten, sie bis zu unserem Eintreffen dazubehalten.«

Auf dem Weg zur Wohnungstür werden sie von Jürgen Vogel abgefangen, der offenbar auf der Suche nach ihnen war, denn er schwenkt von weitem aufgeregt einen Spurensicherungsbeutel. »Gut, dass ich euch noch erwische!«, ruft er und drückt Tobias den Beutel in die Hand. »Die habe ich im Wohnzimmerschrank gefunden!«

»*Zwei* Handys?«, wundert sich Heller.

»Genau. Und eines davon ist ein billiges Wegwerftelefon, wie du siehst«, nickt der Forensiker bedeutsam. »Klingelt da was?«

»Na, und ob das was klingelt!« Er gibt Vogel die Beweisstücke zurück. »Amara soll sie auseinandernehmen und sich vordringlich das Billigtelefon vornehmen. Gute Arbeit, Jürgen! Ach, das hätte ich fast vergessen!«, fügt er nach kurzem Nachdenken hinzu. »Es kann sein, dass wir den Täter mit unserer Ankunft gestört haben und er durch den Keller flüchtete. Überprüft doch bitte Türen und Fenster auf Fingerabdrücke, die er bei der Flucht hinterlassen haben könnte.«

* * *

»Frau Hoffmann wurde zur Beobachtung im Krankenhaus behalten und aufgrund ihres seelischen Zustandes sediert«, schließt Denise Malowski ihren Bericht auf der eilends einberufenen Fallbesprechung ab. »Sie konnte uns aber vorher noch ein Alibi nennen, und zwar kam sie direkt von der Arbeit, ihr Chef hat es uns telefonisch bestätigt. Und da sie für den Heimweg etwa eine halbe Stunde benötigt, kann sie den Mord an Marcel Pohlscheidt definitiv nicht begangen haben!«

»Bildet sie mit dem Opfer eine Lebensgemeinschaft?«, will Donner wissen.

»Nein, sie hat noch eine eigene Wohnung in Troisdorf«, antwortet Tobias Heller. Er ahnt den Grund für die Frage des Vorgesetzten. »Allerdings hält sie sich ihren Angaben gemäß überwiegend bei ihrem Freund auf, daher wird es dort von Spuren von ihr nur so wimmeln. Wir haben deshalb vorsorglich mit ihrem Einverständnis eine Speichelprobe genommen und mit dem mobilen Fingerabdruckscanner ihre Fingerabdrücke.«

»Das war ein vortrefflicher Gedanke!«, meldet sich Jürgen Vogel zu Wort. »Tatsächlich haben wir am Tatort erwartungsgemäß haufenweise menschliche Spuren vorgefunden. Diese alle auszuwerten, wird ein paar Tage dauern, ich bitte daher um etwas Geduld.« Er greift zu seinen Notizen, um sicherzugehen, nichts zu vergessen. Der Leiter der Forensik ist bei den Kollegen allgemein als zerstreut bekannt.

»Dafür kann ich euch jetzt schon Brief und Siegel darauf geben, dass die Tatwaffe, die beim Mord an Daniel Seifert zum Einsatz kam, aus dem Messerblock in der Küche des heutigen Opfers stammt«, fährt er fort, nachdem er umständlich seine Lesebrille aus der Hemdtasche gefischt und aufgesetzt hat. »Ein Irrtum ist in Anbetracht der Sachlage äußerst unwahrscheinlich, da es sich um dasselbe Fabrikat handelt und Pohlscheidt aufgrund seiner DNA als Täter zumindest in Betracht zu ziehen ist. Letzte Gewissheit wird ein Abgleich bringen, dessen Ergebnis jedoch erst Ende der Woche vorliegen dürfte.«

»Danke, Jürgen!« Der Kommissariatsleiter schaut auf die Uhr: »Es ist wieder einmal spät

189

geworden, Leute! Da unser einziger Tatverdächtiger nunmehr selbst ermordet wurde, stehen wir erneut fast am Anfang. Ich sage bewusst ›fast‹, denn ich bin zuversichtlich, dass der verbliebene Täter ungewollt einen Hinweis für uns hinterlassen hat, den es schnellstmöglich zu finden gilt! Ich schlage daher vor, dass wir jetzt alle in den Feierabend gehen und morgen früh mit neuer Kraft danach suchen. Liegt bis dahin vielleicht doch schon die eine oder andere forensische Auswertung vor?«, wendet er sich hoffnungsvoll an Vogel, der dazu lediglich die Schultern hebt. Er und seine Leute werden es versuchen, heißt das.

Kapitel 10

»Wir haben die Spuren aus Pohlscheidts Wohnung weitgehend ausgewertet«, erklärt Jürgen Vogel den anwesenden Kommissaren. Denise Malowski und Tobias Heller sind noch in Bonn bei der Leichenschau, werden jedoch jeden Augenblick zurückerwartet. »Es sind einige aufschlussreiche Dinge dabei ans Tageslicht gekommen.«

»Die uns zum Täter führen?«, unterbricht Chrissie Ohlsen ihn vorlaut.

»Eher nicht, aber es wird euch dennoch interessieren. Kommen wir zunächst zu den beiden Mobiltelefonen, die wir dort fanden. Wie Tobias gestern schon am Tatort vermutet hatte, ist das Billigtelefon mit jener Prepaidkarte bestückt, mit der sowohl Katrin Brunner als auch Daniel Seifert vor ihrer Ermordung angerufen wurden. Die Anruflisten sind naturgemäß mit denen der Opfer identisch, und zwar ausschließlich! Weitere Telefonate wurden damit nicht geführt, die einzige Ausnahme stellt das uns bereits bekannte Gespräch vom 31. Juli um 10:48 Uhr vom Handy des Privatdetektivs dar. Es gab keine Fingerabdrücke auf dem Gehäuse, aber dafür haben wir einen wunderschönen Teilabdruck auf der SIM-Karte, der wahrscheinlich beim Einlegen verursacht wurde. Er konnte bisher nicht zugeordnet werden.«

»Er stammt demnach nicht von Pohlscheidt? Das ist merkwürdig! Und was ist mit dem anderen Telefon?«, erkundigt sich Donner. »Es gab doch meines Wissens noch ein zweites Handy in der Wohnung. Sind darauf Daten gespeichert, die uns eventuell weiterbringen könnten? Kontakte, Telefonnummern, Termine, E-Mails?«

»Amara hat es noch nicht geknackt, es handelt sich um ein modernes Smartphone, das über einen biometrischen Sensor entsperrt werden muss. Sie experimentiert derzeit mit verschiedenen Folien herum, auf denen sie die Abdrücke des Opfers übertragen hat. Kann aber nicht mehr lange dauern.«

»Apropos Fingerabdrücke: Was gibt es dazu zu sagen?«

»Dank der Tatsache, dass die Freundin erkennungsdienstlich behandelt wurde, konnten wir eine ganze Menge davon aussondern«, nickt der Forensiker. »Nach Eliminierung der erwartungsgemäß überall verteilten Abdrücke der Bewohner blieben nur die einer einzigen weiteren Person übrig. Sie wurde ebenfalls an der Kellertür und am Kellerfenster des Hauses vorgefunden!«

»Und gehören somit dem mutmaßlichen Mörder, den Denise in der Wohnung gesehen zu haben glaubt, bevor sie und Tobias das Haus betraten«, führt Wolfgang Müller den Gedanken zu Ende. »Ihrer Annahme zufolge flüchtete er durch den Keller. Haben wir einen Treffer?«

»Nicht direkt, da es keinen Eintrag in der Datenbank gibt. Indirekt sind sie jedoch von derselben Person, die ihre Abdrücke in diesem Detektivbüro hinterließ, welches wir letzte Woche durchsucht haben. Der Daumenabdruck auf dem Fünfzig-Euro-Schein, den wir dort fanden, konnte hingegen weiterhin nicht zugeordnet werden.«

»Decker! Schon wieder!«, stöhnt der Kommissariatsleiter auf. »Horst hat recht, dieser Kerl ist wie ein Phantom! Immer taucht er dort auf, wo gerade eine Straftat begangen wurde, und jedes Mal ist er verschwunden, bevor wir zur Stelle sind! Ist hier irgendjemand, der noch an seiner Täterschaft zweifelt?« Er blickt auffordernd in die Runde und erntet allseits ratloses Schulterzucken. Die Frage war ohnehin eher rhetorischer Natur. »Ist es eigentlich nur mir aufgefallen, dass er und Pohlscheidt sich von der Gestalt her recht ähnlich sind?«, fügt er nachdenklich hinzu.

»Na ja, die Ähnlichkeit ist nur oberflächlich, wenn du mich fragst und außerdem weiß niemand, wie Decker ohne seine dämliche Mütze aussieht!«, grinst Müller.

»Kommen wir zur mutmaßlichen Tatwaffe«, bringt Vogel sich wieder in Erinnerung. »Der in den Mülleimer entsorgte Fleischklopfer ist aus Metall und durchaus dazu geeignet, jemandem den Schädel einzuschlagen. Das Blut daran spricht für sich und ist mit dem des Opfers zumindest von der Blutgruppe her identisch. Die Fingerabdrücke darauf stammen von Laura Hoffman.«

»Die es aber nicht gewesen ist!«, ertönt in diesem Augenblick Hellers kräftige Stimme vom Eingang her. Zügig nehmen er und seine Partnerin ihre Plätze am Besprechungstisch ein. »Mal davon abgesehen, dass sie ein wasserdichtes Alibi vorweisen kann, hat die Autopsie eindeutig ergeben, dass Marcel Pohlscheidt *nicht* mit dem Fleischklopfer erschlagen wurde!«

»Wie jetzt?«, braust Donner auf. »Sagte Doktor de Luca gestern am Tatort nicht etwas anderes? Sie irrt sich eigentlich selten! Und wie ist dann ihrer geschätzten Meinung nach das Blut des Opfers daran gekommen?«

»Der Klopfer hatte definitiv Kontakt mit Pohlscheidts Hinterkopf«, übernimmt Denise Malowski die fällige Erklärung. »Nur, dass er da höchstwahrscheinlich schon tot war! Laut Doktor de Luca wurde *vorher* mit einer Stange oder einem Rohr auf den Kopf des Mannes eingeschlagen, und zwar mit großer Wucht. Dieser Schlag war bereits tödlich, der Fleischklopfer kam *danach* zum Einsatz. Wahrscheinlich wollte der Täter mit dieser Aktion das eigentliche Mordwerkzeug verschleiern, es könnte sich dabei vom Durchmesser her um einen sogenannten Totschläger handeln.«

»In diesem vertrackten Fall, der sich mittlerweile auf drei Morde erstreckt, die alle miteinander verquickt sind, werden am laufenden Band falsche Spuren gelegt, habe ich den Eindruck«, seufzt Donner, »und Decker hängt da mit drin!« Er gibt Heller und Malowski ein Update bezüglich der vor ihrem Erscheinen vorgetragenen Fakten. »Unser Detektiv war demzufolge definitiv am Tatort«, schließt er seine Ausführungen ab. »Ihr habt ihn erneut nur um Haaresbreite verpasst!«

»Ich bin nach wie vor davon überzeugt, dass es bei den Tötungsdelikten um den Raubüberfall vor drei Jahren geht, Chef!«, schüttelt Tobias Heller den

Kopf. »In diesem Fall wäre Marcel Pohlscheidt einer der Räuber und der damalige Komplize sein Mörder – und beide haben vermutlich seinerzeit mit den Fahrern des Geldtransportes zusammengearbeitet. Decker könnte irgendwie Wind von der ›Zusammenkunft‹ bezüglich der Aufteilung der Beute bekommen haben, und versucht nun, die Kohle auf eigene Faust an sich zu bringen. Zuzutrauen wäre es ihm, ob er aber für einen der Morde oder sogar für alle drei verantwortlich ist, steht in den Sternen.«

»Wenn es sich so verhält, wie du sagst, gibt es in diesem Spiel insgesamt *vier* Schlüssel für eine unbekannte Anzahl von Bankschließfächern«, stellt Donner fest. »Einen haben wir, einen wird der überlebende Räuber, also der namenlose Komplize Pohlscheidts haben, und *zwei* wären bei diesem selbst zu suchen, da momentan alles darauf hindeutet, dass er Daniel Seifert deswegen tötete! Was meint die KTU dazu?«, wendet er sich an Vogel. »Habt ihr die Schlüssel in der Wohnung gefunden?«

»Negativ, nur die beiden Mobiltelefone. Es gab nicht einmal einen Personalausweis, das hat uns schon sehr gewundert. Was wir gefunden haben, war aber Seiferts Wohnungsschlüssel, den Pohlscheidt offenbar nach dem Mord an sich nahm. Er passt jedenfalls auf den Schließzylinder, den mein Mitarbeiter zur forensischen Untersuchung ausgebaut hatte. Außerdem steht mittlerweile fest, dass diese Tür definitiv *nicht* mit einem Dietrich geöffnet wurde.«

»Dann hat der Mörder jetzt insgesamt *drei* Schlüssel!«, konstatiert Wolfgang Müller. »Das ist die logische Konsequenz aus dem bisher Gesagten. Da er keine Chance hat, an den vierten zu gelangen, müsste bald etwas geschehen, schließlich ist der Sinn der ganzen Angelegenheit, das Geld von der Bank zu holen!«

»Solange wir nicht wissen, wo sie die Schließfächer angemietet haben, ist diese Information für uns wertlos. Wir müssen daher dringend die Identität des Unbekannten lüften, der sich aller Wahrscheinlichkeit nach mindestens einmal in Deckers Büro aufgehalten hat, und dem sowohl der Daumenabdruck auf dem Geldschein zuzuordnen ist, als auch die Stofffaser, die wir dort sicherstellten. Oder habt ihr in der Wohnung gestern eine Hose gefunden, die dazu passt?« Donners Frage an den Forensiker wäre eigentlich überflüssig, aber jeder im Raum weiß, dass dieser gerne mal eine Information vergisst, zu erwähnen.

Jürgen Vogel schüttelt nur den Kopf und packt demonstrativ seine Unterlagen zusammen. Es gibt aus seiner Sicht nichts mehr hinzuzufügen.

»Ich hätte einen Vorschlag, wie wir vielleicht den Namen des Komplizen von Marcel Pohlscheidt erfahren, Chef!«, meldet sich Chrissie Ohlsen überraschend zu Wort, während der Rest der Mannschaft sich schon im Aufbruch befindet. Sofort verebbt das einsetzende Stühlerücken und alle Kollegen richten ihre Aufmerksamkeit auf die Kommissarin.

»Ach, und wie stellst du dir das vor, junge Dame?«, wölbt Donner die Brauen. Er hatte die

196

Farbstifte für das Whiteboard zum Zeichen, dass die Besprechung beendet ist, gerade weglegen wollen.

»Wir hatten ja schon überlegt, dass die Verteilung der vier Schlüssel wahrscheinlich auf eine Weise vorgenommen wurde, die es weder den beiden Räubern noch den mutmaßlich an dem Überfall beteiligten Sicherheitsleuten erlaubt, einen Vorteil zu erringen, indem sie sich zusammentun und eine Hälfte der Beute für sich abzweigen«, entwickelt Ohlsen ihre Theorie.

»So weit können wir dir folgen«, nickt Donner.

»Nehmen wir weiterhin an, dass jedes der Schließfächer auf zwei Namen angemietet wurde. Diese beiden werden jedoch nicht identisch mit den Inhabern eines Schlüsselpaares sein, denn das wäre ja kontraproduktiv. Die Fahrer des Geldtransportes können wir wohl ebenfalls ausschließen. Berücksichtigen wir all das, bleiben eigentlich nur zwei Personen übrig, die dafür infrage kommen, und eine davon ist uns bekannt!«

»Du redest von Pohlscheidt«, stimmt Denise Malowski ihr zu. »Wenn wir bei den Banken bezüglich der Anmietung eines Tresorfachs nach ihm fragen, erfahren wir ebenfalls den Namen seines Komplizen, meintest du das?«

»Das würde auch den fehlenden Personalausweis erklären«, überlegt Horst Weiland. »Der Pass wird für das Öffnen der Schließfächer benötigt, demzufolge braucht unser unbekannter Mörder ein Double, da sein Kumpan ja nicht mehr zur Verfügung steht. Ich denke da an Decker, der in der Sache irgendwie mit drin hängt und eine gewisse Ähnlichkeit mit Pohlscheidt aufweist. Das ist noch nicht vorbei!«

»Der Gedanke ist gar nicht einmal schlecht, Chrissie! Die Sache hat nur einen Haken! Wisst ihr, wie viele Banken es allein im Rhein-Sieg-Kreis gibt? Wir schaffen es nie und nimmer, die alle rechtzeitig abzuklappern, von den dazu notwendigen Gerichtsbeschlüssen ganz zu schweigen. Außerdem steckt in deinem Gedankengang ein Fehler! Wenn Pohlscheidt einer der Berechtigten für das Schließfach ist, wäre es wenig zielführend, ihn vor der Geldübergabe zu töten! Außer, Horst hat recht mit dem Double, wobei wir aber nicht mit Bestimmtheit wissen, ob es sich dabei tatsächlich um Decker handelt. Auf jeden Fall dürfte es zeitmäßig eng für uns werden, da die Aktion höchstwahrscheinlich in den nächsten Tagen stattfinden wird und zu befürchten ist, dass dieser hypothetische Ersatzmann ebenfalls in Lebensgefahr schwebt!« Donner ist eingedenk der zu erwartenden Konsequenzen etwas blass um die Nase geworden.

* * *

»Ich finde Chrissies Denkansatz gar nicht mal so verkehrt«, äußert sich Denise zwischen zwei Schlucken aus ihrer Kaffeetasse. »Wenn mehrere Schlüssel zu jedem Bankschließfach existieren, werden auch entsprechend viele Personen vonnöten sein, es zu öffnen. Und Marcel Pohlscheidt war mit großer Wahrscheinlichkeit einer davon, das ist zumindest naheliegend. Zudem ist das derzeit unsere einzige brauchbare Spur, da wir in seinem sozialen Umfeld bisher keine Hinweise auf seinen Komplizen gefunden haben!«

»Ohne konkrete Angaben wäre das auch wenig zielführend«, merkt Tobias an. »Die Aussagen von Brunner und Seifert waren seinerzeit recht schwammig, was das Aussehen der Täter betrifft: männlich, mittelgroß, durchschnittliche Erscheinung, bla, bla. Mit diesen Informationen ist nichts anzufangen. Aber was die Banken angeht, hat der Chef recht. Es gibt hunderte davon allein im Rhein-Sieg-Kreis und da sind die in Köln und Bonn noch gar nicht mitgerechnet. Es wäre aussichtslos, die alle überprüfen zu wollen.«

»Es gab keine Kampfspuren!«, wechselt Denise unvermittelt das Thema und stellt ihre Tasse ruckartig ab, sodass etwas Kaffee überschwappt.

»In der Wohnung von Pohlscheidt?«, zeigt Tobias, dass er durchaus in der Lage ist, ihren sprunghaften Gedanken zu folgen. »Die Tür wurde jedenfalls gewaltsam aufgebrochen!«

»Eben! Kommt dir das nicht merkwürdig vor? Überleg doch mal: Du bist in der Küche und einer zertrümmert deine Tür. Würdest du dann seelenruhig abwarten, bis er dir eins überzieht und ihm auch noch den Rücken zuwenden?«

»Stimmt!« Tobias Heller fasst sich an die Stirn. »Warum ist uns das nicht sofort aufgefallen? Pohlscheidt muss seinen Mörder gekannt haben, ihn vielleicht sogar selbst eingelassen haben! Aber das bedeutet, dass die Tür im Nachhinein aufgebrochen wurde!«

»Um es wie einen Einbruch aussehen zu lassen«, nickt seine Partnerin. »Der Mörder wollte demnach unter allen Umständen verhindern, dass wir eine Verbindung zwischen ihm und seinem Opfer herstellen. Aber wenn Pohlscheidt ihn kannte, gilt das ja vielleicht auch für dessen Freundin!«

»Worauf warten wir dann noch?« Tobias ist aufgesprungen und greift zu seiner Waffe. »Wir fragen sie einfach danach, und zwar jetzt auf der Stelle!«

* * *

Im Nachbarbüro ist eine ähnliche Diskussion im Gange. »Ich halte meinen Vorschlag durchaus für praktikabel!«, ärgert sich Chrissie Ohlsen über die Reaktion Donners. »Wenn wir die Hände in den Schoß legen, erfahren wir schließlich auch nichts!«

»Der Chef hat aber völlig recht mit seiner Einschätzung«, versucht Wolfgang Müller, seine aufgebrachte Partnerin zu beschwichtigen. »Selbst wenn wir alle zusammen sämtliche Banken abklappern, würde das ewig dauern. Es muss einen anderen Weg geben, die Identität des Täters zu lüften!«

»Hm. Es wird einer sein, den Pohlscheidt länger kennt, da die beiden vor drei Jahren diesen Überfall gemeinsam durchführten«, überlegt Chrissie, jetzt schon etwas ruhiger. »Sowas unternimmt man doch nicht mit einem völlig Unbekannten, es wird sich daher eher um einen langjährigen Freund handeln, vielleicht sollten wir da ansetzen.«

»Ich werde mal in der Forensik nachfragen, ob die mit dem zweiten Handy mittlerweile durch sind. Jürgen versprach ja vorhin ein baldiges Ergebnis. Wir nehmen uns die Kontakte vor und sortieren zuerst die weiblichen Einträge aus, sofern vorhanden. Den Rest überprüfen wir. Ich denke, sein Kumpel dürfte etwa im selben Alter sein, dennoch werden wir reichlich Arbeit vor uns haben.«

»Was ist mit E-Mails? Wurde ein Computer in der Wohnung gefunden? Das wurde bisher mit keiner Silbe erwähnt.«

»Negativ. Haben ja nicht alle einen, es kann aber auch sein, dass der Mörder ihn mitnahm. In diesem Fall ist die Frage nach dem Grund erlaubt!« Er wuchtet seine hundert Kilogramm hoch, um die Ankündigung bezüglich der Forensik unverzüglich in die Tat umzusetzen.

»Wo wir gerade bei kausalen Zusammenhängen sind: Warum war das spanische Handy überhaupt in der Wohnung?«

Müller lässt sich auf seinen Stuhl zurückfallen, was dieser mit einem protestierenden Ächzen quittiert. »Ich verstehe dein Problem nicht, Chrissie. Was spräche denn dagegen?«

»Über die Nummer stolperten wir erstmals auf einem Foto von Katrin Brunner in Deckers Büro. Auf einem ebenfalls dort gefundenen Geldschein ist ein Daumenabdruck, der weder von ihm noch von Pohlscheidt stammt. Wir gehen jedoch davon aus, dass der Detektiv die Frau auf dem Bild observieren sollte und dafür bezahlt wurde. Diese Annahme wird durch die Tatsache, dass er die spanische Nummer mindestens einmal anrief, bestätigt. Ich frage also nochmal: Wenn dieser Auftraggeber nicht mit unserem letzten Opfer identisch ist, weshalb war der Mann dann im Besitz des

Telefons und aus welchem Grund war es sorgfältig abgewischt worden? Ich denke, sein Mörder hat es ihm nach der Bluttat untergejubelt!«

»Warum hast du das nicht vorhin bei der Dienstbesprechung erwähnt? Diese Überlegung wäre auch für die anderen interessant gewesen!«

»Als Jürgen die Sprache auf das Handy brachte, wusste ich ja noch nicht, dass der Abdruck auf dem Geldschein nicht von Pohlscheidt ist«, verteidigt sie sich. »Damit ist er ja wie immer erst später herausgerückt, und da habe ich den Zusammenhang nicht sofort erkannt. Äh, was suchst du da?«, erkundigt sie sich verwirrt, weil Wolfgang plötzlich hektisch auf seinem Schreibtisch herumkramt.

»Ich suche einen Rotstift! Der Tag, an dem meine Freundin einmal nicht so perfekt ist und einen Fehler zugibt, gehört in den Kalender eingetragen!«, grinst er und bekommt von ihr die rote Zunge gezeigt.

»Ich gehe dann mal«, bekundet er erneut seinen Willen, sich um das Handy kümmern zu wollen, und stemmt sich zum zweiten Mal innerhalb von fünf Minuten aus seinem Sessel. Indes wird er auch jetzt dabei gestört, und zwar durch Donner, der seinen Kopf zur Tür hereinsteckt. So selten es vorkommt, dass der Chef seine Leute in ihren Büros aufsucht, zieht es doch jedes Mal unweigerlich einen Auftrag nach sich. Wolfgang Müller nimmt daher ergeben seufzend seinen Platz wieder ein.

»Einer von euch muss runter in die Polizeiwache!«, verkündet der Kommissariatsleiter. »Die Kollegen von der Streife haben vorhin einen Kerl festgenommen, bei dem es sich um Josef Decker handeln könnte. Der Verdächtige hat keine Papiere bei sich, wurde aber mit dem gesuchten Motorrad aufgegriffen! Wer von euch traut sich zu, ihn zu identifizieren?«

»Warum erledigen das nicht Denise und Tobias, Chef?«, wagt Chrissie einen Einwand. »Die kennen Decker von uns allen am besten!«

»Ganz einfach, weil die zu einer Zeugenbefragung gefahren sind! Horst ist ebenfalls beschäftigt und ihr zwei habt sowieso gerade nichts zu tun, wenn ich das richtig sehe. Ihr könnt aber auch beide gehen, ist mir egal!« Sprach's und war verschwunden.

* * *

In der Polizeiwache werden sie von einem jungen Kollegen direkt in das Büro des Dienststellenleiters durchgewunken. »Der Chef wartet schon auf euch, letzte Tür links!«, verkündet der Polizeiobermeister, ohne den Blick mehr als einen Augenblick von seinem Computerbildschirm zu nehmen.

»Ah, da seid ihr ja!«, werden sie von Polizeihauptkommissar Jürgens mit Handschlag begrüßt. »Was sagt ihr? Ist der Mensch, der draußen auf dem Gang sitzt, der von euch Gesuchte?«

Die Ermittler hatten dem finster dreinblickenden, etwa vierzigjährigen Mann in Handschellen nur einen flüchtigen Blick im Vorübergehen zugeworfen, da es sich bei ihm definitiv nicht um Decker handelt. »Das ist nicht der Kerl, nach dem von uns gefahndet wird«, schüttelt Christina

Ohlsen enttäuscht den Kopf. »Dieser ist mindestens zehn Jahre älter und hat eine Vollglatze! Wie kommt ihr darauf, dass es der Gesuchte ist?«

»Er wurde vor einer halben Stunde von einer Funkstreife auf der B8 am Ortsausgang Siegburg in Richtung Troisdorf aufgegriffen. Sein Motorrad ist mit dem von euch im Fahndungsaufruf angegebenen amtlichen Kennzeichen ausgestattet und von der genannten Marke, deshalb haben meine Jungs ihn angehalten und zur Feststellung der Personalien mitgenommen. Er führt nämlich keinerlei Ausweisdokumente oder Fahrzeugpapiere mit sich. Sein Kraftrad ist zunächst an Ort und Stelle verblieben, ihr müsstet also dorthin, falls ihr es euch anschauen wollt. Es steht direkt hinter der Aggerbrücke auf dem Seitenstreifen.«

»Das Motorrad interessiert uns erstmal nicht«, entscheidet Müller. »Wir würden aber gerne mit dem Fahrer ein paar Takte reden, habt ihr hier ein Vernehmungszimmer?«

»Hab schon gehört, dass ihr Kriminalen die reinsten Spaßvögel sein sollt!«, grinst Jürgens. »Lasst euch vom Diensthabenden den Weg zum Aufenthaltsraum zeigen, sowas wie ein Verhörzimmer gibt es bei uns nämlich nicht!«

* * *

»Ich weiß wirklich nicht, was das hier soll! Angeblich bin ich mit einem geklauten Moped unterwegs gewesen, aber das ist totaler Unsinn! Sowas ist die reinste Polizeiwillkür!« Die Stimme des Mannes, der sich den Kommissaren mit dem

Namen Rüdiger Busch vorgestellt hat, ist mit jedem Wort lauter geworden. Zum Schluss springt er sogar zornig auf.

»Bitte setzen Sie sich wieder hin!«, fordert Müller ihn betont ruhig auf. »Falls es sich um ein Missverständnis handelt, werden wir dieses mit Ihrer Hilfe sicher bald aufgeklärt haben. Zunächst einmal will ich von Ihnen wissen, wie Sie sich das hier erklären!« Er reicht dem Verdächtigen eine Fotografie seines Fahrzeugs, von den Kollegen der Streife am Ort der Festnahme angefertigt. Sie zeigt das Motorrad von schräg hinten und das zur Fahndung ausgeschriebene Kennzeichen von Deckers Honda ist deutlich zu erkennen.

Rüdiger Busch fallen schier die Augen aus dem Kopf. »Das … das ist nicht mein Nummernschild!«, stottert er verblüfft. »Es muss ein ›K‹ für Köln darauf sein und nicht ein ›SU‹ für Siegburg! Jemand hat mir einen Streich gespielt!«

»Das Motorrad ist aber Ihres? Haben Sie den Austausch denn nicht bemerkt?«, fährt Müller nach einem stummen Nicken seines offenbar recht einfältigen Gegenübers fort. Für ihn ist die Sache klar: Decker, wohl wissend, dass die Polizei hinter ihm her ist, ›bediente‹ sich in einem günstigen Augenblick am Kennzeichen eines geparkten Fahrzeugs und schraubte dafür seines an.

»Wer guckt sich denn schon dauernd das eigene Nummernschild an?«, brummt Busch verstimmt. »Theoretisch kann ich damit tagelang herumgefahren sein, bevor die Bull… äh, die Polizei mich angehalten hat, Herr Kommissar!«

»In Ordnung, von uns war es das zunächst. Ich benötige von Ihnen aber das vollständige Originalkennzeichen Ihres Fahrzeugs. Es wird zur Fahndung ausgeschrieben, da wir davon ausgehen, dass ein gesuchter Straftäter damit unterwegs ist. Die Kollegen werden noch eine Personalienfeststellung durchführen und dann können Sie auch schon bald nach Hause.«

Busch stößt pfeifend die Luft aus seinen Lungen, was ihn in den Augen der Kommissare als starken Raucher entlarvt. »Okay, und wann bekomme ich mein Moped zurück?« Die Erleichterung über den einigermaßen glimpflichen Ausgang der Geschichte ist dem Mann deutlich ins Gesicht geschrieben.

»Ich fürchte, Sie werden es nach Köln schieben müssen«, lässt sich Christina Ohlsen erstmals vernehmen. »Das Nummernschild ist hiermit als Beweismittel beschlagnahmt!«

* * *

Im Krankenhaus teilte die Stationsärztin den Kommissaren mit, man habe Frau Hoffmann heute Morgen auf deren eigenen Wunsch entlassen. Ihr Zustand sei trotz der Umstände unbedenklich, sodass man ihrem Ansinnen nachgekommen sei und es bei einer Ermahnung, auf sich achtzugeben und größere Anstrengungen zu vermeiden, belassen habe.

Auf die Frage, ob eine Schwangerschaft vorliege, lächelte die Ärztin lediglich geheimnisvoll und berief sich auf ihre ärztliche Schweigepflicht. Die von der Patientin genannte Heimatadresse rückte sie jedoch widerspruchslos heraus. Da nicht damit zu rechnen ist, die Freundin des Opfers in der Mordwohnung in Lohmar anzutreffen, fuhren Denise und Tobias unverzüglich zu dieser Adresse in Troisdorf.

Den identischen Namensschildern auf dem Klingelbrett des Zweifamilienhauses nach zu urteilen, wohnt Laura Hoffman im Haus ihrer Eltern. Tobias betätigt vorsorglich beide Klingeln, da keine Vornamen angegeben sind. Die junge Frau öffnet ihnen schon wenige Augenblicke später die Tür, was darauf schließen lässt, dass sie sich in der Parterrewohnung aufgehalten hat. Den Besuchern bietet sich ein Bild des Elends, als Laura sie stumm und mit vom Weinen verquollenen Gesicht hereinwinkt.

Wenn sie erst im Krankenhaus nach ihrem gestrigen Zusammenbruch von der Schwangerschaft erfuhr, wie Denise vermutet, ist ihr desolater Zustand auf jeden Fall erklärbar, von dem tragischen Verlust, den sie erleiden musste, ganz zu schweigen. Die Vermutung der Ermittler bezüglich ihres Elternhauses scheint sich beim Betreten des Wohnzimmers zu bestätigen, wo ihnen eine ältere Ausgabe Lauras, bei der es sich um die Mutter handeln dürfte, von einer Couch neugierig entgegenblickt.

»Bleib bitte hier, Mama!«, bittet Laura die Frau, die sich beim Anblick der Polizeibeamten anschickt, den Raum zu verlassen. »Du darfst ruhig hören, was die Kommissare zu sagen haben, und außerdem ist es ja *deine* Wohnung!« Dermaßen viele Informationen in einem einzigen kurzen Satz erhält man selten. Fallrelevant sind diese für Denise Malowski und Tobias Heller zwar zunächst nicht, werden aber automatisch registriert und abgespeichert.

»Sie haben noch eine eigene Wohnung, halten sich jedoch überwiegend in der Ihres Freundes auf«, beginnt Denise die Befragung mit einer Feststellung. »Wir haben dort zumindest deutliche Hinweise dafür gefunden. Darf ich fragen, wie lange Sie mit Herrn Pohlscheidt zusammen waren?«

Sie wirft einen unauffälligen Blick auf den Bauch der Zeugin, der aber flach ist. Falls Laura Hoffmann schwanger ist, kann sie noch nicht weit sein und hat es vielleicht tatsächlich erst im Rahmen der gestrigen Untersuchung im Krankenhaus erfahren. Einer stillen Absprache gemäß übernimmt Denise in der Regel Befragungen dieser Art, weil Tobias sich in ›Frauenangelegenheiten‹ oft etwas unsensibel verhält. »Hatten Sie vor, bald zusammenzuziehen?«, fügt sie hinzu, wobei sie ihr Gegenüber aufmerksam mustert.

»Wir ... Marcel und ich haben uns vor ungefähr einem Jahr kennengelernt«, beantwortet Laura endlich die erste Frage der Polizistin. Sie spricht sehr leise. »Es stimmt, dass ich dort oft übernachtet habe, meist an den Wochenenden. Wir wollten zusammenziehen und eine Familie gründen«, flüstert sie mit tränenerstickter Stimme und legt unbewusst die Hand auf ihren Bauch, eine Geste, die Denise wohlvertraut ist. »Er müsse nur vorher noch etwas Wichtiges regeln, sagte er.«

»Wissen Sie, was genau er damit meinte?«, mischt sich jetzt Tobias Heller ein. Hier ist seiner

Meinung nach ein erster Hinweis auf den Raub, beziehungsweise auf die geplante Verteilung der Beute gefallen.

»Ich habe nicht die leiseste Ahnung, Herr Kommissar! Marcel gab sich immer sehr geheimnisvoll und wechselte schnell das Thema, wenn ich die Sprache darauf brachte. Ich vermute, es ging um Geld. Er hätte sich einmal nämlich fast verplappert, ich habe dann aber nicht weiter nachgebohrt.«

»War Ihr Freund in der letzten Zeit anders als sonst?«, übernimmt Denise wieder. »Benahm er sich merkwürdig, war er oft unterwegs, ohne zu sagen, wo er gewesen ist, oder hatten Sie den Eindruck, dass er sich bedroht fühlte?«

Laura Hoffmann verfügt über einen wachen Verstand, weshalb ihr die Konsequenz aus den Fragen der Ermittlerin sofort bewusst wird. »Heißt das, es war gar kein Einbruch und Marcel wurde vorsätzlich ermordet?«, haucht sie fassungslos. »Ist es das, was Sie mir sagen wollen?«

»Es gibt Hinweise, dass Ihr Freund in dunkle Machenschaften verwickelt war«, erklärt Denise Malowski vorsichtig, ohne weiter ins Detail zu gehen.

»Über die Sie mir nichts sagen können oder wollen«, nickt Laura. »Verstehe.« Ihre Mutter sitzt neben ihr auf der Couch und folgt der Unterhaltung aufmerksam, enthält sich jedoch jeglichen Kommentars. »Bis auf diese eine Sache fällt mir eigentlich nichts ein«, fährt ihre Tochter nach einer Weile fort, wobei sie angestrengt nachdenkt. »Es tut mir leid, ich bin Ihnen wohl keine große Hilfe, nicht wahr?«, fügt sie mit Tränen in den Augen hinzu.

»Sie stehen noch unter Schock«, tröstet Denise sie mitfühlend und reicht ihr ein Papiertaschentuch. »Niemand kann von Ihnen verlangen, nach einem solch traumatischen Erlebnis einfach wieder zur Tagesordnung überzugehen, als wäre nichts geschehen. Seit wann wissen Sie von Ihrer Schwangerschaft?«, rät sie ins Blaue.

Laura Hoffmann hebt überrascht den Kopf. »Ich habe es erst im Rahmen der Untersuchung im Krankenhaus erfahren«, schluchzt sie. »Marcel ... er ist gestorben, ohne zu wissen, dass er bald Vater geworden wäre!«

»Wir werden Sie jetzt besser allein lassen!«, beschließt die Ermittlerin spontan. Die Frau ist momentan emotional viel zu aufgewühlt, um als Zeugin nützlich zu sein. »Hier, nehmen Sie meine Karte. Falls Ihnen doch noch etwas von Bedeutung einfallen sollte, rufen Sie mich an oder kommen zu mir ins Kommissariat.« Sie gibt ihrem Partner mit einem Wink zu verstehen, dass die Befragung für heute beendet ist und erhebt sich von ihrem Platz.

Phil Decker

Ich lag im Graben eines ausgetrockneten Bachlaufes zwischen den Bäumen und beobachtete konzentriert die einsame Hütte auf der Waldlichtung vor mir. Bis auf das Rascheln irgendeines Kleintieres, das im Laub nach Nahrung suchte, und dem allgegenwärtigen Gezwitscher der Singvögel hoch in den Baumkronen war alles still.

Meine Geduld wurde auf eine harte Probe gestellt, während ich hier draußen darauf wartete, dass der Kerl, dessen Namen ich immer noch nicht kannte, wieder herauskam. Ich nahm jedenfalls nicht an, dass er hier in dieser Einöde wohnte. Es musste einen anderen Grund für seine Anwesenheit geben, und ich war wild entschlossen, diesen herauszufinden!

Was hatte mich überhaupt an diesen einsamen Ort mitten in der Wildnis geführt? Nun, nach der gestrigen Flucht aus dem Kellerfenster verlegte ich mein Trachten naturgemäß darauf, den Bullen zu entkommen, die sogar noch Verstärkung erhalten hatten. Nachdem ein Notarzt gerufen worden war, der wohl den Tod des Opfers bescheinigen sollte, kamen nacheinander eine hochgewachsene, schwarzhaarige Frau mit einer Instrumententasche, bei der es sich offenbar um eine Rechtsmedizinerin handelte, und ein VW-Bus, auf dem in großen Lettern ›KTU‹ stand.

Letzterer wurde unter Missachtung sämtlicher Verkehrsregeln einfach am Straßenrand in zweiter Reihe geparkt. Was mich normalerweise maßlos geärgert hätte, erwies sich jetzt als regelrechter Glücksfall, denn das Motorrad wurde auf diese Weise verdeckt und war vom Haus gegenüber garantiert mehr nicht zu sehen! Die einmalig günstige Gelegenheit nutzend, setzte ich den Helm auf, kroch aus dem Versteck und schlenderte betont lässig zu meinem Hobel und fuhr unbehelligt davon.

Da die einzige Option mangels Kenntnis über Name und Anschrift darin bestand, den Kerl erneut zu observieren, wartete ich heute in aller Frühe vor dem Betriebshof der Lieferfirma, für die er arbeitete und hängte mich wieder an sein Auto, als er seine tägliche Tour begann. Acht Stunden später stand ich um eine Erfahrung reicher an fast derselben Stelle und sah zu, wie er den Lieferwagen nach einer höchst langweiligen Fahrt mit vielen Stopps auf dem Hof abstellte, sich auf ein dort geparktes Motorrad schwang und davonfuhr.

Selbstverständlich war ich ihm in gebührendem Abstand hinterhergefahren und nach wenigen Kilometern zu dieser Hütte gelangt, vor der ich jetzt auf der Lauer lag. Die unauffällige Verfolgung durch den Wald war mir auch nur deshalb geglückt, weil er sein Fahrzeug das letzte Stück schieben musste. Für mich war das *die* Gelegenheit, das eigene Motorrad abzustellen und ihm zu Fuß zu folgen, wobei mir die Bäume als Deckung dienten. Dadurch hatte ich zwar deutlich an Bewegungsfreiheit gewonnen, wäre bei einer eventuell notwendigen Flucht aber auf meine Beine angewiesen gewesen. Es ging jedoch alles glatt, er schaute nicht ein einziges Mal hinter sich.

* * *

Endlich regte sich an der Hütte etwas! Spätestens jetzt war ich hellwach und behielt ›Mister X‹ im Auge, der soeben durch die Tür trat, diese sorgfältig mit einem Vorhängeschloss sicherte und sein Motorrad den Weg hinab in Richtung Straße schob, die etwa zweihundert Meter entfernt lag.

Den würde ich so schnell nicht wiedersehen, aber ich stand jetzt vor einem Dilemma. Sollte ich ihm folgen oder lieber herauszufinden versuchen, was er hier getrieben hatte? Nach reiflicher Überlegung war die Antwort klar: *Ihn* konnte ich über seine Arbeit jederzeit erneut aufstöbern, die Hütte dagegen schrie förmlich danach, von mir untersucht zu werden!

Ich wartete ein paar Minuten, um sicherzugehen, dass der Kerl wirklich fort war, und schlich dann vorsichtig die zwanzig Meter bis zum Objekt meiner Begierde. Eigentlich handelte es sich eher um einen Verschlag, vielleicht ein Geräteschuppen, in dem Waldarbeiter ihre Werkzeuge deponierten.

Ich inspizierte zunächst das Vorhängeschloss. Es war ein billiges Teil einer mir unbekannten Marke, das sich meinen Dietrichen keine zehn Sekunden widersetzen würde, dessen war ich mir sicher. Um durch das winzige, sehr hoch angebrachte, unverglaste Fenster schauen zu können, musste ich einen davor stehenden Baumstumpf zu Hilfe nehmen, aber es war zu dunkel, um etwas zu erkennen.

Ich holte also das Lockpicking-Set hervor, beugte mich zum Schloss hinab und ... erstarrte zu Eis! Ein kaltes Stück Stahl in meinem Genick ließ in Verbindung mit dem charakteristischen Klicken eines Revolverhahns keinerlei Zweifel über die Situation entstehen: Ich war mal wieder grandios in eine vorbereitete Falle getappt!

»Hatten Sie etwa tatsächlich geglaubt, ich hätte Ihre kindischen Bemühungen, mich zu beschatten, nicht von Anfang an bemerkt, Herr Decker?«, ertönte eine spöttische Stimme hinter mir. Ohne explizit dazu aufgefordert worden zu sein, streckte ich die Arme gen Himmel.

KAPITEL 11

Donnerstag, 13. August, 08:55 Uhr

Es klopft an der offenen Tür und ein Wachmann betritt das Büro der Hauptkommissare. »Die Dame wollte explizit zu Ihnen, Frau Malowski!«, ertönt die sonore Stimme des Polizisten. Rudolf Klein passt aufgrund seiner Statur nur seitwärts durch eine normale Bürotür und mit über zwei Metern Körpergröße muss er außerdem ständig höllisch aufpassen, sich nicht den Kopf zu stoßen. Die im Verhältnis geradezu winzig wirkende Besucherin hinter ihm wird daher erst erkennbar, nachdem der Kollege zur Seite getreten ist und die Tür freigegeben hat.

»Frau Hoffmann!«, entfährt es Denise Malowski bei ihrem Anblick überrascht. »Was führt Sie zu mir? Ist Ihnen nun doch noch etwas eingefallen?« Sie zeigt mit der Hand einladend auf den Besucherstuhl vor ihrem Schreibtisch: »Bitte nehmen Sie Platz!« Der Wachmann verabschiedet sich derweil wortlos mit einem Kopfnicken. Ein Freund vieler Worte war der kurz vor seiner Pensionierung stehende Kollege noch nie.

Laura Hoffmann nimmt umständlich ihren Platz ein. Ihr Gesicht ist heute weniger blass, was aber auch an ihrem Make-up liegen mag. Auf die Kommissare wirkt sie zumindest deutlich gefasster als gestern Nachmittag. »Ich bin eigentlich auf dem

Weg ins Krankenhaus«, beginnt sie mit leiser Stimme. »Im Bus fiel mir plötzlich etwas ein, das ich einmal zufällig mitbekommen habe, und Sie hatten ja gesagt, dass ich mich dann sofort melden soll!«

»Ich hoffe, es ist nichts Ernstes?«, erkundigt sich Denise besorgt.

»Wegen der Fahrt ins Hospital? Nein, ich hatte der Ärztin nur versprochen, mich heute noch einmal durchchecken zu lassen. Es ist alles in Ordnung, wirklich!«

»Okay, und was ist Ihnen jetzt so Wichtiges eingefallen?« Die Fragen nach ihrem Wohlbefinden scheinen der jungen Frau unangenehm zu sein, daher wechselt Denise schnell das Thema und kommt damit zum eigentlichen Grund für den Besuch.

»Da war so eine merkwürdige Begebenheit, vor zwei Wochen oder so. Ich weiß aber nicht, ob es für Ihre Ermittlungen von Belang ist.«

»Das entscheiden wir später, jede noch so winzige Kleinigkeit kann für das Gesamtbild wichtig sein«, ermuntert Denise sie lächelnd. »Erzählen sie bitte!«

»Das war wie gesagt vor zwei Wochen. Ich kam früher als üblich von der Arbeit und mein Freund hatte Besuch. An sich nichts Ungewöhnliches, aber da stand ein Lieferwagen von einem Paketdienst vor der Tür und der Mann in der Küche trug eine Kappe mit demselben Symbol, wie es auf dem Auto aufgemalt war.«

»Was ist daran jetzt so verdächtig? Ihr Lebensgefährte wird ein Paket erhalten haben!«

»Das dachte ich zuerst auch. Die beiden schienen jedoch sehr vertraut miteinander zu sein. Ich hatte in der ganzen Zeit nicht einen einzigen Freund von ihm kennengelernt, diesbezüglich war er mir gegenüber wenig mitteilsam, aber das war garantiert einer! Bei meinem Erscheinen hatte der Unbekannte es plötzlich sehr eilig und verabschiedete sich hastig von Marcel. Er sagte noch sowas wie ›*denk an die Zusammenkunft, bis dahin muss alles geregelt sein*‹ oder so ähnlich.«

»Benutzte er wortwörtlich das Wort ›Zusammenkunft‹?«, hakt Tobias Heller an dieser Stelle ein. »Denken Sie gründlich nach, Frau Hoffmann, es ist wirklich sehr wichtig!«

»Das weiß ich sogar genau, weil es mich an einen Film erinnerte, wo es ebenfalls um eine Zusammenkunft ging. ›Highlander‹ hieß der, wenn ich mich nicht irre.«

»Den habe ich auch gesehen«, nickt Tobias. »Für uns ist das aber aus einem völlig anderen Grund interessant. Können Sie den Mann gut genug beschreiben, um eine Phantomzeichnung von ihm anzufertigen?«

»Er hatte, wie ich schon sagte, diese Kappe auf und als er an mir vorbeilief, senkte er den Kopf und wandte zusätzlich sein Gesicht ab. Ich kann Ihnen daher leider nicht weiterhelfen.«

»Dieses zugegebenermaßen ungewöhnliche Verhalten lässt darauf schließen, dass der Mann verhindern wollte, von Ihnen später eventuell wiedererkannt zu werden«, überlegt Denise. »Das ist zumindest sehr verdächtig und es war daher völlig korrekt, uns davon zu erzählen! Wissen Sie wenigstens, um welchen Paketdienst es sich handelte?«

»Nein. Das Auto war weiß oder cremefarben, so genau erinnere ich mich jetzt nicht. Aber das Logo kann ich Ihnen beschreiben, es sah irgendwie aus wie ein goldener Kreis mit zwei Hörnern obendrauf und einem Kreuz unten.«

Tobias Heller zückt seinen Notizblock und beginnt mit ein paar schnellen Strichen zu zeichnen. »Sah es ungefähr so aus?«, fragt er und reicht ihr den Block.

»Genau so sah es aus, Herr Kommissar! Kennen Sie es?«

»Nicht in dieser Form«, gibt er kopfschüttelnd zurück, »aber ich weiß, was es bedeutet!«

* * *

»Der Begriff ›Zusammenkunft‹, die der Unbekannte bei seinem Besuch bei Marcel Pohlscheidt benutzte, ist meiner Meinung nach ein eindeutiger Hinweis auf unseren Fall!«, erläutert Tobias den Kollegen seine und Denises Schlussfolgerung aus Laura Hoffmann Aussage. »Alles andere wäre ein viel zu großer Zufall, weswegen wir davon ausgehen müssen, dass es sich bei dem Mann um den von uns schmerzlich gesuchten Komplizen handelt!«

»Du sagtest vorhin, die Zeugin habe ihn weder beschreiben können, noch könne sie ihn bei einer

Gegenüberstellung wiedererkennen«, wiederholt Donner die vorgetragenen Fakten. »Wie willst du ihn also finden, geschweige denn überführen?«

»Wenn wir ihn erstmal haben, bringen uns der an dem Geldschein sichergestellte Daumenabdruck und die Stofffaser hoffentlich weiter«, gibt Denise sich zuversichtlich. »Nach Lage der Dinge bleibt nur noch er übrig, es sei denn, es existieren mehr als vier Beteiligte, wovon ich jedoch nicht ausgehe!«

»Außerdem stehen wir nicht mit völlig leeren Händen da, Chef!« Tobias reißt das oberste Blatt aus seinem Notizblock, geht damit zur Tafel und hängt die vorhin angefertigte Zeichnung auf. »Frau Hoffmann sah die verdächtige Person in einen Lieferwagen einsteigen, der *dieses* Logo auf die Seitenfläche aufgemalt hatte!«

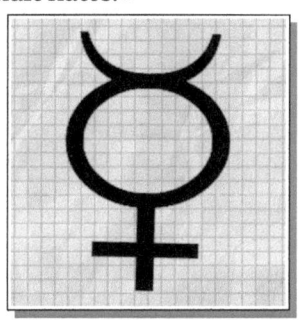

»Das ist ein astrologisches Symbol, wenn ich mich nicht irre«, bemerkt Horst Weiland, während Donner die Zeichnung mit zusammengekniffenen Augen mustert. Aufgrund ihrer geringen Größe muss er dazu nah an die Tafel herantreten. Wolfgang Müller und Chrissie Ohlsen können, ihren ratlosen Mienen nach zu urteilen, ebenso wenig damit anfangen wie ihr Vorgesetzter.

»Nun, zunächst ist es das Zeichen für den Planeten Merkur«, hebt Tobias zu einer Erklärung an. »Dieser wiederum trägt den Namen eines römischen Gottes, der letztlich lediglich das Pendant zu seinem griechischen ›Kollegen‹ Hermes darstellt!«

»Jetzt fange ich langsam an zu begreifen, worauf du hinauswillst!«, meldet sich Donner zu Wort. »Nach diesem Hermes ist doch ein Paketlieferdienst benannt, es läge also nahe …«

»Dann läge es nahe, dass Merkur ebenfalls ein Lieferdienst ist!«, vervollständigt Müller den Satz für ihn. »Ist das so?« Die Frage ist an Tobias gerichtet, da er mit einiger Berechtigung annimmt, dieser habe das bereits recherchiert.

»Der Kandidat hat hundert Punkte!«, grinst Heller. »Es gibt ihn erst seit einem Jahr und er ist im Industriegebiet von Lohmar angesiedelt, also gar nicht mal weit von uns entfernt. Die Sache hat nur einen kleinen Haken: Die Firma beschäftigt mehr als zwanzig Fahrer und wir haben nicht den geringsten Anhaltspunkt, um den Kreis der infrage kommenden Personen genügend einzugrenzen. Eine sinnvolle Überprüfung ist unter diesen Umständen nahezu unmöglich, mit einer erkennungsdienstlichen Behandlung *aller* Mitarbeiter würden wir unseren Täter nämlich im Gegenteil allenfalls warnen.«

»Einmal davon abgesehen, dass wir die dazu notwendigen richterlichen Beschlüsse nicht bekämen«, nickt Donner. »Und solange die Abgabe von Fingerabdrücken freiwillig ist, kann der Täter sich einer solchen Aktion erfolgreich entziehen und problemlos untertauchen. Mist, jetzt sind wir so dicht dran! Lasst euch was einfallen!«, weist er seine Ermittler an. »Sollten wir allerdings bis morgen früh keinen Schritt weitergekommen sein«, entscheidet er nach kurzem Nachdenken, »wird das Gelände der Firma Merkur bei Betriebsbeginn durch ein SEK abgeriegelt, sobald sich alle Fahrer eingefunden haben. Bei insgesamt drei Morden lässt sich eine solche Maßnahme durchaus mit ›Gefahr im Verzuge‹ begründen, notfalls nehme ich das auf meine Kappe!«

* * *

»Haben Sie vielen Dank, Herr Beyer! Ich bekomme die Liste dann in den nächsten Minuten per E-Mail? … … Ich muss Sie aber nochmals dringend darum ersuchen, absolutes Stillschweigen über unsere Unterhaltung zu bewahren! Kann ich mich auf Ihre Diskretion verlassen? Es ist wirklich von immenser Wichtigkeit!«

Wolfgang Müller legt ein Handy auf den Tisch und zwängt sich in seinen XXL-Bürostuhl, als Chrissie Ohlsen ihr Telefonat beendet und mit zufriedener Miene den Hörer auflegt. Bei dem mitgebrachten Telefon handelt sich um das Smartphone von Marcel Pohlscheidt, das von der Forensik endlich zur weiteren Verwendung durch die Ermittler freigegeben wurde und das er soeben dort abgeholt hat.

»Du siehst aus wie eine Katze, die am Sahnetopf genascht hat«, stellt Müller amüsiert fest. *Diesen* Gesichtsausdruck kennt er von seiner Freundin nur allzu gut: Chrissie hatte mal wieder einen ihrer genialen Einfälle, während er unterwegs war! »Lässt du mich an deiner Weisheit teilhaben?«

»Ist das endlich das Handy, das wir eigentlich schon gestern untersuchen wollten?«, übergeht sie seine Frage. »Sobald ich eine gewisse Liste in meinem Posteingang habe, sage ich es dir!«

Wolfgang zuckt mit den Schultern und fügt sich in sein Schicksal. Was Geheimniskrämerei angeht, ist Chrissie kaum zu übertreffen und lässt diesbezüglich sogar Horst um Längen hinter sich, der ebenfalls meist erst mit der Sprache herausrückt, wenn seine Idee sich als richtig erwiesen hat. Jetzt nachzubohren, brächte überhaupt nichts, weshalb er sich den Atem spart und stattdessen damit beginnt, die Kontaktliste auf Pohlscheidts Handy zu inspizieren.

»Wenn du hiermit irgendwas abgleichen willst, könnte das sich als schwierig erweisen«, äußerst er sich wenig später unzufrieden. Er hegt zumindest eine vage Vermutung darüber, was seine Freundin vorhat. »Die Kontakte auf diesem Telefon sind überwiegend nur mit Nicknamen oder im günstigsten Fall mit dem Vornamen abgespeichert. Profilbilder sind überhaupt nicht hinterlegt.«

»Ich hatte da auch eher etwas anderes im Sinn«, erhält er nun doch eine Antwort, oder zumindest einen Teil davon, denn in diesem Augenblick signalisiert Chrissies Computer eine eingehende Nachricht, die sie sofort öffnet und nach einem hastigen Überfliegen des Inhaltes auf den Drucker schickt. Endlich erfolgt die längst fällige Erklärung für ihren Partner: »Diese Liste ist genau das, was wir brauchen, Wolfie! Ich hatte mir das folgendermaßen gedacht ...«

* * *

»Im Grunde hätten wir sogar auch dann einen Vorteil von einer betriebsweiten erkennungsdienstlichen Maßnahme bei Merkur, wenn der von uns Gesuchte sich der Aktion entzieht«, überlegt Denise Malowski nach einem Schluck aus ihrer voluminösen Kaffeetasse. »In diesem Falle wüssten wir nämlich, wer es ist!«

»Ja, aber dann hätten wir nur einen weiteren auf der Flucht befindlichen Straftäter, den wir zur Fahndung ausschreiben müssten«, winkt ihr Kollege ab. »Das kann Monate dauern. Decker haben wir schließlich auch noch nicht gefunden, wobei wir nach wie vor nicht einmal wissen, welche Rolle der Kerl in dieser Geschichte spielt!«

»Das ist mir auch schleierhaft! Ich meine, wir alle kennen Decker seit Jahren, er nimmt es zwar mit den Vorschriften nicht immer so ganz genau, aber einen Mord traue ich ihm eigentlich nicht zu. Er hat immerhin Chrissie damals das Leben gerettet!«

»Hier geht es um 1,3 Millionen Euro oder zumindest die Hälfte davon, wenn unsere Theorie über die zwei Schließfächer zutrifft. Geld hat schon so manchen Charakter verdorben, Denise. Decker kam den Banditen womöglich irgendwie auf die Schliche und beschloss, sich ein Stück von dem Kuchen abzuschneiden. Zutrauen würde ich ihm eine solche Schurkerei durchaus! Welchen Grund sollte er sonst gehabt haben, in das Hotelzimmer einzubrechen und den Safe auszuräumen? Er war hinter dem Schlüssel für das Bankschließfach her, das steht für mich außer Frage!«

»Wilde Spekulationen bringen uns jetzt nicht weiter, Tobi! Wir benötigen bis heute Abend einen brauchbaren Plan, wie wir die Identität des Mörders von Marcel Pohlscheidt und wohl auch von Katrin Brunner lüften, sonst rückt morgen früh die Kavallerie aus! Ehrlich gesagt habe ich momentan keinen blassen Schimmer, wie das anders zu bewerkstelligen wäre.«

»Aber ich!«, ertönt eine markante Stimme. Chrissie schwenkt enthusiastisch ein Blatt Papier und ein Smartphone, während sie durch die wegen der seit Tagen anhaltenden Hitze ständig offen stehende Bürotür hereinstürmt. Wesentlich gelassener, mit den Händen in den Hosentaschen und einem breiten Grinsen im Gesicht, folgt Wolfgang ihr auf dem Fuße.

* * *

»Ich war bei meinen Überlegungen davon ausgegangen, dass es eine sehr kleine Spur sein dürfte, die zum Täter führt, da uns alles andere längst aufgefallen wäre!«, erläutert die Kommissarin ihre Idee auf der von Denise und Tobias eilends einberufenen Fallbesprechung.

Die Hauptkommissare waren sich nach ihrem Vortrag schnell darüber einig, dass man dies zunächst in der Gruppe diskutieren müsse, um mögliche Denkfehler in Chrissies Schlussfolgerung zu entlarven. Blinder Aktionismus, so Heller, könne im aktuellen Stadium der Ermittlungen nur schaden und dem Täter in die Hände spielen. Zudem käme es jetzt auf eine Stunde auch nicht mehr an. Mit diesen Argumenten konnte er selbst Donner überzeugen, der am liebsten gleich losgestürmt wäre, ohne im einzelnen über das Ermittlungsergebnis seiner Kommissarin Bescheid zu wissen.

»Die Handykontakte auf Pohlscheidts Telefon waren nämlich alles andere als hilfreich, da nirgends ein vollständiger Name abgespeichert war«, fährt Ohlsen fort. »Das gab es einen Berti, einen Paule, einen Kurt und so weiter. Einzig ein Eintrag mit der Bezeichnung ›Mausi‹ war seiner aktuellen Freundin zuzuordnen, da deren Rufnummer mittlerweile bekannt ist. Genau das brachte mich aber auf eine Idee: Was wäre denn, wenn wir die Telefonnummer des Täters kennen würden? In diesem Fall könnten wir wie bei Laura Hoffmann eine direkte Zuordnung herstellen!«

»Ich denke, das haben jetzt alle verstanden!«, drängelt der Kommissariatsleiter. »Überspringen wir also den Rest und kommen zum Ende: Wie heißt der Kerl, und wo finden wir ihn?«

»Ich schlage vor, wir hören uns die ganze Geschichte an, Chef!«, widerspricht Denise Malowski. »Ich kenne das Ergebnis zwar schon und sehe auch keinen Fehler darin, aber Tobias hat recht: Wir sollten gemeinsam zu dem Schluss kommen, dass die Argumente wasserdicht sind, alles andere wäre unverantwortlich!«

»Ich ließ mir daher vom Inhaber des Lieferdienstes, bei dem unser mutmaßlicher Täter beschäftigt ist, eine Mitarbeiterliste mailen«, nimmt Christina Ohlsen den Faden wieder auf, nachdem Donner den Einwand der Hauptkommissarin lediglich mit einem unverständlichen Brummen beantwortet hatte, welches allgemein als Zustimmung gewertet wird.

»Der Clou daran ist die Tatsache, dass die Firma Merkur aus Kostengründen über die privaten Handys mit den Fahrern kommuniziert, wenn diese auf Tour sind«, erläutert die Kommissarin weiter. »Die Liste enthält somit nicht nur die Namen und Anschriften sämtlicher Mitarbeiter, einschließlich der Bankverbindungen, sondern auch deren Handynummern. Und eine davon fand Wolfgang zwar nicht in den Kontakten, jedoch in den vergangenen Wochen gleich *mehrfach* im Anrufverlauf von Marcel Pohlscheidts Telefon. Ohne die Aussage von Laura Hoffmann hätten wir diesen Zusammenhang nie aufgedeckt! Nun frage ich euch: Wie groß ist die Wahrscheinlichkeit, dass es sich dabei *nicht* um den gesuchten Mann handelt?«

»Für mich klingt das schlüssig«, nickt Donner anerkennend. »Kommen wir nun zu der allseits geforderten Abstimmung, damit das hier endlich vorangeht. Durch endloses Geschwafel ist noch nie ein Täter festgenommen worden! Horst?«, fordert er Weiland auf, der bereits die Hand gehoben hat.

»Okay, nehmen wir die uns vorliegenden Fakten. Was wissen wir? Marcel Pohlscheidt hatte kurz vor Beginn der Mordserie Besuch von einem Mitarbeiter der Firma Merkur. Weiterhin ist uns bekannt, dass die beiden sehr vertraut miteinander waren – was auf ein privates Treffen schließen lässt – und dass dabei das Wort ›Zusammenkunft‹ gefallen ist. Der Begriff wurde auch von Katrin Brunner in einem Kalendereintrag verwendet und bezeichnet offenbar einen Tag in ihrer damaligen Zukunft, an dem irgendwas geplant war. Wir gehen momentan davon aus, dass an diesem 6. August die Beute aufgeteilt werden sollte. Wie sich jetzt herausgestellt hat, telefonierte Pohlscheidt in den vergangenen Wochen mehrfach mit einem Mitarbeiter derselben Firma, deren Fahrer ihn mindestens einmal zu Hause besuchte. Wenn ihr mich fragt, haben wir unseren Mann!«

»Ich stimme Horst in allen Punkten vorbehaltlos zu!«, gibt sich Wolfgang Müller einsilbig und hebt die Hand.

»Dem ist nichts hinzuzufügen, Chef!«, nickt auch Tobias Heller. Seine Partnerin hebt ebenfalls kommentarlos zum Zeichen der Zustimmung die Hand. Somit ist Christina Ohlsens Ermittlungsergebnis einstimmig angenommen.

»Dann sind wir uns also einig«, atmet Donner hörbar auf. Geduld ist nicht gerade seine Stärke, vor allem, wenn es in die Endphase einer Mordermittlung geht und die Lösung zum Greifen nahe ist. »Haben wir auch einen Namen?«, wendet er sich an Ohlsen, da dieser in ihrem gesamten Vortrag bisher ungenannt blieb.

PHIL DECKER

Ich hatte nicht nur eine unbequeme Nacht hinter mir, sondern sah nach allem, was der Kerl mir gestern erzählt hatte, einem mehr als ungewissen Schicksal entgegen. Ja, dieser Mistkerl war mir gegenüber sehr mitteilsam gewesen, hatte gar nicht aufgehört, mich zu belabern. Nur eines hatte er immer noch nicht preisgegeben: seinen Namen.

Dass der vermeintliche Geräteschuppen bis auf ein paar Ratten und Legionen von Spinnen und anderem Ungeziefer vollkommen leer war, erfuhr ich schon nach wenigen Augenblicken, denn der Kerl mit der Knarre gab mir einen kräftigen Stoß, worauf ich unsanft in den dunklen Verschlag stürzte und erst einmal den Boden küsste.

Bevor ich mich wieder aufrappeln konnte, kniete er schon auf mir, band mit großem Geschick meine Handgelenke mit breiten Kabelbindern zusammen, und fixierte diese zusätzlich an einem der oberschenkeldicken Holzpfosten in den Ecken des Schuppens. Nachdem er auf dieselbe Weise die Fußgelenke gefesselt hatte, war ich verschnürt wie eins der Pakete, die er tagsüber auslieferte, ein Entkommen war unter diesen Umständen praktisch unmöglich!

Dass er mich anschließend filzte, muss ich sicher nicht explizit erwähnen. Die Knarre und die Dietriche steckte er ein, den Rest warf er achtlos hinter sich, wo die Sachen außerhalb meiner Reichweite im Dreck landeten. Nur bei dem Handy vergewisserte er sich vorher, ob es ausgeschaltet war. Viel anfangen hätte ich damit ohnehin nicht können, wahrscheinlich wollte er mit dieser Aktion nur seine Macht über mich demonstrieren. Aber außer, dass es nun mindestens drei Meter von mir entfernt lag, war es fraglich, ob es hier draußen überhaupt ein Netz gab. Da es nicht eingeschaltet war, würde es sowieso niemand orten können, und wer außer den Bullen sollte schon nach mir suchen?

Immerhin war die Oper, die der Kerl im Anschluss quatschte, insofern aufschlussreich, als ich nun endgültig wusste, dass man mich nach Strich und Faden verarscht hatte! Ich war von Anfang an Teil einer perfiden Planung gewesen, in der ich eine maßgebliche Rolle gespielt hatte und die ich offenbar immer noch innehatte. Er hatte mich sogar, wie mir der Mistkerl genüsslich auftischte, aufgrund meiner Einfältigkeit extra dafür ausgesucht!

Alles fing vor ein paar Jahren damit an, als er und ein Freund unter Mithilfe der beiden Fahrer eines Geldtransportes einen Raubüberfall vortäuschten. Die Beute in Höhe von mehr als 1,3 Millionen Euro deponierten sie in zwei Bankschließfächern, bis Gras über die Sache gewachsen sein würde. Die insgesamt vier Schlüssel teilten sie untereinander auf und brachen jeglichen Kontakt zueinander ab, wobei die Freunde jedoch eine Ausnahme bildeten. Zur großen ›Zusammenkunft‹, wie er es nannte, wollten sich die vier erneut treffen und die Beute aufteilen. Das wäre letzten Donnerstag gewesen.

In einem Anfall von Gier beschlossen die Freunde vor einigen Wochen, sich ihrer damaligen Komplizen zu entledigen und das Geld für sich allein zu behalten. Zu diesem Zweck heuerten sie mich an. Einerseits, um die Bullen auf eine falsche Spur zu bringen, aber auch, um den Aufenthaltsort der Komplizin aus Berlin zu erfahren, sobald sie in der Stadt war.

Sie besorgten sich eine Motorradjacke und eine Kappe, wie ich sie ständig trage und die ja mittlerweile auf meiner Internetseite zu sehen sind. Damit lief der zuletzt getötete Marcel Pohlscheidt herum, der eine gewisse Ähnlichkeit zu mir aufwies. Etwaige Zeugen sollten sich nur an die auffällige Kleidung erinnern, die den Bullen zudem bestens bekannt war. Ein wahrhaft perfider Plan, aber die Krönung kommt erst noch!

Leider war der Part meines unbekannten Widersachers nämlich weniger erfolgreich abgelaufen als der seines Kumpels. Im Klartext hieß das, die clevere Französin hatte ihn geleimt und ihre Wertsachen, zu denen auch der Schlüssel für das Bankschließfach gehörte, am Flughafen deponiert. Zur Herausgabe genügte der im Hotelzimmer erbeutete Reisepass nicht, wie er am nächsten Tag schmerzlich erfahren musste. Die logische Konsequenz war seinem kranken Hirn gemäß, den Komplizen ebenfalls auszuschalten, der bei seiner Aktion mehr

Erfolg hatte und im Besitz beider Schlüssel war. Natürlich hatte man mich auch hier wieder am Tatort gesehen, dieses Mal sogar leibhaftig!

Nun aber ergab sich für den einzigen Überlebenden des fingierten Raubüberfalls ein Riesenproblem! Das Öffnen des Schließfachs erforderte nämlich nicht nur die zwei Tresorschlüssel, die er in seinen Besitz gebracht hatte, sondern ebenfalls in persona die beiden Männer, die bei der Anmietung vor drei Jahren unterschrieben hatten. Und einer davon war tot, unglücklicherweise von dem anderen erschlagen!

An dieser Stelle würde ich nach seiner Vorstellung erneut ins Spiel kommen, weshalb die Bemühungen, ihn aufzuspüren, mir nicht nur zum Verhängnis geworden waren, sondern ihm sogar in die Karten gespielt hatten! Aufgrund meiner zugegebenermaßen oberflächlichen Ähnlichkeit mit dem toten Kumpel sollte ich mit etwas Maske dessen Rolle auf der Bank übernehmen, wobei seinem Personalausweis die Hauptaufgabe zukam. Ihn hatte er nämlich ebenfalls nach dem hinterhältigen Mord vorsorglich mitgehen lassen! Im Gegenzug für meine Mithilfe sollte ich an der Beute beteiligt werden. Dann ließ er mich mit der eindringlichen Ermahnung, mir die Sache bis zu seiner Wiederkehr am nächsten Tag zu überlegen, gefesselt und geknebelt zurück.

Mir war klar, dass ich dieses Abenteuer nicht überleben würde, ganz gleich, was der Kerl mir versprach! Ich hatte keine Angehörigen, weshalb ihm in Ermangelung eines Druckmittels gar nichts anderes übrig blieb, als mich durch Versprechungen bei Laune zu halten. Eine aufrichtige Bereitschaft, die Beute mit mir zu teilen, war jedoch garantiert nicht vorhanden, weil dann die Morde an den Komplizen ja nicht notwendig gewesen wären! Eingedenk dieser wenig erfreulichen Zukunftsaussichten nahm ich die bisher vergeblichen Bemühungen, die Handfesseln loszuwerden, wieder auf.

Meine Handgelenke waren zwar wundgescheuert, aber was sind ein paar Narben im Angesicht des nahen Todes? Sagt man nicht, dass Tiere lieber ihre Pfoten abnagen, als in einer Falle zu verrotten? Dieses Szenario blieb mir allerdings wegen der hinter meinem Rücken gefesselten Hände erspart. Apropos Nager: Die Ratten hatten mich weitestgehend in Ruhe gelassen. Einige besonders lästige Exemplare hatte ich mit Fußtritten vertreiben können, weshalb ich wie gesagt die ganze Nacht kein Auge zugetan hatte.

Wieder raschelte es unter dem überall herumliegenden Laub, das wohl durch das kleine Fenster hereingeweht wurde. In Erwartung einer sich nähernden Ratte fixierte ich die Stelle, von der das Geräusch kam und blickte direkt in die schwarzen Knopfaugen eines besonders fetten Exemplars der Gattung *Rattus rattus* von schätzungsweise einem Pfund Lebendgewicht. Ich strampelte mit den zusammengebundenen Beinen, worauf Ben, wie ich ihn bei mir nannte, erschreckt davonhuschte.

Ungläubig starrte ich auf die Stelle, wo das Biest soeben noch gehockt hatte. Ein verheißungsvolles blaues Leuchten zeigte mir den Standort meines Handys an, das der Kerl gestern achtlos in die Ecke geworfen hatte! Ich hatte es zwar aus den bekannten Gründen schon vor Tagen ausgeschaltet, aber es war durchaus möglich, dass es durch das Tier zufällig aktiviert worden war. Dazu musste man bei diesem noch mit richtigen Tasten ausgestatteten Modell nur zwei Sekunden auf die grüne Telefontaste drücken, und das nötige Gewicht brachte Ben locker auf die Waage. Da soll nochmal einer behaupten, Ratten seien Schädlinge!

Meine Freude über dieses unerwartete Ereignis währte jedoch nur wenige Augenblicke. Genauso lange nämlich, wie es brauchte zu begreifen, dass das Handy dort an der gegenüberliegenden Wand, drei oder vier Meter von mir entfernt, zu überhaupt nichts nütze war! Ja, wenn ich eines dieser hypermodernen Teile mein Eigen nennen würde, die auf Zuruf alles Mögliche erledigen, aber wie sollte ich ohne einen solchen dienstbaren Geist irgendjemanden von hier aus anrufen?

Es war zudem mehr als unwahrscheinlich, dass Ben nach dem zufälligen Einschalten auch noch die korrekte PIN eingegeben hatte, aber immerhin kann man ohne diese Eingabe den Notruf wählen! In einem Anflug von Galgenhumor sagte ich: ›*Alexa, ruf die Bullen an!*‹, was jedoch durch das Klebeband vor meinem Mund zu einem undeutlichen Gemurmel verkam. Eine erkennbare Reaktion erfolgte erwartungsgemäß nicht.

Die kam postwendend aus einer anderen Richtung: Ein Klappern an der Tür kündigte Besuch an, und da es sich dabei nur um meinen Kerkermeister handeln konnte, wurde es spätestens jetzt brenzlich. Ich nahm mir jedoch vor, auf keinen Fall ohne Gegenwehr unterzugehen und mein Leben so teuer wie möglich zu verkaufen. Was hinderte mich eigentlich daran, zum Schein auf sein Angebot einzugehen und dann in der Bank für Aufruhr zu sorgen?

Ich wusste es zwar nicht mit Gewissheit, konnte mir aber nicht vorstellen, dass die einen mit einer Schusswaffe in den Tresorraum ließen. Der Kerl wäre dann also wehrlos. Ganz gleich, was geschehen mochte, ich jedenfalls war bereit zum finalen Gefecht!

KAPITEL 12

»Der Mann heißt Christian Faber, ist vierunddreißig Jahre alt, und wohnt ebenso wie sein Kumpel Marcel Pohlscheidt in Lohmar, allerdings in einem der zahlreichen Nebenorte«, beantwortet Chrissie Ohlsen die Frage des Vorgesetzten, ohne dafür ihre Notizen bemühen zu müssen. »Laut seinem Boss geht seine Tour bis 16:00 Uhr, dann bringt er den Lieferwagen zum Betriebshof zurück, wo wir ihn hoffentlich abfangen können.«

Donner schaut auf die Uhr. »Es sind noch etwa dreieinhalb Stunden bis dahin. Wenn ich uns vorher den Haftbefehl und einen Durchsuchungsbeschluss für seine Wohnung besorgen will, könnte es also durchaus knapp werden. Allein die Fahrt bis Lohmar dauert eine halbe Stunde! Wir sollten uns erkundigen, ob die Autos mit GPS-Transpondern ausgestattet sind. In diesem Fall hätten wir seine aktuelle Position und wären in der Lage, ihn unterwegs festzunehmen.«

»Hab ich schon nach gefragt, Chef! Eine ständige Standortbestimmung lohne sich nicht, sagte der Inhaber mir am Telefon.«

»Schade, dann werde ich die Funkstreifen in dieser Gegend anweisen, ein besonderes Augenmerk auf Fahrzeuge der Firma Merkur zu haben. Wir dagegen gehen folgendermaßen vor: Denise und Tobias fangen den Tatverdächtigen an dessen Wohnung ab, falls er uns am Betriebshof entwischt. Dort wiederum lege ich mich mit Horst auf die Lauer und achte gleichzeitig darauf, dass niemand ihn warnt, während wir auf seine Rückkehr warten. Zusätzlich lasse ich mir vor Ort von der Geschäftsleitung die für heute geplante Route geben, dann kann einer der Streifenwagen die Strecke gezielt abfahren. Ich nehme an, dass du denen am Telefon nicht gesagt hast, um welchen ihrer Leute es geht?«

»Natürlich nicht!«, entrüstet sich Chrissie, an deren Adresse die Frage gerichtet war. »Außerdem wusste ich das zu diesem Zeitpunkt noch gar nicht!«

»Okay, damit hätten wir alles menschenmögliche unternommen, diesen Christian Faber heute endlich zu schnappen. Gute Arbeit!«

»Und was ist mit uns?«, erkundigt Chrissie sich, weil sie und ihr Partner bei der Verteilung der Aufgaben irgendwie leer ausgegangen sind. Sie klingt enttäuscht. Schließlich war sie es ja, die mit ihren Recherchen diesen Einsatz erst ermöglicht hat.

»Du hütest mit Wolfgang das Kommissariat für den Fall, dass es zwischenzeitlich Nachrichten von Decker gibt. Wir dürfen bei alldem nicht außer Acht lassen, dass Faber nicht der Einzige ist, den wir dringend in die Finger bekommen wollen! Ihr könnt die Zeit für Recherchen zu seinem Leben nutzen, wenn ihr wollt. Nehmt euch zum Beispiel sein Bankkonto vor, es ist nie verkehrt, bei einem Verhör genügend Fakten an der Hand zu haben.«

»Warum lassen wir nicht einfach sein Handy orten?«, wagt Müller einen Einwand. Die Aussicht, im Büro zu sitzen, während die Kollegen auf Verbrecherjagd gehen, findet er ebenso wie seine Freundin alles andere als erhebend.

»Weil wir auch dafür einen Gerichtsbeschluss benötigen und eine Signalverfolgung insofern zeitaufwändig ist, als wir dazu zunächst einen ungefähren Standort wissen müssen. Es würden Stunden vergehen, bis ein Ergebnis vorliegt! Der Einwand ist jedoch berechtigt, ich werde die Ortung daher unverzüglich veranlassen, sobald ich den Beschluss in Händen habe. Ihr beide behaltet von hier aus den Vorgang im Auge und benachrichtigt uns umgehend, wenn das Handy lokalisiert ist. Auf diese Weise schlagen wir zwei Fliegen mit einer Klappe!«

* * *

»Unser Mann hat schon ein bewegtes Leben hinter sich«, informiert Chrissie ihren Partner über das Ergebnis ihrer bisherigen Recherchen. Die Enttäuschung, nicht an dem Außeneinsatz teilnehmen zu dürfen, hat sie mittlerweile einigermaßen verdaut. »Geschieden, Vater von drei Kindern, für die er Alimente zahlen muss, und die Hypothek für das Haus, in dem er jetzt alleine wohnt, hat er auch an der Backe. Da ist es kein Wunder, dass er Himmel und Hölle in Bewegung setzt, um an die Kohle von dem Raubüberfall zu kommen.«

»Ich nehme mir gerade sein Bankkonto vor«, nickt Wolfgang. »Den Zustand als Ebbe zu bezeichnen, wäre schon sehr beschönigt. Dem steht das Wasser buchstäblich bis zum Hals, es würde mich daher nicht wundern, wenn er mit Unterhalt und Ratenzahlungen seit Monaten im Rückstand ist!« Genau wie seine Partnerin schielt er unbewusst zwischendurch öfter mal zum Telefon, der erhoffte Anruf bezüglich der Handyortung blieb jedoch bisher aus.

»Bingo! Es gibt da eine jährliche Abbuchung einer Gebühr für ein Bankschließfach!«, stößt er überrascht hervor, nachdem er in der Buchungsliste beim Jahresbeginn angekommen ist. Mit dem entsprechenden richterlichen Beschluss ausgestattet, war der Onlinezugriff auf das Girokonto des Verdächtigen kein Problem. »Wir sind auf dem richtigen Weg, Chrissie. Ich wette, wenn wir uns das Konto seines Kumpans anschauen, finden wir dort einen ähnlichen Posten!«

In der offenen Tür erscheint Amara Jones, die IT-Spezialistin wirkt aufgekratzt. »Wir haben das Handy geortet!«, ruft sie und reicht Chrissie Ohlsen einen Zettel. »Das hier sind die aktuellen Koordinaten!«

»Das ist gar nicht weit von hier«, stellt die Kommissarin fest, nachdem sie die Werte in *Google Maps* eingegeben hat. »Nur ein paar Kilometer nördlich von hier an der B56 und fast an derselben Stelle, wo vor drei Jahren der Überfall verübt wurde.« Ihre Augen funkeln unternehmungslustig. »Wir sind von allen am nächsten dran und könnten in einer Viertelstunde dort sein, Wolfie!«

* * *

»Ich glaube nicht, dass der Chef *das hier* gemeint hat, als er uns für den Innendienst einteilte,

Chrissie!« Wolfgang Müller hält sich am Haltegriff der Seitentür fest, während seine Partnerin den Audi in einem halsbrecherischen Tempo über die Zeithstraße Richtung Norden prügelt, das mobile Blaulicht klebt per Haftmagnet eingeschaltet auf dem Fahrzeugdach. Es verbleiben noch zwei Kilometer bis zum Ziel.

»Ach was, er hat ausdrücklich angeordnet, dass wir im Kommissariat auf Nachrichten bezüglich Decker achten sollen!«, entgegnet sie und geht in eine Kurve, ohne den Fuß vom Gas zu nehmen.

Das kleine Missverständnis mit Amara war schon bald ausgeräumt. Die ermittelten Koordinaten waren nämlich nicht, wie zunächst angenommen, das Ergebnis der beauftragten Handyortung, sondern entstammten vielmehr der stillen SMS, die die Forensikerin vor Tagen an das Mobiltelefon des flüchtigen Privatdetektivs gesendet hatte, und dieses wurde vor wenigen Minuten eingeschaltet!

»Wenn wir erst auf eine Erlaubnis warten, ist Decker über alle Berge!«, schiebt sie grimmig hinterher. »Ihn zu erwischen, ist mir jetzt wichtiger als einen Rüffel vom Chef zu vermeiden. Außerdem erinnere ich mich nicht, dich mit Waffengewalt zum Mitkommen gezwungen zu haben!«

»Wir sind Partner, mein Platz ist an deiner Seite!«, gibt Müller diplomatisch zurück. Im Grunde hat ihn aber längst das Jagdfieber gepackt und im Falle eines Ortungsergebnisses des anderen Handys wird Amara ihn unverzüglich telefonisch benachrichtigen. Eine Gefahr, etwas zu verpassen und den Einsatz der Kollegen zu gefährden, besteht also nicht.

* * *

Tobias Heller hat den Wagen so in einer Seitenstraße abgestellt, dass der Hauseingang von Fabers kleinem Einfamilienhaus sich in ihrem Blickfeld befindet. Er schaut auf die Uhr. »Wir haben noch über eine Stunde, Denise. Was meinst du, sollen wir uns in der Bude mal umschauen? Vielleicht finden wir ja wichtige Hinweise!«

»Und was ist, wenn Faber vorzeitig heimkommt und uns überrascht? Sobald er uns sieht, ist er über alle Berge und wir haben das Nachsehen. Außerdem berechtigt uns auch ein Durchsuchungsbeschluss nicht dazu, ohne Wissen des Eigentümers einfach so da hineinzugehen, außer es ist Gefahr im Verzuge. Wir dürfen das jetzt hier nicht vergeigen, du wirst dich also ausnahmsweise einmal gedulden müssen!«

Bevor Tobias den Mund zu Gegenargumenten aufmachen kann, ertönt aus seinem Diensthandy der für Donner reservierte Klingelton. »Hallo Chef!«, meldet er sich fröhlich in er Annahme, dieser wolle ihm den erfolgreichen Abschluss der Aktion und damit die Festnahme Fabers mitteilen. »Wie jetzt, und auf der Firma ist er auch nicht aufgetaucht? ... ... Okay, wir halten hier weiter die Stellung!«

»Schlechte Neuigkeiten?«, will seine Partnerin wissen. Die wenigen Worte, die sie aus seinem Mund hörte, lassen sie schlimmes erahnen.

»Die Streife, die Fabers gesamte Auslieferungsroute abfahren sollte, ist soeben unverrichteter Dinge zurückgekehrt«, berichtet Heller mit Grabesstimme. »Er muss seine Tour abgebrochen haben und kann sich jetzt praktisch überall aufhalten. Wir haben seine Spur verloren, Denise!«

»Ach was, er kann immer noch auftauchen! Wenn nicht auf der Firma, dann aber gewiss irgendwann hier, und außerdem lassen wir ja gerade sein Handy orten. Du wolltest doch unbedingt in die Wohnung! Jetzt wäre der rechte Zeitpunkt dafür, es ist nämlich zu befürchten, dass Faber von der Sache Wind bekommen hat und sich der Festnahme zu entziehen versucht! Es besteht also eine konkrete Verdunklungsgefahr, was uns das Recht gibt, in seiner Abwesenheit das Haus zu durchsuchen. Und damit er uns nicht überrascht, werde ich hier draußen Schmiere stehen. Meinst du, du kriegst die Tür alleine auf?«

»Schneller als du allemal!«, behauptet Tobias und holt seine Dietriche aus dem Handschuhfach. Sekunden später sieht Denise ihn in weiten Sätzen hinüber zum Haus laufen.

Es sind keine zehn Minuten vergangen, als er bereits wieder in der Haustür erscheint, über die Straße hastet und sich mit einem grimmigen Gesichtsausdruck auf dem Fahrersitz niederlässt. Denise legt ihr Handy aus der Hand.

»Da stimmt was nicht!«, schüttelt er entmutigt den Kopf. »Der Kerl hat sich mitsamt seinem Paketwagen abgesetzt, fürchte ich. Das Handy liegt übrigens auf dem Wohnzimmertisch, da wird uns eine Ortung wohl wenig bringen. Einen der drei Schließfachschlüssel habe ich auch gefunden, die anderen beiden sind weg. Ich denke, der ist das Geld hohlen und wir wissen nicht, bei welcher Bank. Wir haben auf der ganzen Linie versagt!«

»Bist du jetzt fertig? Man kommt ja kaum zu Wort!«, gibt seine Partnerin mit einem breiten Grinsen zurück. »Ich wollte dich sowieso gerade zurückpfeifen, weil ich soeben darüber informiert wurde, dass Faber festgenommen wurde! Wir sollen sofort dorthin fahren, die Adresse habe ich schon ins Navi eingegeben. Gib Gas und klapp die Futterluke zu!«, rät sie ihm abschließend lachend, weil er sie mit offenem Mund sprachlos anstarrt.

* * *

Wolfgang Müller sieht sich aufmerksam um. »Hier gibt es nur Bäume, warum hast du angehalten?« Im Grunde ist er jedoch heilfroh, dass die halsbrecherische Fahrt zumindest ein vorläufiges Ende genommen hat. Zehn Minuten benötigte Chrissie bis zu dieser Stelle, ein neuer Rekord!

»Du kannst jetzt loslassen!«, neckt diese ihren Beifahrer, der sich immer noch krampfhaft an dem Griff festhält. »Wir sind am Ziel!« Sie zeigt auf die linke Seite, wo ein schmaler Pfad von der Straße direkt in den Wald führt. »Wir müssen dort hinein, aber der Weg ist nicht breit genug für unseren Wagen und ich fürchte, er wird weiter hinten noch enger werden.«

Wolfgang schaut auf den Bildschirm des Navigationssystems, wo ein grüner Pfeil unmissverständlich in die von Chrissie angezeigte Richtung weist. »Es sind zweihundertzwanzig Meter bis zu den

Koordinaten von Deckers Handy, das wird ein weiter Fußmarsch und wer weiß, ob wir ihn überhaupt noch dort antreffen!«

»Jetzt stell dich nicht so an, etwas Bewegung wird dir schon nicht schaden!«, lacht sie mit einem bezeichnenden Blick auf seine Hüften. »Ich muss nur schnell einen Platz für das Auto suchen. Hier auf der Straße kann es ja nicht stehenbleiben und irgendwas sagt mir, dass es besser wäre, ihn etwas weiter weg von dieser Stelle zu parken.«

»Meldet sich wieder dein berühmtes Bauchgefühl?«

»Nenn es, wie du willst. Ich fühle mich jedenfalls erheblich wohler, wenn er nicht für jeden sichtbar hier herumsteht!« Sie setzt den Audi erneut in Bewegung und stellt ihn ein Stück weiter hinter einer Kurve auf einer kleinen Lichtung jenseits des unbefestigten Fahrbahnrandes ab, was den Fußweg für sie und ihren wenig lauffreudigen Freund auf insgesamt dreihundertzehn Meter vergrößert.

∗ ∗ ∗

Sie hatte recht mit ihrer Einschätzung zur Begehbarkeit des Waldweges. Schon nach fünfzig Metern verengt sich der Pfad dermaßen, dass die Kommissare gezwungen sind, hintereinanderzugehen. Außerdem ragen an manchen Stellen tief hängende Zweige weit in die Schneise, ein durchkommen wäre mit dem Auto auf gar keinen Fall möglich gewesen.

Wegen der Äste hat Wolfgang die Spitze übernommen und räumt wie ein Panzer alle Hürden für seine direkt hinter ihm gehende Partnerin beiseite. Aufgrund ihrer ›Größe‹ kann die nur 1,62 Meter messende Ermittlerin aber unter den meisten Hindernissen ohnehin problemlos hindurchtauchen, und weil es so bequem ist, seinem breiten Rücken zu folgen und auf nichts achten zu müssen, wäre Chrissie beinahe mit ihrem Freund zusammengeprallt, als dieser abrupt stehenbleibt.

»Was, zum …!«, entfährt es ihr ungehalten, wird jedoch mit einem unmissverständlichen Handzeichen ihres Partners sofort zum Verstummen gebracht. Müller geht, soweit es die Gegebenheiten zulassen, ein Stück beiseite und zeigt stumm auf einen Busch zwischen den dicht beieinanderstehenden Bäumen. Dort ragen deutlich sichtbar das Hinterrad eines Motorrades und ein Nummernschild hinter dem Strauch hervor!

»Das ist das Kölner Kennzeichen, das diesem Rüdiger Busch gestohlen wurde!«, flüstert Wolfgang, nachdem sie sich die Sache aus der Nähe angeschaut haben.

»Demzufolge dürfte es sich bei dem Motorrad um Deckers Gefährt handeln«, fügt Chrissie ebenso leise hinzu, wobei sie sich aufmerksam nach allen Seiten umschaut, als könne der Eigentümer des Zweirades hinter einem der umliegenden Bäume lauern. Sie zieht ihre Pistole. »Er muss demnach hier irgendwo in der Nähe sein!«

Das Navi mit den Koordinaten von Deckers Mobiltelefon mussten sie im Wagen lassen, da es fest eingebaut ist. Chrissie hatte den Ort jedoch vor Antritt der Fahrt vorsorglich zusätzlich in ihr Handy eingespeist, welches sie nun zur Hand

nimmt. Ein Blick auf das Display belehrt sie darüber, dass es allerhöchstens noch hundert Meter bis
zu der Stelle sind. Ein grüner Pfeil weist ihr die
Richtung.

»Das Signal müsste von da vorne gekommen
sein!«, fordert sie ihren Partner mit einer Kopfbe-
wegung zum Mitkommen auf und setzt sich
geduckt und nach allen Seiten sichernd in Bewegung.

* * *

Dieses Mal ist es Ohlsen, die ihren Partner
bereits nach wenigen Metern mit einem Handzeichen Einhalt gebietet, weil voraus etwas zwischen
den Bäumen hindurchschimmert. »Da vorn ist eine
Hütte oder ein Schuppen, und zwar genau an der
markierten Stelle!«, informiert sie Müller und hält
ihm ihr Handy vor die Nase. »Siehst du? Es ist mir
allerdings schleierhaft, was der hier mitten in der
Walachei so lange veranstaltet. Er muss aber noch
in der Nähe sein, sonst hätten wir sein Motorrad
nicht gefunden!«

»Er könnte verletzt sein.«

»Könnte er. Wir umrunden die Lichtung in
sicherem Abstand im Schutz der umliegenden
Bäume und schauen uns den Schuppen aus der
Nähe an, sobald feststeht, dass sich niemand dort
aufhält!«, übernimmt sie das Kommando.

Müller, obwohl als der Ranghöhere theoretisch
ihr gegenüber weisungsberechtigt, gibt seufzend
nach. »Okay, ich gehe links herum und du rechts.
An der Tür treffen wir uns dann!«, versucht er, die
Form zu wahren und die Leitung wenigstens zum

Schein wieder an sich zu reißen. »Pass auf dich auf!«, flüstert er für sie unhörbar, als sie sich auf leisen Sohlen entfernt.

* * *

Chrissie hantiert bereits an der Tür des Schuppens herum, als er sich nach seinem Rundgang wie verabredet dort einfindet. Ihre Waffe hat sie ins Holster zurückgesteckt, um beide Hände freizuhaben. Dass sie ihren Part vor ihm beendet hat, wundert ihn überhaupt nicht, er ist jedoch sicher, dass sie die ihr übertragene Aufgabe mit der nötigen Sorgfalt durchgeführt hat. Sie ist zwar hin und wieder etwas ungeduldig, aber wenn es darauf ankommt, alles andere als leichtsinnig. Es ist daher davon auszugehen, dass sich im näheren Umfeld der Hütte kein menschliches Wesen herumtreibt.

Dennoch ist dem Oberkommissar nicht recht wohl bei der Sache, da sie seiner Meinung nach längst Verstärkung hätten anfordern sollen. Andererseits wirkt die Situation alles andere als bedrohlich, und das verwaiste Motorrad ist im Grunde kein Beweis für irgendwas. Mit einem überflüssigen Ruf um Unterstützung würden sie nur das Gespött der Kollegen riskieren. »Kann ich dir behilflich sein?«, erkundigt er sich stattdessen bei ihr. Chrissie hat ihre Bemühungen mit dem Vorhängeschloss vorübergehend eingestellt und lauscht nun angestrengt an der Tür.

»Die von der stillen SMS übermittelten Koordinaten liegen innerhalb dieses Schuppens!«, behauptet sie. »Der Standort wurde von Deckers Handy unter Zuhilfenahme des eingebauten GPS ermittelt, ist also auf den Meter genau. Der Kerl versteckt sich entweder dort drinnen vor uns oder er ist ein Gefangener!« Sie zeigt auf das Schloss. »Selbst Houdini hätte ohne Hilfe nicht das Kunststück fertiggebracht, die Tür von außen abzusperren!«

»Es besteht immer noch die Möglichkeit, dass da drin *nur* das Handy ist!«, überlegt Müller. »Hast du schon mal daran gedacht?«

Sie bedenkt ihn mit einem mitleidigen Blick und hämmert im nächsten Augenblick die Faust an die Tür. »Sind Sie da drinnen, Herr Decker? Hier ist Kommissarin Ohlsen von der Kripo Siegburg!«, ruft sie laut. »Wenn Sie in der Lage sind, zu antworten, dann sagen Sie etwas! Befinden Sie sich in Schwierigkeiten?« Ein erneutes Klopfen. »Herr Decker?«

Eine Reaktion erfolgt jedoch nicht, bis auf das Zwitschern der Vögel in den Ästen und dem Rascheln von irgendwelchem Kleingetier im Laub bleibt alles still. Wolfgang Müller nimmt sie sanft beim Arm: »So wird das nichts, Liebes! Wir müssen das Schloss aufbrechen und nachschauen, aber dazu benötigen wir Werkzeug. Du hältst hier Wache, während ich zum Wagen zurückgehe und eine Zange besorge!«

* * *

Müller begutachtet die beiden Maulschlüssel aus dem Bordwerkzeug. *Damit wird es gehen*, denkt er mit einem zufriedenen Kopfnicken, befördert die Werkzeuge in die Gesäßtasche seiner Jeans und setzt sich leise pfeifend in Bewegung. Chrissie hatte ihm bei einem Einsatz einmal eindrucksvoll vorgeführt, wie sich mit zwei solcher Schraubenschlüssel nahezu jedes Vorhängeschloss in Sekundenschnelle und ohne großen Kraftaufwand knacken lässt.

Da er über einen miserablen Orientierungssinn verfügt, will er sicherheitshalber für den Rückweg denselben Trampelpfad benutzen wie zuvor, auch wenn er quer durch den Wald ein ganzes Stück abkürzen könnte. Als er jedoch hinter der Kurve den weißen Lieferwagen mit dem wohlbekannten Logo am Straßenrand stehen sieht, ist seine Fröhlichkeit wie weggewischt, zumal der Fahrer des Wagens soeben strammen Schrittes den Weg zur Hütte antritt und er selbst noch mindestens achtzig Meter davon entfernt ist!

Chrissie ist völlig ahnungslos und auf der Lichtung schon von weitem zu sehen!, schießt es ihm panisch durch den Kopf. *Ich muss sie warnen!* Rasch holt er sein Handy hervor und wählt mit fliegenden Fingern ihre Nummer. Gefahr, ihre Anwesenheit durch den Anruf zu verraten, besteht nicht, da alle polizeilichen Ermittler aus Gewohnheit bei Einsätzen in unübersichtlichem Gelände und an Tatorten ihre Telefone stummschalten.

Jetzt geh schon ran!, betet er inständig, aber es meldet sich niemand. Unter diesen Umständen bleibt ihm nun doch nur der Weg quer durch den Wald, will er seiner Partnerin noch rechtzeitig zu Hilfe eilen und vor dem Kerl bei ihr sein, der gute hundert Meter Vorsprung haben dürfte. Mit weiten Sprüngen sprintet er los.

* * *

Chrissie Ohlsen liegt jenseits des Randes der kleinen Waldlichtung im Unterholz und beobachtet aufmerksam den Waldrand innerhalb ihres Gesichtsfeldes. Am Schuppen wie auf dem Präsentierteller stehenzubleiben und dort wie eine blutige Anfängerin auf die Rückkehr des Partners zu warten, ist ihr nicht eine Sekunde in den Sinn gekommen. Denn die Tatsache, dass sie bei ihrem Rundgang vorhin niemanden gesehen haben, muss ja nicht zwangsläufig bedeuten, dass dies für alle Zeit so bleibt!

Von hier aus ist sie nicht sofort zu sehen, wenn jemand die Lichtung betritt, kann aber nahezu das gesamte Areal im Auge behalten. Einziger Schwachpunkt ist der Bereich unmittelbar hinter ihr, was ihrer Ansicht nach jedoch vernachlässigbar ist, da es dort nur tiefer in den Wald geht.

Durch das Vibrieren ihres stummgeschalteten Handys in der Hosentasche ist sie einen Moment abgelenkt, bemerkt aber gerade noch rechtzeitig den Mann, der ihr gegenüber die Lichtung betritt. Dass es sich dabei nicht um Wolfgang handelt, hätte sie auch bei wesentlich schlechteren Lichtverhältnissen gesehen, denn dieser Mensch ist erheblich weniger kompakt gebaut als ihr Freund und Kollege. Blitzschnell zieht sie die Hand von ihrem Telefon zurück und behält stattdessen den Ankömmling fest im Auge. Der Anruf kann ohnehin nur von ihrem Partner kommen, der sie warnen will. Was hiermit geschehen ist.

Zwei Dinge passieren nahezu gleichzeitig: Der Fremde eilt zum Schuppen und hantiert an der Tür, wobei er ihr den Rücken zuwendet. So kann sie sehen, wie sein T-Shirt etwas hochrutscht und eine Schusswaffe im Hosenbund sichtbar werden lässt. Das andere ›Ereignis‹ ist Wolfgang, der einige Meter links des Waldweges zwischen den Bäumen erscheint und aufmerksam zu ihr herüberschaut.

Schnell gibt sie ihm mit einem Handzeichen zu verstehen, dort zu verharren, bis der Fremde den Schuppen betreten hat, was wenige Augenblicke später der Fall ist. Chrissie erhebt sich geschmeidig aus ihrer unbequemen Lage und winkt Wolfgang zu sich herüber. Gemeinsam warten die Kommissare in den toten Winkeln beidseitig der Tür mit gezogenen Pistolen auf das erneute Erscheinen des Verdächtigen, um ihm dieses Mal eine gehörige Überraschung zu bereiten!

* * *

»Bist du sicher, dass wir hier richtig sind?«, runzelt Tobias die Stirn. »Wir sind hier mitten in der Walachei!« Er stellt den Audi hinter einem weißen Lieferwagen am Straßenrand ab und fixiert erst diesen und dann Denise neben sich auf dem Beifahrersitz mit einem zusammengekniffenen Auge. »Oder gibt es da vielleicht etwas, das du nur ›vergessen‹ hast, mir mitzuteilen?«

»Wieso? Das da vor uns ist doch eindeutig ein Fahrzeug der Firma Merkur«, gibt sich Denise betont harmlos. »Und nach einem solchen wird von uns seit Stunden fieberhaft gesucht, oder etwa nicht? Wir müssen übrigens dort den Weg entlang, sagte Chrissie mir vorhin am Telefon!« Sie schlägt sich grinsend die Hand vor den Mund, weil sie sich verplaudert hat und sie Tobias eigentlich überraschen wollte.

»Was hat unser Küken denn damit zu schaffen?«, wundert sich ihr Partner, aber nur einen winzigen Augenblick. »Lass mich raten: Chrissie hat die Anordnung des Chefs, im Kommissariat zu bleiben, mal wieder auf ihre eigene Weise interpretiert und mal so ›nebenbei‹ den Fall gelöst, habe ich recht? Man hätte es sich eigentlich denken können!«

»Na ja, ganz so verhält es sich nicht, aber das wird sie dir gleich selbst erzählen. Wir müssen übrigens etwa zweihundert Meter in den Wald hinein, Chrissie und Wolfgang warten dort auf uns.«

Fünf Minuten später bietet sich den Hauptkommissaren ein ungewohntes, auf den ersten Blick sogar friedliches und harmonisches Bild. Ihre beiden Kollegen hocken auf Baumstümpfen vor einem Holzschuppen und sind bei ihrem Anblick sichtbar erleichtert. Ein paar Meter abseits davon, an die Front des Schuppens gelehnt, sitzen zwei Männer mit auf den Rücken gefesselten Armen auf dem blanken Waldboden: Josef ›Phil‹ Decker und Christian Faber! Der eine schaut mit bedröppelter Miene beharrlich auf seine Füße und der andere starrt Löcher in die Luft.

Denise Malowski zückt geistesgegenwärtig ihr Handy und hält die einmalige Szene auf einem Foto fest, während Tobias Heller eine Funkstreife für den Abtransport der Festgenommenen anfordert. Anschließend gesellen sie sich zu den Kollegen, um sich von ihnen Bericht erstatten zu lassen.

***

»Der Rest ist schnell erzählt«, schließt Chrissie Ohlsen ihre Ausführungen ab. »Wir hatten uns links und rechts der Tür postiert und mussten die beiden beim Verlassen des Schuppens nur noch festnehmen. Das war ein Kinderspiel, zu einer Gegenwehr waren sie nämlich gar nicht in der Lage, da sie mit unserer Anwesenheit nicht gerechnet hatten und somit total überrumpelt waren!«

»Das kann so nicht ganz stimmen!«, korrigiert Wolfgang Müller sie. »Decker *muss* von uns gewusst haben, so laut wie du nur wenige Minuten zuvor durch die Tür gerufen hast, dass du von der Polizei bist!«

»Stimmt, das ist tatsächlich äußerst merkwürdig«, gibt sie unumwunden zu. »Warum hat er seinen Komplizen dann aber nicht vor uns gewarnt?«

»Ich fände es wesentlich spannender, zu erfahren, weshalb er *überhaupt* dort eingeschlossen war!«, weist Denise Malowski auf einen weiteren, höchst unlogischen Umstand hin und wendet sich dann an die mittlerweile erschienenen Kollegen in Uniform: »Bringt die beiden zum Verhör ins Kommissariat!«

* * *

Christina Ohlsen und Wolfgang Müller sitzen im Vernehmungsraum 1 Josef ›Phil‹ Decker gegenüber, der erschöpft wirkt und auch – trotzdem er eine Glatze hat – insgesamt etwas zerzaust aussieht. Die heutige Befragung dient vornehmlich dazu, seine Beteiligung an den Vorfällen der letzten Tage zu klären. Gerichtsfeste Beweise für eine Mittäterschaft liegen derzeit nicht gegen den Detektiv vor, sondern ausschließlich Indizien, die man auch anders auslegen könnte. Deckers Status wird aus diesem Grund mit vorsichtigem Optimismus und unter Vorbehalt als Zeuge definiert.

Das erwartete ›Donnerwetter‹ bezüglich ihres Alleingangs in der Wahner Heide war verhältnismäßig milde ausgefallen, da der Chef nach ihrem Bericht schnell eingesehen hatte, dass die Kommissare unter dem Druck der Ereignisse gar nicht anders hatten handeln können. Die ungeplante Festnahme des mutmaßlichen Mörders Christian Faber brachte ihnen zudem einen kleinen Zusatzbonus ein, da er ansonsten wahrscheinlich entkommen wäre.

Diesen nehmen sich Denise Malowski und Tobias Heller zeitgleich im anderen Verhörraum vor, wobei die Vernehmung lediglich einer ersten Sondierung dient. In die Tiefe wird man gehen, sobald die Ergebnisse der forensischen Untersuchung der Hütte im Wald und Fabers Wohnung vorliegen, was hoffentlich schon morgen der Fall sein wird, da danach das Wochenende vor der Tür steht. Aufgrund der gültigen Haftbefehle ist jedoch bei beiden Verdächtigen übertriebene Eile weder angebracht noch erforderlich.

»Wir haben glaubhafte Aussagen von Zeugen, die Sie zumindest in der Nähe mehrerer Tatorte gesehen haben«, beginnt Müller die Befragung. »Meine Kollegen Malowski und Heller waren sogar nur Minuten nach dem Mord an Marcel Pohlscheidt in dessen Wohnung, wo unsere Spezialisten ebenfalls Spuren Ihrer Anwesenheit sicherstellen konnten, und nicht zuletzt finden meine Kollegin und ich Sie heute in einträchtiger Zweisamkeit mit dem Tatverdächtigen Christian Faber vor! Das sieht insgesamt nicht gut für Sie aus! Möchten Sie sich dazu äußern?«

»Das ist alles eine Folge von unglücklichen Zufällen!« Decker klingt so müde, wie sein Zustand es vermuten lässt. Dieser Mann muss in den vergangenen Tagen einiges durchgemacht haben und die Kommissare sind durchaus bereit, ihm das abzukaufen. »Es begann alles mit dem Kerl, den Sie zusammen mit mir festgenommen haben. Er erschien heute vor genau zwei Wochen in meinem Büro und winkte mit einem Bündel Fünfziger.«

In der folgenden halben Stunde berichtet Decker seinen aufmerksamen Zuhörern ausführlich, was ihm seither widerfahren ist. Beginnend mit der von Faber beauftragten Observierung, über den Einbruch im Hotel und der anschließenden Flucht, bis hin zu seinen Bemühungen, den wahren Täter zu ermitteln, die in der heutigen Festnahme endeten. Er wirkt erleichtert, als er sich endlich alles von der Seele geredet hat. »So war das, Leute«, schließt er und nimmt einen großen Schluck aus seinem Wasserglas. »Ohne Ben hätten Sie mich nie gefunden!«

»Sie bleiben also dabei, dass eine *Ratte* Ihr Handy eingeschaltet hat?« Chrissie Ohlsen ist skeptisch, dieser Teil seiner Geschichte erinnert sie eher an Münchhausens Erzählungen. »Es stimmt zwar, dass wir Ihnen einen elektronischen Spion untergejubelt haben, der uns dann auch zur Waldhütte geführt hat, aber eine Ratte …?«

»Was geschieht nun mit mir?«, wechselt Decker unvermittelt das Thema, weil ihm sein weiteres Schicksal jetzt vordringlich wichtig erscheint.

»Wir werden die forensischen Untersuchungen abwarten, sowie die Aussage Fabers mit Ihrer Schilderung der Ereignisse vergleichen«, bescheidet ihm Wolfgang Müller. »Zumindest für uns beide ist Ihre Darstellung von der Gefangenschaft im Schuppen soweit glaubhaft, Sie werden aber bis zur endgültigen Klärung noch mindestens eine Nacht unser Gast bleiben. Über Ihr weiteres Schicksal entscheidet dann der Staatsanwalt!«

KAPITEL 13

Der Besprechungsraum ist heute bis an die Grenze seiner Kapazität ausgelastet. Außer Donner und seinen fünf Ermittlerinnen und Ermittlern ist der Leiter der Forensik mit IT-Spezialistin Amara Jones erschienen, und ganz am Ende des Tisches hat zudem Staatsanwalt Dr. René Stein Platz genommen. Er will im Rahmen dieser abschließenden Fallbesprechung über das weitere Schicksal der beiden Inhaftierten entscheiden.

»Christian Faber hat bis zur Stunde detaillierte Angaben zum Tatgeschehen standhaft verweigert, obwohl wir ihm das meiste ohnehin mittlerweile nachweisen können«, beginnt der Kommissariatsleiter. Wie immer hat er den Stehplatz am Whiteboard eingenommen, die unvermeidlichen Farbstifte in der Hand haltend.

»Ich bin jedoch guter Dinge, dass wir den Fall hier und jetzt gemeinsam zum Abschluss bringen!«, fährt er mit erhobener Stimme fort und klingt dabei fast wie ein Vertreter der Anklage vor Gericht. »Hierbei werden wir uns auf die Aussagen von Josef Decker ebenso stützen, wie auf die Erkenntnisse aus diversen Tatortbegehungen. Zusätzlich liegen uns seit einer Stunde die wichtigsten Ergebnisse der gestern und heute durchgeführten Untersuchungen von Fabers Wohnhaus und der Waldhütte vor.« Er nickt Jürgen Vogel kurz zu, was dieser als Aufforderung versteht, mit dem Bericht der Spurenanalyse zu beginnen.

»Kommen wir zunächst zu dem Verschlag im Wald nahe der B56«, beginnt dieser, nachdem er umständlich die Lesebrille aufgesetzt und seine Notizen hervorgekramt hat. »Der Schuppen gehört der Forstverwaltung, wie durch ein Telefonat geklärt werden konnte. Wir fanden ihn bis auf ein paar Ratten und anderem Ungeziefer leer vor, wobei der Gesamtzustand darauf schließen lässt, dass er seit Ewigkeiten nicht mehr benutzt wurde. Dies wurde uns von der Eigentümerin bestätigt. Das Vorhängeschloss an der Tür ist jedoch neueren Datums und mit Fingerabdrücken von Christian Faber förmlich übersät. Es wird also von ihm selbst angebracht worden sein, zumal er den Schlüssel dafür im Besitz hatte, als er gefasst wurde.«

Vogel blättert hektisch in seinen handschriftlichen Notizen. »Wo habe ich es denn … Ach, hier ist es ja: Im Innenbereich fanden wir ein Handy älterer Bauart der Firma Nokia mit leerem Akku, sowie diverse andere Gegenstände aus Deckers Besitz. In einer der Ecken lagen zerschnittene Kabelbinder und ein Stück Klebeband mit Anhaftungen von Speichel, weshalb ich davon ausgehe, dass dem Gefangenen damit der Mund zugeklebt wurde. An einigen der Fesseln haftete Blut an, welches von Decker stammen dürfte. Eine DNA-Analyse steht allerdings noch aus.«

»So weit deckt sich dies mit seiner Einlassung, Faber habe ihn beim Herumschnüffeln an der Hütte erwischt und dort mindestens vierundzwanzig Stunden gefangengehalten«, wirft Wolfgang Müller ein. »Bei unserem Erscheinen waren die beiden angeblich auf dem Weg zur Bank, um einen Teil der Beute zu holen. Decker sollte dabei die Rolle des getöteten Pohlscheidt spielen, da er diesem ähnlich sah. Er behauptet aber, nur zum Schein auf Fabers Angebot, ihn zu beteiligen, eingegangen zu sein, und ich bin geneigt, ihm das zu glauben.«

»Die Umstände, unter denen wir ihn dort vorfanden, würden jedenfalls dazu passen«, ergänzt Chrissie Ohlsen. »Decker behauptet, von Faber bewusst dorthin gelockt geworden zu sein, nachdem dieser bemerkt hatte, dass er observiert wurde. Da der Schuppen darüber hinaus keinerlei Wert für ihn darstellt, ist diese Darstellung auch glaubhaft. Nur das mit dem Handy verstehe ich nicht. Es kann definitiv erst kurz vor unserer Ankunft aktiviert worden sein, weil die stille SMS ansonsten schon früher angekommen wäre! Wer hat das Gerät eingeschaltet, wenn der Eigentümer gefesselt und geknebelt meterweit entfernt in einer Ecke lag?«

»Ich halte es für nahezu ausgeschlossen, dass eine Ratte ein Mobiltelefon allein dadurch in Betrieb nehmen kann, indem sie darüber läuft!«, beantwortet Amara Jones die Frage. Die Kommissare hatten ihr von Deckers Behauptung erzählt und um eine Stellungnahme gebeten. »Um ein solches Handy einzuschalten, muss man kräftig auf die Einschalttaste auf der Vorderseite drücken, und das über mindestens zwei Sekunden! Die dort vorgefundene Rattenart hat ein durchschnittliches Gewicht von etwa zweihundert Gramm, selbst ein extrem fettes Exemplar hätte demnach schon einen ›Handstand‹ auf einer Pfote veranstalten müssen, um das zu bewerkstelligen!«

»Aber Decker schwört Stein und Bein, es habe sich genau so zugetragen!«, widerspricht Ohlsen. »Außerdem ist ja bekanntlich die stille SMS zugestellt worden, wodurch wir erst seinen Aufenthaltsort erfuhren!«

»Das hat mir ebenfalls keine Ruhe gelassen, und ich habe versucht, dieses Rätsel zu lösen. Vorher habe ich selbstverständlich den Akku aufgeladen«, lächelt die IT-Spezialistin und drückt mit dem Daumen leicht auf das Gehäuse des mit in die Besprechung gebrachten Telefons. Im nächsten Augenblick erwacht das ausgeschaltete Gerät zum Leben!

»Seht ihr? Man muss da gar nicht feste drücken und wo, ist eigentlich auch egal! Ich habe das Teil dann mal aufgeschraubt, und fand einen feinen Haarriss auf der Systemplatine, der entstanden sein mag, als Faber das Handy in die Ecke pfefferte. Auf jeden Fall führt dieser Riss aber dazu, dass sich das Gerät schon bei minimalem Druck auf das Gehäuse einschaltet, beziehungsweise wenn dieser nachlässt und dadurch die Platine entlastet wird und somit Strom fließt. So gesehen war letztendlich doch die Ratte der Auslöser. Dass das Ganze ein Riesenzufall war, muss ich euch sicher nicht sagen!«

»Nachdem das geklärt wäre, würde ich vorschlagen, wir konzentrieren uns wieder auf den Fall«, äußert sich Donner sarkastisch. »Der mittlerweile vorliegende DNA-Vergleich besagt eindeutig, dass die unter den Fingernägeln von Daniel Seifert gefundenen Hautpartikel von Marcel Pohlscheidt stammen. In Verbindung mit dem fehlenden Messer in seiner Küche dürfen wir also davon ausgehen, dass er auch für den Mord verantwortlich ist, allerdings fehlt die Lederjacke. Decker besitzt zwar nach neuesten Erkenntnissen eine Jacke dieser Machart, aber da sind noch alle Knöpfe dran!«

»Ihr habt sein Vernehmungsprotokoll gelesen«, meint Müller dazu. »Demnach war Faber ihm gegenüber wesentlich auskunftsfreudiger als bei seinem Verhör hier bei uns. Es lief von Anfang an darauf hinaus, Decker als Sündenbock hinzuhängen, einschließlich der Verkleidung Pohlscheidts mit Wollmütze und Lederjacke.«

»Die wir übrigens beide in dem Lieferwagen fanden«, unterbricht Vogel den Redefluss des Ermittlers. »Die Sachen waren in einer Tasche hinter dem Fahrersitz verstaut.«

»Decker gab an, er habe Faber mit einer Art Reisetasche aus dem Haus seines kurz zuvor getöteten Komplizen kommen sehen«, nickt Ohlsen. »Das würde also passen!«

»Okay, nehmen wir einen Augenblick an, Marcel Pohlscheidt tötete Daniel Seifert, während Christian Faber für den Mord an Katrin Brunner verantwortlich zeichnet«, ertönt die Stimme des Staatsanwalts. »Auf welche Weise hat er das Ihrer Ansicht nach bewerkstelligt?«

»Decker wurde in das Hotelzimmer gelockt und von Faber mit einem Schlag auf den Kopf und anschließend per Spritze verabreichter K.-o-Tropfen ins Land der Träume geschickt, nachdem er für ihn den Safe geöffnet hatte, so jedenfalls gab dieser es ihm gegenüber in einem Anflug von Mitteilsamkeit an«, antwortet Donner und zeigt damit, dass er die Vernehmungsprotokolle gelesen hat. »Er selbst hatte sich kurz vorher mittels einer Kreditkarte Zutritt verschafft und sich bis zur Ankunft des Detektivs versteckt. Katrin Brunner beorderte er zuvor unter einem Vorwand telefonisch zu einem uns unbekannten Ort, der jedoch genügend weit entfernt gewesen sein dürfte, um sie entsprechend lange fernzuhalten. Als sie zurückkehrte, tötete er die völlig überrumpelte Frau – sie kannte ihn ja von dem Raubüberfall – mit Deckers Pistole, wobei er einen zweiten Schuss mit der Hand des Bewusstlosen auf den Bettpfosten abgab, um die notwendigen Schmauchspuren zu erzeugen. Pech für ihn war, dass sich seine Annahme, sie habe den Schließfachschlüssel bei sich, nachdem dieser sich nicht wie erwartet im Safe befunden hatte, als Irrtum erwies.«

»Haben wir dafür Beweise?«

»Das nicht, aber Faber prahlte Decker gegenüber ausführlich mit seinen Taten, und es gibt jede Menge Indizien für seine Täterschaft. Da wären zum Beispiel der Anruf, mit dem er Frau Brunner aus dem Hotel lockte und die drei restlichen Schlüssel für die gemeinsam angemieteten Bankschließfächer, die bei ihm gefunden wurden! Der fehlende vierte Tresorschlüssel war laut Decker auch der Grund für den Mord an Pohlscheidt. Da er infolge einer vorausschauenden Planung des ersten Opfers diesbezüglich leer ausging, beschloss er, seinen Komplizen zu töten und dessen Anteil an sich zu reißen. Er fingierte einen Einbruch und nahm die beiden Schlüssel an sich, das Prepaid Handy ließ er dagegen zurück.«

»Bleibt zu erwähnen, dass der auf dem Geldschein aus Deckers Besitz sichergestellte Daumenabdruck eindeutig Christian Faber zugeordnet werden konnte«, meldet sich der Forensiker noch einmal zu Wort. »Dasselbe gilt für die Stofffaser aus einer Jeans und einen Schlagstock. Beides fanden wir in seiner Wohnung! An dem Totschläger befanden sich Spuren menschlichen Blutes, eine DNA-Analyse wird zeigen, ob es von Marcel Pohlscheidt ist. Übrigens konnten wir endlich den Teilabdruck auf der SIM-Karte zuordnen, er gehört ebenfalls Christian Faber. Wir hatten ja bisher nur den auf der Banknote zum Vergleich, und weil der von einem Daumen stammt, ist uns das erst jetzt aufgefallen. Bekanntlich gibt es da immer kleine Unterschiede und der Abdruck im Handy war nicht vollständig!«

»Es macht dir niemand einen Vorwurf, Jürgen!«, belächelt Tobias Heller die rührenden Bemühungen des Forensikers, seiner Abteilung keinen weiteren Fehler nachsagen zu lassen. Das mit der ›übersehenen‹ Visitenkarte im Hotelzimmer scheint ihm immer noch sehr nahezugehen.

»Faber tötete also Katrin Brunner, während sein Komplize für den Tod von Daniel Seifert verantwortlich ist«, fasst Donner zusammen, ohne auf den Zwischenruf einzugehen. »Aus diesem Grund unterscheiden sich auch die Vorgehensweisen bei der Ausführung der Taten. Was mich etwas verwirrt, ist die Tatsache, dass beide Opfer durch einen Anruf mit derselben Nummer aus dem Haus beziehungsweise dem Hotel gelockt wurden, aber offenbar von verschiedenen Personen!«

»Die werden sich das Telefon geteilt haben, Chef!«, vermutet Heller. »Sie arbeiteten ja anfangs noch zusammen, die Prepaidnummer sollte daher zusätzlich zu der Aktion mit dem Decker-Double für Verwirrung sorgen. Pohlscheidt wusste womöglich von Fabers Desaster mit dem ersten Schlüssel nichts. Er war demzufolge völlig ahnungslos, als dieser bei ihm klingelte und ließ seinen Mörder arglos ein. Das würde auch die fehlenden Kampfspuren erklären. Die Wohnungstür brach der Täter beim Hinausgehen auf, um es wie einen Einbruch aussehen zu lassen!«

»Deine Schlussfolgerung klingt logisch, ich denke, dass wir mir diesen Informationen den Fall endgültig abschließen können!«, nickt Donner zufrieden. »Es bleiben zwar einige Punkte offen, die aber für die Würdigung der Fakten nicht von Belang sind. So wissen wir beispielsweise nicht, inwieweit die Fahrer des Geldtransportes seinerzeit in die Planung des Überfalls involviert waren, vielleicht äußert sich der einzige Überlebende ja doch noch dazu. Die Antwort auf die Frage, ob Faber die Wohnungstür vor oder nach dem Mord an Pohlscheidt aufbrach, spielt im Grunde auch keine Rolle, da genügend Beweise gegen ihn vorliegen. Herr Staatsanwalt?«, fordert er Stein zu einer Stellungnahme auf.

»Ich hege nach Durchsicht der Ermittlungsakte und Kenntnisnahme der heute gehörten Fakten keinerlei Zweifel daran, dass sich alles genau so zugetragen hat, wie Sie und Ihre Mitarbeiter es in der letzten Stunde vorgetragen haben«, gibt dieser in seiner bekannten leiernden Sprechweise kund, was ihm sogleich die ungeteilte Aufmerksamkeit sämtlicher Anwesenden einbringt.

»Was eine mögliche Mittäterschaft dieses Privatdetektivs angeht«, fährt er nach einer seiner beliebten Kunstpausen fort, »tendiere ich allerdings zu der Ansicht, dass eine solche nicht zu beweisen ist. Herr Decker wird sich dennoch wegen einiger anderer Strafdelikte zu verantworten haben, wie zum Beispiel Einbruch, Hausfriedensbruch und illegalem Waffenbesitz. Ich neige jedoch dazu, seine bereitwillige Mithilfe bei der Aufklärung dieser abscheulichen Verbrechen zu seinen Gunsten zu werten, und werde unverzüglich seine Freilassung anordnen, Faber hingegen wird heute noch dem Haftrichter vorgeführt.«

Stein nickt zum Abschluss seiner Rede jedem der Anwesenden anerkennend zu. »Ich darf gratulieren, Sie haben es mal wieder geschafft und der ohnehin schon beeindruckenden Statistik Ihres Kommissariats einen weiteren aufgeklärten Mordfall hinzugefügt!«, wendet er sich an Donner.

»Genau genommen haben wir sogar *zwei* Fälle gelöst!«, stellt dieser lächelnd richtig. »Vergessen Sie nicht den Raubüberfall! Die Standorte der von den Banditen angemieteten Bankschließfächer sind uns durch die Auswertung der Kontodaten Fabers mittlerweile nämlich bekannt, und da wir nunmehr im Besitz sämtlicher Schlüssel sind, steht einer Bergung der Beute nichts mehr im Wege. Alles, was wir dazu benötigen, ist ein Gerichtsbeschluss!«

»Ich werde selbstverständlich umgehend das Nötige veranlassen!«, verspricht der Staatsanwalt.

»Ohne die perfekte Zusammenarbeit meiner Leute und den Kollegen der Forensik hätten wir das nicht geschafft«, fährt der Erste Hauptkommissar fort, indem er Steins Lob an seine Mitarbeiter weitergibt. »Es wurde wieder einmal hervorragende Arbeit geleistet, wofür ich mich bei allen Beteiligten herzlich bedanken möchte!« Dem ist nichts mehr hinzuzufügen.

Malowski und Heller ermitteln weiter!

Ich hoffe, der vorliegende Fall für Denise Malowski und Tobias Heller und ihres Ermittlerteams hat Ihnen gefallen und ich konnte Ihnen spannende und unterhaltsame Stunden damit verschaffen, denn zu diesem Zweck wurde das Buch ja geschrieben!

Wenn dies der Fall ist, habe ich eine persönliche Bitte an Sie: Ich würde mich freuen, wenn Sie den Krimi auf der Produktseite von Amazon bewerten und dort ein kurzes Feedback hinterlassen. Sie müssen sich gar nicht in epischer Breite über den Inhalt auslassen, einige wenige Sätze reichen vollkommen aus.

Falls Sie auf Leserplattformen wie *Lovelybooks*, *Goodreads* usw. aktiv sind, einen Buchblog betreiben oder Ihre Leidenschaft für Bücher auf *Facebook*, *Instagram* oder *Twitter* teilen, würde ich mich auch hier über eine Rezension freuen und bedanke mich schon jetzt herzlich für Ihre Unterstützung.

Im Anschluss an diese Seite finden Sie Kurzbeschreibungen der Protagonisten, soweit sie aus Gründen der Vermeidung von Wiederholungen für Stammleser im Text nicht erwähnt wurden.

Ihr René Falk

DAS ERMITTLERTEAM

Denise Malowski, Jg. 1981, begann ihre Laufbahn als Kriminalkommissarin bei der Kripo Köln und wechselte später zur Siegburger Kriminalpolizei. Dort ist sie seit 2009 die Partnerin von Tobias Heller. In ihrer kargen Freizeit übt Denise den Kampfsport Taekwondo aus und besitzt den schwarzen Gürtel für den 3. Dan. Sie ist 1,70 Meter groß, schlank und hat grasgrüne Augen, deren Farbe je nach Stimmung oder Lichteinfall in ein helles Braun zu wechseln scheint. Das lange, hellbraune Haar ist meist aus Bequemlichkeit zu einem Pferdeschwanz gebunden. Ihr ganzer Stolz ist ein himmelblaues Smart Cabrio, von ihrem Partner oft als Spielzeugauto bespöttelt. Verheiratet ist sie seit 2015 mit dem Steuerberater Sven Leuchner, die gemeinsame Tochter Leonie wurde 2016 geboren.

Tobias Heller, Jg. 1979, studierte nach dem Abitur einige Semester Kriminalpsychologie an der Universität Bonn, brach dann aber bald das Studium ab und bewarb sich bei der Kriminalpolizei. Dort bildete er zunächst ein Ermittlungsteam mit der damaligen Kriminalkommissarin Melanie Klein, die er bald darauf heiratete. Die Ehe scheiterte jedoch zunächst, im Jahr 2016 wagte das Paar aber einen zweiten Anlauf. Heller ist 1,85 Meter groß und hat eine sportliche Figur. Das dunkelblonde lockige Haar trägt er schulterlang. Seine bevorzugte Kleidung besteht aus Jeans, Turnschuhen und Lederjacke, was einen krassen Gegensatz zur immer modisch korrekt gekleideten Kollegin Malowski darstellt.

Horst Weiland, Jg. 1988, besuchte das Gymnasium in Troisdorf, wo er im Alter von zehn Jahren seinen Klassenkameraden Wolfgang Müller kennenlernte. Die Freunde sind seit ihrer Schulzeit beinahe unzertrennlich und gingen nach dem Abitur gemeinsam zur Polizei. Seit 2013 bildet er mit Müller ein Ermittlungsteam beim Kriminalkommissariat 1 in Siegburg, wo sie den Hauptkommissaren Malowski und Heller unmittelbar unterstellt sind. Horst Weiland ist 1,80 Meter groß und sportlich. In der Freizeit nimmt er oft an Marathonläufen teil. Er ist seit 2012 verheiratet und hat mit der Grundschullehrerin Birgit Weiland einen gemeinsamen Sohn, der 2014 geboren wurde.

Wolfgang Müller, Jg. 1988, hinterlässt mit seinen knapp hundert Kilogramm Gewicht, einer Körpergröße von 1,89 Metern, breiten Schultern und einer tiefen Bassstimme auf den ersten Blick einen eher behäbigen Eindruck, weswegen seine Freundin ihn liebevoll Brummbär nennt. Mit einer hohen Intelligenz, einer raschen Auffassungsgabe und einem Abiturzeugnis mit Bestnoten punktet er aber in jeder Hinsicht. Seit 2016 ist der bis dahin als überzeugter Junggeselle bekannte Ermittler mit Kriminalkommissarin

Christina Ohlsen liiert, mit der er fest zusammenlebt und auf Wunsch seines Vorgesetzten seit dem Jahr 2019 auch beruflich ein Ermittlungsteam bildet.

Christina Ohlsen, Jg. 1991, ist seit 2016 im Team, wo sie zunächst die Stelle einer Kommissaranwärterin bekleidete und aufgrund überragender Leistungen schon ein Jahr später zur Kommissarin befördert wurde. Ebenso wie Tobias Heller studierte sie nach dem Schulabschluss an der Universität in Bonn, wo sie Rechtswissenschaften belegte, aber schon nach kurzer Zeit aus einer inneren Überzeugung zur Polizei ging. Die nur 1,62 Meter große, zierliche Christina wird von den Kollegen meist Chrissie gerufen und hält sich zwei zahme Frettchen mit den Namen Quasimodo und Esmeralda als Haustiere. Sie ist Ju-Jutsu Meisterin mit schwarzem Gürtel für den 2. Dan und eine ausgezeichnete Schützin mit einer konstanten Trefferquote von 100 %.

Peter Donner, Jg. 1967, ist der Leiter des Kriminalkommissariats 1. Der Erste Hauptkommissar regiert das Kommissariat mit strenger, aber gerechter Hand. Er ist bei allen Mitarbeitern beliebt und überlässt die Ermittlungsarbeit meist seinen Leuten. Verheiratet ist er seit 1994 mit Adelheid Donner. Er ist 1,77 Meter groß und von untersetzter Gestalt, was ihn kleiner erscheinen lässt. Sein schütteres Haar besteht im Wesentlichen aus einem dunkelblonden, leicht angegrauten Kranz. Seine Laufbahn begann er bei der uniformierten Polizei, wo er während einer Tatortsicherung dem leitenden Ermittler durch eine ausgezeichnete Beobachtungsgabe und einen analytischen Verstand auffiel. Wegen akuter Personalknappheit wurde er daraufhin kurzerhand zur Kriminalpolizei versetzt.

Amara Jones, Jg. 1990, ist die Tochter nigerianischer Einwanderer. Die gebürtige Münchnerin studierte Mathematik und Informatik, bevor sie in der Forensik der Kripo Siegburg die Stelle der IT-Spezialistin als Nachfolge Klaus Dreyers übernahm. Sie hat in beiden Studienfächern einen Master und ebenso wie ihr Vorgänger ein untrügliches Gespür für alles Technische. Ihr unüberhörbarer bayrischer Akzent steht in einem lustigen Kontrast zu ihrer tiefschwarzen Hautfarbe.

Jürgen Vogel, Jg. 1971, leitet die forensische Abteilung der Kripo Siegburg seit vielen Jahren. Der meist kauzig wirkende Wissenschaftler liebt seinen Beruf und schwarze Zigarillos über alles. Mit einer Körpergröße von 1,92 Metern und einer extrem hageren Gestalt wirkt er in seinen Bewegungen oft unbeholfen, ist jedoch in seinem Fachgebiet der forensischen Spurenanalyse eine anerkannte Koryphäe und sowohl bei seinen Mitarbeitern als auch bei den polizeilichen Ermittlern sehr beliebt.